L'Odyssée de Firuzeh

E. Lily Yu

L'Odyssée de Firuzeh

traduit de l'anglais par Diniz Galhos

Éditions de L'Observatoire

Titre original : *On Fragile Waves*

ISBN : 979-10-329-2563-8
Dépôt légal : 2023, janvier

170 *bis*, boulevard du Montparnasse, 75014 Paris

À ceux qui ont perdu

PREMIÈRE PARTIE

CHAPITRE UN

Il était une fois } une fille
Il n'était pas une fois }

tak

dz dz dz dz dz

groumb *bomp*

shrak née pendant

tak

doumb *ts ts ts ts ts*

la guerre

quand le temps n'est plus le temps et que tout doit être dit dans un souffle entre

mortier ———————————— feu

Nous l'appellerons Firuzeh dit son père
en lui tapant le dos jusqu'à ce qu'elle s'empourpre et vagisse
parce qu'elle sera soit un roc soit victorieuse
et puis, un prénom coûte moins cher qu'une épée

Son premier mot fut *gola*

Je te le demande, quelle est la différence entre la guerre et pas-la-guerre
quand il n'y a pas de musique

Deux ans plus tard arriva Nour
bruyant et brillant
dans un long cri insatisfait
et tout le monde eut plus faim.

Quand Firuzeh avait six ans, le feu tomba de nouveau du ciel

ghroumb *ghroumb* *ghroumb*

Une ville de fumée dressa ses tentes au-dessus de Kaboul. Un long moment de fracas.
Amrika sur toutes les lèvres.

Puis Abay alluma la radio
et sur les ondes fragiles ils entendirent
une dombura jouant une chanson de lait et de sucre
C'est terminé, Dieu merci, dit Atay, et il partit travailler.

CHAPITRE DEUX

Écoute dit Abay apporte-moi tes affaires que je fasse ton sac et je te raconterai l'histoire de Rostam et Rakhsh.

Au moins reste assis sagement, Nour, et ne renverse pas tout le linge

Au moins reste assis

Nour - s'il te plaît –

Rostam était impétueux et courageux comme toi, lumière de mes prunelles, et lorsqu'il fut temps de lui trouver un destrier, tous les chevaux ployèrent sous le poids du guerrier.

Aussi fit-on défiler les meilleurs chevaux de Kaboul devant lui, les plus véloces et les plus beaux, et tout comme ton Atay sent le moteur d'une Corolla vibrer sous le capot et sait s'il tourne bien, Rostam pouvait sentir les fiers battements de cœur de ces chevaux.

Dieu sait qu'à l'époque élever des chevaux n'était pas un métier dangereux ;

personne ne menaçait les éleveurs kabouliens qui faisaient parader leurs chevaux pour ce prince.

Nous aurions dû rester des domestiques mais ton père est quelqu'un de fier.

Enfin bref –

Rostam fit sortir de la harde un magnifique poulain à la robe safran comme tachetée de pétales de rose,

comme les fleurs de soie de Chicken Street sur un taxi de mariage.

Il lança son lasso autour de l'encolure du cheval et demanda son prix.

Si tu es Rostam, dit l'éleveur, le prix n'est rien de moins que ce pays - alors pars le défendre.

Ainsi Rostam et Rakhsh partirent en quête d'aventure

comme nous nous apprêtons à le faire

et Rakhsh veillait sur Rostam, comme ton Atay et moi veillerons sur toi.

Rakhsh protégeait Rostam pendant son sommeil. Une fois il tua un lion qui s'était approché en silence dans la nuit. Au matin Rostam découvrit des lambeaux de lion entre les dents de son cheval et sur ses sabots.

Puis Rakhsh réveilla Rostam d'une ruade lorsqu'un dragon s'approcha.

Une première fois.

Une deuxième.

Mais Rostam ne vit rien. Il menaça de tuer le fils d'âne inutile qui le réveillerait à nouveau.

La troisième fois, Rostam vit le dragon et le tua, et il couvrit Rakhsh d'éloges - ô, comme il le couvrit d'éloges, lumière de mes prunelles.

Rostam aimait profondément Rakhsh, autant qu'une mère aime son fils.

Ils chevauchèrent ensemble de nombreuses années et des farsang sans nombre, jusqu'à ce que la trahison –

mais cela, c'est une autre histoire.

Nous prendrons un autocar pour Jalalabad cette nuit, comme Rostam monta Rakhsh pour aller défier le div blanc. À Jalalabad nous changerons d'autocar comme les guerriers persans changeaient de monture pour se rendre au Pakistan. Ce sera comme dans une histoire.

Tu devras être gentil

Tu devras être sage

Tu ne devras pas tirer les cheveux de Firuzeh, Nour

Je passe notre coran tout autour de toi afin que tu sois béni. Embrasse-le. À ton tour, maintenant. Non, il restera ici, afin de protéger notre maison en notre absence.

Enfile tes chaussures.

CHAPITRE TROIS

Le vinyle déchiré du siège s'accrocha à la jupe de Firuzeh lorsqu'elle se tourna pour regarder à travers la vitre du minibus. Le coude de Nour s'enfonça dans son flanc.

Atay, on est déjà au Pakistan ?

Pas encore, Nour.

Quand est-ce qu'on y sera ?

Dans pas très longtemps.

Tu disais déjà ça dans l'autocar.

Ça reste vrai. Ne mets pas de coups de pied dans le siège.

Tu l'as bien aimé, l'autocar allemand tout confortable, pas vrai ? Et les camions qui cahotaient dans tous les sens mais qui avaient des yeux magnifiques à l'arrière et des fleurs et des lions sur les côtés ?

Oui, Abay.

Pas moi. J'ai eu mal aux fesses. Firuzeh a de plus grosses fesses que moi, c'est pour ça qu'elle n'a pas eu mal.

J'ai bien aimé le mouton dans le camion. Il était doux.

Celui-ci est trop bondé. Tout le monde pue.

C'est toi qui pues, Nour.

Encore un peu de patience, Nour jan. Dans quelques minutes, nous arriverons à la frontière.

Il y aura des policiers, Atay ?

Ça suffit. J'ai quatre cents choses à me rappeler aujourd'hui. Demande à ta mère.

Est-ce que la police va nous arrêter, Abay ?

Quelle question.

Est-ce qu'on va avoir des problèmes ?

Tu veux savoir quelque chose ? Pour quelques afghanis tu peux traverser la frontière pakistanaise sans encombre. C'est pour cela que les journaliers font leurs allers-retours avec des sous dans les poches. La marée des aventuriers – c'est ce que nous sommes – monte mais ne se retire jamais. Ça n'a rien de dangereux, Firuzeh, rien à voir avec ce que Bibinegar a dû faire.

Qu'est-ce que Bibinegar a dû faire ?

Elle a dû arracher son mari Khastehkhomar des griffes d'une démone et lutter pour sa propre survie.

Elle a réussi ?

Si tu tiens à raconter des histoires en public – Atay se frotta les yeux – au moins fais-le comme il faut. En commençant par le début. Le serpent.

Très bien. Un jour parmi les autres jours, un bûcheron trouva un serpent dans son fagot, aussi gros que le bras de ton Atay. Il faillit mourir de peur sur le coup, mais le serpent lui dit, Je ne te ferai aucun mal si tu me laisses épouser ta fille. Bibinegar, qui était une jeune fille courageuse, accepta. La nuit de leur mariage, une fois les invités partis, le serpent se débarrassa de sa peau et devint un très beau jeune homme, Khastehkhomar. Et ils vécurent très heureux.

Mais les femmes ne peuvent s'empêcher de se mêler de ragots et de dire des choses idiotes et inconsidérées, soupira Atay. N'en est-il pas toujours ainsi ?

Abay demanda : Si Firuzeh épousait un être à la fois serpent et homme, n'essaierais-tu pas de le rendre moins serpent et plus homme ?

Si ce serpent avait essayé de faire ce coup à *ma* fille, je l'aurais frappé à mort.

Ou tu aurais fui le pays avec elle.

Abay, c'est pour ça que nous avons dû partir ?

Écoute l'histoire, Nour.

Firuzeh mange trop et ne me laisse jamais gagner au jeu des noix – qui pourrait vouloir d'elle ?

Pourquoi ne pas lui demander comment détruire sa peau, demanda la mère de Bibinegar, afin qu'il demeure toujours humain ? Bibinegar posa la question à Khastehkhomar, et il répondit, Si tu tiens à le savoir, tu peux la brûler dans un feu de peaux d'oignon et de pelures d'ail. Mais si tu fais cela, je te quitterai à jamais. Et Bibinegar répéta tout cela à sa mère.

Cette vieille femme dut certainement sangloter, se tordre les mains, s'arracher les cheveux, répéter quelle honte ! et faire toutes ces choses que font les belles-mères. Bien évidemment, cette jeune fille idiote ploya sous la pression. Bien évidemment, la peau fut brûlée.

Souhaitais-tu raconter cette histoire toi-même, mon époux ?

Je t'en prie, continue.

Khastehkhomar sentit la fumée au loin et sut ce qui était arrivé. Il alla voir son épouse et lui dit, Ainsi, tu l'as fait. Maintenant je dois te quitter. Elle pleura et lui demanda, Existe-t-il un moyen de te reconquérir ? Et Khastehkhomar répondit, Uniquement si tu marches au point d'user sept paires de chaussures en fer jusqu'au mont Qaf, où vivent mes parentes peris, et où je me rends à présent. Aussi, Bibinegar –

Ça suffit. Ils se sont endormis.

Non... je – ne... marmonna Firuzeh.

Tu dis que cet homme est digne de confiance ?

Autant que les autres. Il a fait passer six hommes en Australie.

C'est où, l'Australie ?

Je n'en sais rien. Mais c'est un lieu sûr, selon lui. Les enfants iront dans de bonnes écoles. Personne ne s'en prendra à moi dans la rue, personne ne nous laissera de lettres de menace, personne ne t'insultera.

La vraie bonne question à poser à ce genre de passeurs, intervint l'un des autres passagers, c'est : combien d'hommes n'est-il pas parvenu à faire entrer en Australie ?

Je ne la lui ai pas posée.

Alors que Dieu vous vienne en aide.

Vous parlez d'expérience ?

J'ai un cousin à Herat qui devait passer en Allemagne en traversant l'Iran. Des mois que je n'ai plus aucune nouvelle. On a retrouvé des jeunes gens morts dans le conteneur d'un cargo, mais il n'était pas du nombre. Le passeur a quitté Herat, pour Dieu sait où. Et vous, vous avez une femme et des enfants –

Taisez-vous, s'il vous plaît. Ne les réveillez pas. Inutile de leur faire peur.

Comment leur enseigner autrement la vie ?

Firuzeh entrouvrit les yeux. Devant elle, coincé entre des paquets solidement ficelés, un choukar se balançait dans sa cage, aux aguets, sa pupille noire cernée de marron, puis de rouge. Destiné au combat. Destiné à déchirer de ses serres, à faire couler le sang, puis finalement à être mangé. De temps à autre, un soubresaut du minibus lui arrachait une note querelleuse.

Et elle, et elle –

Était Rostam sur son destrier tacheté, en route vers des contrées inconnues.

Était Bibinegar, ses chaussures de fer aux pieds, en chemin vers le mont Qaf, où l'attendaient des merveilles,

Était aussi désobéissante que Zahhak aux épaules de serpent lorsqu'elle pinçait son frère et le faisait pleurer, ou du moins c'était ce qu'Abay lui disait souvent.

Adieu Homaira, adieu Sheringol, adieu odeur douce et sèche de la classe où elle apprenait ses leçons, où le maître qu'elle ne cessait de harceler désignait toujours quelqu'un d'autre, sans remarquer que Firuzeh se hissait au-dessus de sa table presque sur la pointe des pieds, vibrante de réponses.

Adieu maison et portail grinçant et cliquetant, et les cuves fumantes le long de la route, emplies de légumineuses pour le petit déjeuner, et les hommes assis dans des brouettes attendant de travailler.

Adieu montagnes aux sommets tranchants de neige.

Atay fit signe à un inconnu. Agha, sais-tu dans combien de temps...

Environ une heure avant la frontière. Où allez-vous ?

À Peshawar.

Où à Peshawar ?

Je l'ignore. J'ai un nom, un numéro de téléphone –

Imbécile, dit amicalement l'inconnu. Un nom et un numéro de téléphone, un nom et un numéro de téléphone, tout ça pour aller jusqu'en Australie - c'est ainsi que tu comptes t'y prendre ? Que Dieu vous protège.

Abay dit : Mon époux n'est pas un imbécile.

Un long regard triste. Puis l'inconnu tendit une poignée de mûres séchées. Pour les enfants, dit-il. Il se tourna pour regarder droit devant lui, et de là jusqu'à Peshawar, il ne prononça plus un mot.

CHAPITRE QUATRE

Firuzeh ensommeillée titubait lorsqu'ils arrivèrent devant la demeure de Peshawar. Une porte s'ouvrit, la lumière d'une lampe l'éblouit. Un homme fin comme du papier, qui sentait l'ail et la cigarette, ondoya pour les accueillir sur le seuil.

Ravi de faire votre connaissance, ravi. Je m'appelle Abdullah Khan. Qu'est-ce que tu attends ? demanda-t-il à l'homme qui les avait conduits dans son épave.

Tu avais dit deux mille roupies.

Viens les chercher demain.

Mais –

N'ai-je donc aucune parole ?

Le conducteur partit. Abdullah Khan glissa son bras autour des épaules d'Atay. Entrez, soyez les bienvenus.

À l'étage. Trois lits étroits dans une pièce sombre, une odeur de renfermé. Sur le bord de la fenêtre, une tige brunie dressée dans son pot.

Vous attendrez ici, dit Abdullah Khan. Le temps que vos papiers et vos billets soient prêts.

Combien de temps ? demanda Abay, examinant la pièce du regard.

Impossible à dire. Mais ne vous inquiétez pas, on s'en occupe. Il approcha un briquet de sa cigarette. Le loyer est modeste, cent cinquante roupies la nuit.

Mais nous avons déjà versé vingt mille dollars à Kaboul –

Entendant un bruit de souris, Firuzeh passa la tête dans l'encadrement de la porte. Au bout du couloir sombre, une fille aux joues rondes la regardait de l'embrasure d'une autre porte.

Elles se dévisagèrent un moment en silence. Les volants jaunes de la robe de cette fille étrange, ses frisettes luisantes et la pâquerette de cuir sur ses chaussures sentaient la respectabilité, la propriété, l'autorité. La fille étrange fit alors la grimace et disparut dans sa chambre.

Firuzeh fit deux pas dans le couloir, et Abullah Khan recula sur le pas de la porte, expansif et ferme. Sa bouche souriait, ses yeux pas tout à fait. Atay continuait de protester, sa main gauche gesticulant, sa main droite pressant sur l'épaule de Firuzeh pour la faire rentrer dans la chambre.

Sois sage.

Voici Agha Rahmatullah Shahsevani, Khanem Delruba et Nasima. Eux aussi vont en Australie. Firuzeh jan, que dit-on ?

On est arrivés les premiers, dit la fille à la robe jaune en croisant les bras.

Bonjour, marmonna Firuzeh. Puis : Pourquoi est-ce que Nour n'a pas à dire bonjour ?

Parce que je suis plus petit que toi, crétine.

Je suis certaine que les filles vont bien s'entendre. Non, Nasima est la cadette, nous avons trois enfants en tout. Jawed et Khairullah sont déjà à Perth. Ils ont trouvé du travail. Nous allons les y rejoindre.

Vous les croyez, vous ? Combien de temps allons-nous devoir attendre ?

Ce sont des hommes honnêtes. Ils ont conduit nos fils à Perth.

Où travailliez-vous, Agha Rahmatullah ?

Pour le gouvernement.

Mon père est quelqu'un de très important, dit Nasima en tripotant les plis de sa robe. Les gens lui demandent des autorisations, des tampons et des signatures. Est-ce que ton père est quelqu'un d'important ?

Il est comme l'éleveur de chevaux qui a présenté Rakhsh à Rostam, répondit Firuzeh.

Il répare des automobiles, dit Nour. Ouille ! Firuzeh !

Est-ce qu'ils nous font payer trop cher pour nos chambres ? Quel est le prix usuel d'une chambre à Peshawar ?

Dieu seul le sait, répondit Delruba.

Nous avons déjà dépensé une fortune, dit Rahmatullah. Ce n'est rien du tout. Une broutille.

Il ne nous reste même plus une broutille.

Est-ce que ta famille est pauvre ? demanda Nasima. On ne dirait pas que vous avez beaucoup d'argent.

Regardez-les, déjà amies. Quelles adorables enfants.

J'aime bien tes chaussures, dit Firuzeh, en colère, timide et perdue.

Merci. Elles sont en vrai cuir. Fabriquées en Iran. Et les tiennes, c'est... ?

Les garçons étaient incapables de se tenir tranquilles, dit Rahmatullah. S'il passait une pétition, ils la signaient. S'il y avait une manifestation, ils s'y joignaient.

Les lettres que nous avons reçues ! Ses cheveux et sa barbe en ont blanchi, vous voyez ?

Cela nous a coûté quasiment tout ce que nous possédions de les envoyer en Australie. À présent ils nous envoient un peu d'argent par-ci, par-là –

Ce sont de bons garçons. Même s'ils sont bêtes comme des veaux.

Est-ce que ton frère est bête, aussi ? demanda Nasima.

Très bête.

Les deux filles tournèrent la tête pour toiser Nour. Il s'était désintéressé de leur conversation pour observer une file de fourmis qui avançaient sur la fenêtre à travers des rayons de soleil obliques, jusqu'au pot de fleurs, d'un bout à l'autre du disque de terre durcie.

On dirait, fit Nasima en hochant sagement la tête. Mais toi et moi, on sait à quoi s'en tenir.

Oui, acquiesça Firuzeh, sans la moindre idée de ce qu'elle voulait dire.

Et quand nous arriverons là-bas, mon père trouvera un bon travail. Un travail important. Mes frères seront gentils avec moi et pas insupportables. Et comme ils n'auront plus à nous envoyer de l'argent, ils pourront m'acheter des kilos et des kilos de bonbons. Ils me l'ont promis. Et ma mère teindra les cheveux de mon père pour qu'ils soient à nouveau noirs, pour qu'on ne puisse pas savoir à quel point il s'est inquiété, et j'aurai les plus beaux vêtements et j'irai dans la meilleure école –

Elle inspira. Ses joues étaient rouges, ses yeux brillaient.

Et toi ?

C'est un rêve de riches, dit Firuzeh.

Atay disait souvent cela quand il rentrait à la maison, les mains et le visage noirs de cambouis, avant de faire tourner Nour dans ses bras, puis Firuzeh. Un jour il y aura de la soie pour votre mère, de la glace pour vous, un costume pour moi et un palais pour nous tous - mais à qui j'essaye de faire croire ça ? C'est un rêve de –

Eh ben, t'es vraiment pas marrante, dit Nasima.

CHAPITRE CINQ

Au bout de neuf jours, Abdullah Khan revint avec des passeports bleu foncé et des billets d'avion, qu'il distribua avec magnanimité.

Vous êtes hongrois à présent, dit-il. La démarche fanfaronne. Un petit sourire orgueilleux aux lèvres. Ô quel tour de passe-passe, quel filou, lui qui enjambe les frontières comme des cordes à sauter.

C'est un vol pour l'Australie ? demanda Atay.

Ah. Si on vous envoyait directement en Australie, vous vous feriez attraper et aussitôt déporter - pas bon. Vous partez pour Jakarta. J'ai là-bas un ami qui s'occupera de vous.

Il nous enverra en Australie ?

En temps voulu, en temps voulu. Vous devez nous faire confiance. Nous ne laisserons jamais rien arriver à vos enfants. Regardez-moi ces beaux sourires. Imaginez-les sains et saufs en Australie, en train d'écrire une lettre à Qaqa Abdullah Khan. Merci infiniment Tonton de nous avoir fait venir ici –

Firuzeh, qui à aucun moment n'avait souri, tira les commissures de ses lèvres vers le bas avec ses doigts.

Quand partons-nous ? demanda Abay.

Tout de suite. La voiture est en bas.

Peut-on dire au revoir à cette gentille famille –

Pas le temps. Prenez vos affaires, allons-y.

Cinq minutes plus tard, pressés par Abdullah Khan, ils avaient tout réuni, roulant les vêtements en boule, fourrant foulards et serviettes dans des sacs - fermetures éclair remontées avec difficulté -, une manche qui dépasse.

Le même homme balafré qui les avait conduits ici dix nuits plus tôt les attendait dans la cour, klaxonnant à intervalles réguliers. Son expression aigrie s'était considérablement adoucie.

Quand Atay monta à bord du taxi, Abdullah Khan lui tapa dans le dos. Allez, pressez-vous, ou vous allez rater votre avion !

Il les saluait de la main quand le taxi franchit le portail dans un crissement de sable. Ils s'engagèrent dans la ruelle, et Firuzeh jeta un regard derrière elle, s'attendant à voir le visage curieux de Nasima à une fenêtre. Mais la cour était vide.

Aussitôt qu'ils eurent attaché leurs ceintures de sécurité dans l'avion, deux par deux de part et d'autre de l'allée centrale, Nour se mit à donner des coups de pied dans le fauteuil de devant en chantant, On va voler, voler, voler !

La personne âgée assise devant lui tourna la tête en un éclair. Doucement, petit âne, on n'a pas encore bougé d'un pouce !

Quand les moteurs s'éveillèrent enfin dans un grondement, Nour glapit et se recroquevilla au fond de son fauteuil. Abay prit la main d'Atay, puis celle de Firuzeh. Sa paume était moite et glissante.

Atay rayonnait. Bientôt, l'Australie, dit-il.

La cabine trembla, les moteurs rugirent, et le patchwork marron et vert de vies distantes et anonymes se réduisit à un mouchoir de poche, très vite emporté par le vent.

Puis il n'y eut plus rien à voir qu'un ciel pur et clair.

L'homme qui les attendait à l'aéroport de Jakarta réclama leur téléphone et leurs faux passeports - Atay hésita, puis les lui donna docilement - avant de les presser de monter dans une voiture. Tout en conduisant, il piocha dans la boîte à gants la photo couleur turquoise délavé d'un paquebot, et il déclara dans un anglais hésitant : Votre navire. Vous allez dans un navire comme ça.

Atay saisit la photo et passa ses doigts sur les plis aussi pensivement que s'il s'agissait des perles d'un tasbih. Ce navire ?

Un pareil. Attendez et vous verrez.

Leur contact les emmena dans une maison à Jakarta, où un plafonnier brassait l'air sirupeux. Quand on effleurait les murs, la peinture bleue et le plâtre s'écaillaient. À chaque porte fermée, des geckos marron s'aplatissaient dans les montants. Matin et soir, des motos labouraient la route boueuse sur laquelle donnait la maison. Derrière se dressait l'énorme mur en béton d'une école. Le vacarme des enfants récitant leurs leçons et riant imprégna l'étoffe de leurs vies.

Un après-midi, Atay sortit et revint avec toutes les couleurs du crépuscule dans son perahan.

Tenez, dit-il en découpant des tranches de papaye. Goûtez-moi ça.

Firuzeh et Nour brisèrent des branches de ramboutans vermillon et chevelus, prirent des parts d'annones et des bouchées jaunes et crémeuses de pommes jaque. Nour dévora une mangue entière en raclant le noyau avec ses incisives, sans en proposer à personne. Firuzeh, les joues gonflées de fruits, ne s'en plaignit pas.

Zanam, juste un petit bout.

Ces fruits étrangers vont nous donner des maux d'estomac, dit Abay en repoussant le cube de papaye qu'Atay lui tendait.

Mieux vaut manger une bonne orange de Jalalabad, ou une poterie à raisins de la route d'Istalif.

Je lui prends sa part de mal d'estomac, dit Nour en tendant ses doigts collants vers le cube de papaye.

Notre petit Mollah Nasreddine à nous, murmura Firuzeh.

Victime de la grande injustice inhérente à l'univers, Firuzeh tomba violemment malade cette nuit-là, transpirant abondamment et gémissant aux toilettes, tandis qu'Atay et Nour n'eurent pas à se plaindre du moindre désagrément.

Je te l'avais dit, soupira Abay. Le lot des femmes de cette famille, c'est de souffrir.

CHAPITRE SIX

Comme à Peshawar, tout arriva soudainement la nuit. Les phares d'une camionnette enflammèrent les fenêtres. Quelqu'un frappa fort à la porte. Prenez vos affaires, vous partez, vitevitevite.

Nos papiers ? demanda Atay. Notre téléphone ?

Tenez. Dépêchez.

Deux autres familles se serraient déjà dans la camionnette. Genoux et coudes collés les uns aux autres, tandis que la famille de Firuzeh se trouvait une place.

Te voilà ! s'exclama Nasima, son sourire brillant dans l'obscurité. Je t'ai manqué ?

Nan.

Tous les jours tu t'es plainte de mon absence. Avoue-le, Firuzeh, ou je te tire les cheveux.

Firuzeh répondit par un silence souverain.

Tu t'es fait d'autres amis, c'est ça ?

Par milliers.

Et tu m'as oubliée ?

Jusqu'à ton prénom. Qui es-tu déjà ? Puis Firuzeh, ne parvenant plus à garder son sérieux, fut secouée de gloussements, auxquels Nasima joignit les siens. Abay, anxieuse, leur intima le silence.

Ils roulèrent pendant ce qui leur parut des heures, jusqu'à ce que la poussière et les cailloux sous les roues laissent place à une terre doucc ct sablonneuse. On les fit descendre dans une forêt non loin de la mer. Une foule s'y massait déjà, murmurant en six langues.

Le ciel était voilé, paré d'un quart de lune en guise de boucle d'oreille, avec une dot d'étoiles. Certaines parmi les plus basses étaient masquées par une masse sombre qui grinçait et frottait contre un banc de sable. Nasima siffla doucement, et Firuzeh fut un bref instant jalouse. Elle aurait aimé avoir elle aussi des frères aînés qui lui auraient appris à siffler et à cracher.

L'homme qui les avait attendus à l'aéroport donna des ordres à voix basse.

Je ne comprends pas, dit Atay.

Montez à bord.

Combien d'entre nous allez-vous mettre là-dessus ?

Vous tous.

Vous êtes fou ?

Du calme. On l'a déjà fait bien des fois.

Trois Indonésiens avancèrent dans l'eau jusqu'à la taille et firent monter les premiers passagers à bord. Firuzeh perdit le compte à quarante, lorsque le bateau de pêche se mit à donner de la gîte. Lorsque Atay, Abay, Nour et elle s'y furent tassés à leur tour, derniers de la foule, le bateau s'enfonçait tellement dans la mer qu'une vague traîtresse aurait suffi à les faire chavirer.

Les passagers casaient précautionneusement leurs pieds, tâchant de ne pas gêner leurs voisins. La politesse la plus rigoureuse s'imposait avec autant de personnes concentrées dans un espace si limité.

Des cordages glissèrent et se relâchèrent tout autour d'eux, et dans un claquement d'eau contre le bois, le bateau se mit à dériver.

Le chauffeur et le passeur les observaient sur la grève en fumant, deux points orange brillants qui se détachaient des ténèbres de la forêt.

L'archipel indonésien se profila un moment, sombre et proche, et puis, plus promptement que Firuzeh ne l'aurait cru possible, rapetissa jusqu'à disparaître.

CHAPITRE SEPT

La maison d'Hassan était pleine de garçons qui faisaient du tapage à toute heure : des garçons qui entrechoquaient des bassines, écrasaient des boîtes de conserve, frappaient contre les murs de tôle de leur maison. On aurait dit qu'il en avait vingt-deux, et non trois.

Ça suffit, dit Hassan en tapant des mains. Allez jouer dans le cimetière.

Les deux aînés se saisirent des boîtes de conserve dont ils avaient fait des encensoirs et détalèrent. Le benjamin bouda en se curant le nez jusqu'à ce qu'Hassan le pousse dehors, à la suite des deux autres.

As-tu des nouvelles de ton frère ? demanda son épouse, allumant la seule ampoule de leur maison. Sous la lumière crue, elle ouvrit un sac dans lequel elle se mit à fouiller.

Najib ? Il va bien, les nouvelles vignes sont fortes et en bonne santé –

Tu sais de quel frère je veux parler.

La main de son épouse se posa sur un petit rouleau de papier sale attaché avec du fil blanc. Elle le tira du sac.

Hassan répondit : À l'heure qu'il est, toute sa famille doit se trouver à mi-chemin entre ici et l'Australie. Peut-être qu'il y est déjà, et qu'il s'apprête à nous appeler.

Il enfonça un bras dans la manche de sa veste, puis l'autre dans la seconde. Qu'est-ce que tu tripotes comme saleté ?

Rien.

Tu ferais mieux de ne pas gaspiller notre argent dans des talismans.

Quand tu arrêteras de parier sur des combats de choukars, j'arrêterai de prier dans des lieux sacrés pour que tu arrêtes de parier sur des combats de choukars. Elle referma la main, dissimulant le papier dans sa paume. De toute façon, c'est un talisman de voyage.

Hein ?

Pour voyager en sécurité. Je voulais le donner à Bahar, mais tout est arrivé si vite. Peut-être agit-il à distance.

Superstition idiote, dit Hassan en prenant la porte. Ne le perds pas.

Prends du pain en rentrant.

Hassan descendit la montagne au milieu des maisons qui avaient poussé comme des champignons sur ses flancs de roche ocre, quasiment du jour au lendemain. Kaboul grossissait inexorablement, tombe après tombe, bureau après salle de mariage, s'enflant de vivants et de morts. C'était à cause du succès d'Omid qu'Hassan avait quitté Parwan avec sa famille pour s'installer ici, et pas un jour ne passait sans qu'il maudisse le garage d'Omid, qui était à présent le garage de Gorg Agha, pas un jour sans qu'il prie de tout son cœur pour la ruine de celui-ci. Une roquette ferait l'affaire, ou une bombe artisanale. Ou mieux, qu'un soldat américain se fasse tuer juste devant.

Omid s'était battu jusqu'à en avoir le cœur brisé. Et tout ça pour quoi ?

On mariera ta fille à mon fils, avait dit Gorg Agha, alors qu'Omid réparait sa Corolla cabossée. Il faut savoir partager son succès avec ses voisins. Et mon fils, il est en très bons termes avec les Américains. Leur vend de l'alcool. Il suffirait qu'il leur dise, Oh, je crois que ce voisin est un insurgé, pour qu'ils se mettent à enquêter. Compris ?

Tu le crois, ça ? avait dit Omid. C'était le jour de la fête de la Victoire, et les deux frères se promenaient sous les arbres jeunes et anciens du New City Park.

Hassan avait demandé : Et tu t'attendais à quoi ? Abdur Rahman a fait main basse sur les champs pluviaux de notre grand-père, dans la province de Ghor. Puis il y a eu Rabbani. Et après ça les talibans nous ont pourchassés en pleine rue. Et tu as cru que tu pouvais t'arracher à ta condition et devenir quelqu'un.

Tu parles comme un marxiste.

Tu parles comme un imbécile.

Est-ce un crime de rêver ?

Tu vas devoir partir, dit Hassan.

Quoi ? Pourquoi ?

Tu crois que si tu cèdes ton garage à Gorg Agha, il s'arrêtera là ? Il reviendra. Il sait que par la peur, il peut changer tes *non* en *oui*.

Mais où irons-nous ? fit Omid, les yeux écarquillés. Jadis, il n'avait été qu'un petit garçon aux genoux croûtés, pas plus lourd qu'un sac de blé. Jadis, Hassan l'avait porté sur ses épaules.

Je n'en sais rien, répondit Hassan. N'importe où. Là où vont ceux qui quittent l'Afghanistan. C'est un pays d'exilés, un pays d'hirondelles migratrices. Toutes finissent par trouver un lieu où se poser. Toi aussi, tu trouveras.

Contrairement à Omid, Hassan était amer et sage. Il travaillait pour un vieux Tadjik dans un atelier où l'on fabriquait des clôtures, il soudait, découpait et ponçait jusqu'à ce que les sections puissent être mises en exposition. À la lumière du soleil, leur revêtement de chrome était aveuglant. C'était la meilleure existence qu'Hassan pouvait espérer, la meilleure que ses fils pouvaient espérer, et c'était là le caillou qu'il mâchait jour après jour jusqu'à en avoir mal aux dents.

Tu as su la nouvelle ? demanda le vieux Tadjik à l'arrivée d'Hassan.

Non, que s'est-il passé ?

D'autres écolières ont été empoisonnées. Comment en est-on arrivé là ? Ne laisse pas de marques de doigts sur le métal. Essuie-les. Hier un client s'en est plaint.

Très bien.

Personne n'a envie de voir des taches sur une clôture toute neuve et toute brillante. C'est cela, ce qu'ils achètent, Hassan. La brillance, pas la clôture. On les fait tellement briller qu'on peut y voir son avenir.

Oui, Jamshed.

La clôture dit, Vous pouvez empêcher la mort et le malheur d'entrer chez vous. Les empêcher de vous atteindre vous, et votre famille. Vous êtes riche, si riche que vous pouvez posséder une clôture comme celle-ci, et non seulement vous êtes riche, mais vous êtes en sécurité. Vous vivrez plus longtemps que ceux qui n'ont pas de clôture. Tout ce que vous avez à faire, c'est dépenser quelques milliers d'afghanis. Quelle valeur a l'argent, de toute façon, quand la mort frappe à votre porte ? Et qui plus est, je suis plus brillante que l'argent. À condition qu'Hassan ne m'ait pas salie avec ses doigts.

Je serai plus prudent.

Mais toi et moi savons que c'est un mensonge.

Pardon ?

La vérité : nous n'avons pas d'avenir. Ni moi, ni toi. Personne.

Jamshed gratta son oreille recouverte de poils gris.

Les politiciens, peut-être. Peut-être les très, très riches. Mais à part eux ? La mort vient quand elle veut. Un jour ou l'autre, il y aura une bombe, ou une balle avec ton nom écrit dessus, et tu iras à Dieu.

Mais si l'on court assez loin, fit Hassan.

Même si tu cours jusqu'au Pakistan, la mort te trouvera. Mon cousin m'a raconté qu'ils enlevaient des hommes en pleine rue. Mieux vaut mourir dans ma patrie, m'a-t-il dit. Et il est revenu.

Mais si l'on va jusqu'en Australie –

Où est-ce ? demanda Jamshed.

Quelque part au-delà de l'Inde.

Non, non. La mort te trouvera n'importe où. Ce n'est pas un conte de fées, Hassan. Paye une sorcière pour te faire un talisman, fais tes prières - économise ton argent. Vis de façon réaliste. Et essuie tes traces de doigts sur le revêtement.

Afin de donner l'impression qu'aucun de nous n'a jamais existé et que c'est Dieu Lui-même qui a créé cette clôture.

C'est exactement cela. C'est cela même que nous vendons.

CHAPITRE HUIT

L'ennui, déclara Nasima, c'est pire que les requins. Ils avaient vu les ailerons au loin la veille, mais à présent la mer n'avait plus à leur montrer que des bouteilles en plastique, des paquets de chips et des entrelacs d'algues.

Firuzeh rétorqua qu'elle préférait l'ennui.

Poltronne.

Ils étaient prisonniers des jambes et des épaules des autres, hérissés d'échardes et recouverts de plaques de sel. Atay et Abay vomissaient à tour de rôle par-dessus bord, à cause du roulis et du tangage du bateau. Cela faisait trois jours entiers qu'ils se nourrissaient de fruits et de nouilles Indomie. Il n'y eut bientôt plus de fruits, et ils ne mangèrent que des nouilles instantanées.

Firuzeh, promets-moi –

Non.

Au moins écoute-moi jusqu'au bout !

D'accord. Mais la réponse restera sûrement la même.

Promets-moi qu'où que tu ailles, tu resteras en contact avec moi.

On va nous séparer ?

Je n'en sais rien.

D'accord.
D'accord quoi ?
Je te le promets.
Même si on finit chacune à un bout de l'Australie. Écris-moi, téléphone-moi, envoie-moi un pigeon ou je ne sais quoi encore.
On finira peut-être voisines.
Si tu viens t'installer à Perth. D'ailleurs tu devrais. C'est le meilleur coin de toute l'Australie.
Tu n'as jamais allée à Perth.
C'est là-bas que vivent mes frères, abrutie. Et ils m'en ont parlé. Et toi, est-ce que tu sais seulement quelque chose ?
Je sais que tu n'as pas beaucoup d'amis.
Je suis trop intelligente, voilà pourquoi ! De toute façon, je t'ai, toi. Et je te promets que tu ne vas pas te débarrasser de moi aussi facilement. Même si tu t'installes dans le pire coin de toute l'Australie. Même si tu emménages à Adélaïde.
Même si je veux me débarrasser de toi ?
Nasima la pinça.
Ouille !
Alors pourquoi ta famille à toi a quitté l'Afghanistan ?
Ils refusent de me le dire.
Ils refusent de te le dire ?
Abay dit que je n'ai pas besoin de le savoir.
Mais bien sûr que si ! On a besoin de raisons autant qu'on a besoin d'eau et d'air. Je serai la meilleure amie que tu aies jamais eue. Je te la trouverai, ta raison. Fais ton plus beau visage, maintenant. Souris.
Quoi ? Nasima, où est-ce –
Salam, Tonton, dit joyeusement Nasima en passant à l'autre bord du bateau. Firuzeh, les jambes ankylosées, la suivit maladroitement.

Mansour avait seize ou dix-sept ans, ce fut du moins ce qu'il répondit lorsque Nasima lui demanda son âge, mais il paraissait plus âgé. La peau sous ses yeux disparaissait dans l'ombre.

Pourquoi était-il sur ce bateau ?

Son père.

Qu'était-il arrivé à son père ?

Il avait été arrêté sous la menace d'armes à feu, entièrement déshabillé et passé à tabac. Ils étaient retournés chercher Mansour chez eux, mais son vieux voisin les avait vus arriver et l'avait alerté en frappant de toutes ses forces à la porte, le souffle court. Mansour avait sauté le mur de derrière juste à temps.

Où était sa mère ?

Elle était restée là-bas.

Et vous, alors ? demanda Nasima, en sautillant entre les pieds écartés. Qu'est-ce que quelqu'un comme vous vient faire sur ce vieux et vilain bateau ?

Vous êtes des petites filles, fit M. Hassani. Pourquoi posez-vous toutes ces questions ? Vous allez faire des cauchemars.

Firuzeh bégaya jusqu'à ce que Nasima plaque sa main sur sa bouche. Je fais déjà des cauchemars, répliqua Nasima. Alors, d'où venez-vous ?

D'Irak.

Et que faisait M. Hassani, citoyen irakien, sur ce bateau ?

Il avait des opinions politiques.

Dangereuses ?

Il avait reçu un avertissement.

De quelle sorte ? Des menaces téléphoniques ? Une lettre rageuse ?

Le frère de M. Hassani.

Son frère ?

Une grande partie de lui, en tout cas. Alors M. Hassani avait fait son sac et obtenu, par un cousin, un faux passeport, un billet d'avion, et le numéro de l'ami d'un ami du cousin.

Et vous ? demanda Nasima au voisin de M. Hassani. Qui êtes-vous ?

Je suis Personne.

Que faites-vous ici ?

Nous étions mandéens, en Iran.

Nous ?

J'ai des fils qui ont votre âge.

Eh bien alors où sont-ils ?

Nous n'avions pas assez d'argent pour les faire passer eux aussi.

M. Personne se mit à sangloter. D'énormes larmes roulèrent sur ses joues maroquinées et sombrèrent dans sa barbe.

Firuzeh s'écarta vivement, sentant le bois plein d'échardes sous ses pieds.

Où vas-tu ? s'écria Nasima. On essaye de trouver pourquoi *tes* parents ont décidé de fuir. Trouver laquelle de ces histoires ressemble à la tienne.

Je ne veux pas le savoir !

Abay posa sa main chaude sur l'épaule de Firuzeh.

Qu'est-ce que tu fabriquais encore ?

Rien, répondit Firuzeh.

CHAPITRE NEUF

Le sixième jour de mer, survint le cyclone.

Ce qui débuta par une simple ecchymose à l'horizon se mit vite à suppurer dans tout le ciel. Les pêcheurs enroulèrent fermement les voiles autour des mâts de bambou et détachèrent la bâche que les passagers avaient tendue pour avoir de l'ombre. Toutes les deux minutes, ils jetaient un regard par-dessus leur épaule, en direction des ténèbres qui avançaient. Le vent avait une odeur crue, vivante.

Les plus chanceux qui avaient pu mettre la main sur l'un des quarante gilets de sauvetage vérifiaient et revérifiaient les boucles en plastique abîmées. Firuzeh et sa famille n'étaient pas sortis victorieux de la mêlée.

Très vite, des stries obliques barrèrent l'horizon.

Puis il se mit à pleuvoir.

Atay enveloppa Firuzeh de ses bras et se plaqua contre le bord du bateau. Abay fit de même avec Nour.

Les eaux lisses et douces de la veille gonflaient et fulminaient à présent. Sur le pont, une vague se brisa en perles qui se volatilisèrent dans un sifflement. Le sel leur mordait le visage.

Autour d'eux, les autres passagers pleuraient et priaient, leurs voix noyées par la mer en furie.

Le bateau bondit. Le bois gronda.

Les pêcheurs écopaient à l'aide d'un seau qu'ils se passaient de la cale au pont, jusqu'au moment où la coque pencha brusquement, faisant tomber à genoux celui qui le tenait. Le seau rebondit une fois et disparut dans la mer.

Puis la pluie referma ses lourds rideaux sur eux, et Firuzeh ne vit guère plus loin que le bout de son nez.

Chaque inspiration de Firuzeh s'accompagnait d'une gorgée d'eau. Dans le tangage et les embardées, elle s'étrangla et toussa dans les bras d'Atay qui ne relâchaient pas leur étreinte. Chaque choc contre le bois du bateau lui écorchait la peau, et les nuées d'écume brûlaient la chair à vif.

Par quelque improbable miséricorde, les clous et les planches du bateau tinrent bon. Lorsque la tempête se résorba enfin en une averse insipide, les passagers se retrouvèrent tremblant de froid, abasourdis et sans voix. Le poing d'Atay était si solidement serré qu'Abay dut lui masser les doigts et souffler dessus pour qu'il parvienne à lâcher la chemise de Firuzeh. Nour frissonnait, claquait des dents. Sur tout le pont, des flaques grossissaient au-dessous des vêtements qu'on essorait.

Puis on procéda à l'appel.

Les noms vacillaient dans l'air. D'un bout à l'autre du bateau, on entendait des réponses empressées et des remerciements adressés à Dieu.

La mère de Nasima vint les voir, les mains tendues devant elle : Avez-vous vu Nasima ?

Elle doit bien être quelque part, dit Atay.

Je l'ai lâchée - mais c'est une petite fille très avisée. Elle a forcément dû s'accrocher à quelque chose. À moins qu'elle ne se soit réfugiée dans l'entrepont. Elle est très intelligente. C'est sûrement là qu'elle doit être. Je vais voir.

Avez-vous vu Nasima ? demanda Rahmatullah Shahsevani après avoir fait trois fois le tour du pont. Dans sa voix, des fêlures, presque imperceptibles.

Non, mais votre épouse est allée voir en bas.

Delruba sortit de la cale, titubant comme si la tempête malmenait toujours le bateau.

Tu ne l'as pas trouvée ? demanda Rahmatullah.

Continue à chercher ! Elle est peut-être blessée... Elle doit avoir froid, et peur.

Qui l'a lâchée ?

Qui ne l'a pas tenue ? Nasima ! Nasima, où es-tu passée ?

Assez, dit Rahmatullah Shahsevani. Il se saisit de Delruba avant qu'elle ait le temps de disparaître de nouveau dans l'entrepont. Elle lui mordit la main, et il la secoua jusqu'à ce que sa mâchoire se détende et se referme dans un claquement. La lumière et la fureur la quittèrent alors, elle s'écroula à genoux sur le pont et se répandit en vagissements informes.

Abay posa une main sur la tête de Firuzeh et l'autre sur celle de Nour.

Deux jours et deux nuits, la mère de Nasima se frappa la tête contre le pont et se fustigea, elle, son époux et ses fils absents, en une lamentation qui ne se brisait que les rares et courtes fois où le sommeil s'emparait d'elle. Mais même à ces instants, elle était toujours secouée de sanglots et de spasmes de douleur.

Le père de Nasima commença à dépérir.

Personne ne dormait jamais très longtemps.

Les pêcheurs mirent à sécher les cartes détrempées, consultèrent leur compas, et jurèrent dans leur langue.

Tout l'équipage fut rationné à un repas par jour. Lorsque Abay demanda de l'eau, on la lui refusa. Firuzeh observait et écoutait tout.

Mais j'ai faim, dit Nour. Et j'ai *soif*.

Rostam aussi a eu faim et soif, rétorqua Abay. Cela arrive parfois aux héros.

Durant l'un des répits de Delruba, Firuzeh s'assoupit et rêva que les planches du pont se disloquaient et qu'elle tombait, tombait encore, croisant dans sa chute des serpents de mer argentés et des forêts d'algues, jusque là où l'eau était froide et noire et lourde, si lourde qu'elle vidait ses poumons d'air en les écrasant.

Elle se réveilla dans une inspiration paniquée.

Tout doux. Abay pressa une main sur le front de Firuzeh, puis peigna ses cheveux emmêlés. Les mains d'Abay étaient si délicates que Firuzeh sentait à peine les nœuds.

Raconte-moi une histoire, dit Firuzeh.

Très bien. Le mollah Nasreddine avait un âne –

Pas ce genre d'histoire.

Quel genre, alors ?

Une histoire sur Nasima.

Abay retint son souffle.

Je ne sais pas si c'est très gentil.

Khanem Delruba est endormie.

Et si elle se réveille ?

Alors raconte-moi l'histoire d'une fille qui ressemble à Nasima. Qui pourrait s'appeler Nasima, même si on ne connaît pas son prénom.

Il était une fois une fille –

Qui portait des chaussures de cuir jaune avec des pâquerettes dessus.

Qui avait des chaussures à fleurs jaunes. Et qui, et qui partit à l'aventure pour retrouver ses frères. Un sorcier maléfique était venu frapper à leur porte, son ombre longue et sanglante derrière lui. Cependant, les frères eux-mêmes avaient quelque pouvoir magique et, se transformant en colombes, ils s'étaient échappés. Sans emmener leur sœur. Mais maligne comme elle l'était, elle se cacha jusqu'au départ du sorcier et devina dans quelle direction ses frères s'étaient envolés.

Puis elle partit à leur recherche, dit Firuzeh.

Oui. Elle voyagea très longtemps, jusqu'à ce que ses chaussures recouvertes de poussière et perforées de trous se mettent à pourrir. La nuit, dans son sommeil, elle pouvait entendre ses frères l'appeler, parce que eux aussi étaient perdus et la cherchaient. Ils n'avaient pas eu l'intention de la laisser derrière eux, mais ils avaient eu bien trop peur.

Comme la mère de Nasima qui l'appelle en répétant son prénom. Encore et encore. Pour que Nasima l'entende et lui revienne. Nasima sait nager, tu sais.

Janam –

Retrouve-t-elle ses frères ?

Bien sûr qu'elle les retrouve, dit Nour, le pouce dans la bouche. C'est une histoire d'Abay. Si tu veux des morts, des combats et des chouettes trucs, il faut que tu demandes à Atay.

Ferme-la, Nour.

Toi, ferme-la.

Non, dit Abay en rangeant le peigne dans son sac. Elle les retrouve parce qu'une sœur digne de ce nom retrouvera toujours son frère perdu. Ou ses frères. Et l'inverse est aussi vrai. Il ne faut jamais oublier cela.

Mais Abay, dit Firuzeh. Et tes sœurs et tes frères ? En Iran ?

Terre ! cria-t-on. Une silhouette sombre à la proue, secouant les bras, folle de joie. Terre en vue, regardez !

Et il y avait bien de la terre en vue.

CHAPITRE DIX

La coque du bateau gratta, cogna et craqua contre le corail, les projetant en avant. Firuzeh, se hissant à la verticale, se rendit compte que ses mains, ses genoux et sa jupe étaient mouillés.

On est en train de couler ! s'écria Nour, tâchant de boucher les fuites avec ses orteils.

L'un des pêcheurs sauta par-dessus bord, se redressa et éclata de rire. La mer, bleue comme le nom de Firuzeh, lui arrivait à la poitrine.

D'autres hommes se jetèrent à la mer et rejoignirent la côte, leurs quelques effets personnels en équilibre sur la tête. Atay les imita.

Allez, dit-il à Abay en l'encourageant d'un signe. L'eau est chaude.

Elle frissonna et resta à sa place, rabattant son foulard sur sa tête.

D'accord, tu n'as qu'à rester là, dit Atay en l'éclaboussant. Et toi, Nour ?

Lorsqu'il eut transporté Nour sur ses épaules jusqu'à la grève, il revint chercher Firuzeh. Elle vacilla durant le trajet et faillit tomber lorsqu'il la déposa. C'est une île bien misérable, pensa-t-elle.

Une modeste bande de sable de corail blanc remontait jusqu'à un parterre de laîches et quelques arbres épars, blanchis par le sel et creusés par la mer.

Derrière elle, Atay avait réussi tout en douceur à persuader Abay de se mettre à l'eau.

Les pêcheurs apportèrent sur la terre ferme les sept derniers paquets de nouilles instantanées et les trois jerricans d'eau. L'un après l'autre, les derniers passagers arrivaient sur la plage, en loques. Le bateau, le nez enfoncé dans le banc de sable, remuait mollement au gré des vagues. La quasi-totalité de sa peinture bleue et jaune avait disparu. Il semblait sur le point de s'écrouler sur lui-même au moindre contact.

Atay et les autres hommes se concertèrent.

Je vous bats à la course ! cria Nour aux autres garçons, et ils partirent à toute vitesse, soulevant à leur passage des fontaines de sable blanc.

Firuzeh les suivit d'un pas plus lent, enfonçant profondément ses orteils dans le sol. Du bout du pied, elle remonta à la surface quelque chose de pâle, poreux et léger comme l'air, ainsi qu'un nautile aux rayures de tigre, gros comme sa tête.

De l'eau ! s'exclama Nour. J'ai trouvé de l'eau !

Le temps que Firuzeh les rejoigne au puits, Mansour avait brisé d'une tape la coupe que Nour s'était faite de ses mains, dans un panache de gouttelettes. L'eau était d'une clarté et d'une froidure absolues, et Firuzeh pouvait voir le puits s'enfoncer dans la masse de corail. Mais une pancarte avec un crâne et deux fémurs en croix était fixée en haut du puits.

Espèce de crétin, dit Firuzeh, apeurée.

Je ne l'aurais pas laissé faire, fit Mansour.

Nour s'écria, Mais j'ai soif !

On va continuer à chercher.

L'île n'était pas très grande. Firuzeh ne tarda pas à apercevoir Atay et six autres hommes près d'un zodiaque qu'on avait hissé en haut de la plage et, à l'autre bout du zodiaque, jumelles au cou, trois hommes et deux femmes, la peau rosie et pelée par le soleil.

Les deux groupes s'observaient. Hello, pépia Nour, et tous les garçons lui firent écho. Salut. Hello.

Hello, dit l'une des femmes roses, qui portait un T-shirt avec un imprimé fougères blanches et des fleurs en plastique aux oreilles. Elle prononça quelques autres phrases, secouant ses jumelles et battant des bras, mais s'interrompit face aux airs d'incompréhension. Elle se tourna et se mit à se disputer avec son groupe. Puis elle colla son épaule contre le zodiaque et le poussa en direction de la mer. Avec des grimaces, les autres finirent par l'aider.

Attendez ici, mima-t-elle à l'attention de Firuzeh et des autres, alors qu'un des hommes roses faisait gronder le moteur hors-bord.

Ils attendirent, traînant des pieds dans le sable, les regardant s'éloigner. Le zodiaque tranchait les eaux turquoise en toussotant.

Qui étaient ces gens ?

Des touristes.

Ici ?

Non, tu as raison. Ils ont dû s'échouer eux aussi.

À moins qu'ils se soient perdus.

Mais ils ont un bateau.

On ne doit pas pouvoir aller très loin avec ce truc.

Au bout d'un moment, le zodiaque réapparut. Dans de petites pétarades, il s'approcha de la grève, et la femme aux fougères leur tendit un bidon d'eau et un gros sac de jute renfermant douze oranges.

Firuzeh divisa mentalement douze oranges par cent vingt-quatre personnes et déglutit, la gorge sèche.

Les fans d'ornithologie leur firent au revoir de la main avec des sourires si larges qu'ils dévoilaient leurs molaires, puis le pilote poussa sur la barre du hors-bord, et ils s'éloignèrent rapidement.

De retour à leur point d'échouage, Atay partagea les oranges en fractions, un avant-goût chacun, avant de faire de même avec les pelures. Les enfants eurent droit à une gorgée d'eau chacun, que Firuzeh garda dans sa bouche aussi longtemps qu'elle le put, ne laissant que quelques gouttes à la fois couler au fond de sa gorge.

Cela ne suffit pas à apaiser leur faim.

Ni leur colère.

La nuit, lorsque les pêcheurs s'étendirent sur les voiles déchirées pour dormir, les passagers les encerclèrent.

Qu'est-ce que c'est que cette île ? Où sommes-nous ?

Où sont l'eau et la nourriture ?

Vous nous avez amenés ici pour qu'on meure !

Atay attrapa l'épaule d'un des pêcheurs et le secoua. Le pêcheur grommela, roula sur lui-même pour lui tourner le dos et se boucha les oreilles avec les doigts.

Vous n'avez rien à dire ? Mon fils pleure de soif !

Patience, dit le plus âgé des pêcheurs dans un semblant d'arabe. Vous soif, nous soif. Mais bateau arrive demain.

Tu mens.

Alors tue-moi. Mais tue-moi demain.

Le plus âgé des pêcheurs s'étendit sur le ventre, ses avant-bras en guise d'oreiller, et se mit presque immédiatement à ronfler.

Firuzeh se roula en boule sur le sable où perçaient quelques herbes. Au-dessus d'elle, des étoiles qu'elle ne reconnaissait pas flamboyaient dans les vastes ténèbres. Elle ne s'endormit qu'au bout d'un long moment.

Au matin, le vacarme et l'agitation.
Là, dit Abay, époussetant le sable dans les cheveux de Firuzeh. Sud-est.
Nour bâilla. Qu'est-ce qui se passe ? Qu'est-ce qu'il y a au petit déjeuner ?
Regarde.
De l'eau grise scintillante glissa sur la grève et se retira. Le soleil d'or brûlait et tranchait dans les vagues, parsemant le champ visuel de Firuzeh de taches vertes et violettes. Elle plissa les yeux sous la visière de sa paume et aperçut une forme sombre dont les angles acérés ébréchaient le bord du ciel.
Qu'est-ce que c'est ?
Abay répondit : Un navire.
De la marine australienne, ajouta Atay.
Nour se leva dans un bond et dansa, leur jetant du sable au visage. Atay le souleva de terre, ses courtes jambes continuèrent à pédaler dans le vide.
Ce n'est plus qu'une question de minutes à présent, dit Atay, radieux. Bahar, Nour, Firuzeh - nous avons atteint l'Australie.

Par groupes de quinze, les passagers furent équipés de gilets de sauvetage, chargés à bord de bateaux en fibre de verre et transportés jusqu'au navire. Les matelots portaient des uniformes gris impeccables et des bottes immaculées et refusaient de les regarder dans les yeux.
Un pays sûr, vous vous rendez compte ? Abay serra Firuzeh et Nour dans ses bras. Sans bombe. Sans checkpoint. Sans soldats ni talibans.
Imaginez-vous la maison dans laquelle on va vivre, dit Atay.
Oh, nous n'avons pas besoin de grand-chose. Une chambre, un four –

Rêve plus grand que cela. Nous allons accoster en Australie.

Une chambre d'invités ? Un jardin. Omid, je veux un jardin.

Et tu en auras un, dit Atay. Je travaillerai plus dur que quiconque avant moi. Tu vivras chez nous telle la princesse Soraya.

Ne dis pas de bêtises, fit Abay en riant. Que veux-tu, toi, Firuzeh ?

Firuzeh repensa à Nasima. Une amie. Non, deux amies.

Je veux un kangourou ! s'exclama Nour.

Un matelot noir haussa un sourcil en entendant ce mot familier. Des kangourous, tu as dit ? Mais tu n'en as encore jamais vus.

Un kangourou, oui ! J'en veux un ! Où ça ?

On en a des tas, mon petit bonhomme. Tu n'auras qu'à tendre la main pour en attraper un.

Roy ! Cessez de parler aux clandestins et venez plutôt m'aider !

Le matelot haussa les épaules, leur adressa un clin d'œil, et alla fixer les câbles.

Quand les bateaux eurent été hissés à bord du navire et les passagers réunis sous des antennes hautes comme des arbres, les matelots leur distribuèrent de l'eau et des rations de combat. Sans se soucier des miettes qu'elle laissait tomber, Firuzeh se remplit la bouche de nourriture et d'eau jusqu'à n'en plus pouvoir. La ration sombra au fond de son ventre, la réchauffa, la lesta.

Lorsqu'un peu plus tard, les énormes moteurs du navire se turent, Atay dut la prendre dans ses bras, ronflant et marmonnant dans son sommeil, pour traverser la passerelle.

CHAPITRE ONZE

Un rêve fracturé. Des bruits de pas creux sur un long quai, l'eau clapotant en contrebas. Les vibrations et les grondements familiers d'un moteur d'autocar. Des clôtures argentées s'ouvrant à leur passage pour les avaler. Firuzeh battit des paupières pour ouvrir les yeux, elle vit, et elle oublia.

Lorsqu'elle se réveilla à nouveau, dans une atmosphère si humide qu'elle perlait à ses lèvres, elle se trouvait sous une tente, dans un lit superposé, sur la couchette du bas tremblante et grinçante. Un drap tendu séparait leur coin de celui - elle écarta le drap - d'une famille sri-lankaise.

Firuzeh sortit et vit des rangées de tentes de toile, un arbre solitaire qui se tordait au milieu, et une clôture qui s'étendait aussi loin que portait le regard.

Où sommes-nous ? demanda-t-elle. Est-ce que nous sommes en Australie ?

Si c'est ça, l'Australie, dit Nour, alors c'est très vilain.

Atay répondit, Nous sommes à Nauru. Nous ne sommes pas encore en Australie.

Naur-où ? Nour-où ?

Oui, une île rien qu'à toi.

Nous devons attendre encore, dit Abay.

Combien de temps ? demanda Nour.

Quelques jours seulement, à n'en pas douter, dit Atay. Après quoi tu pourras voir tes kangourous.

Le lit est branlant, remarqua Firuzeh.

Il fait trop chaud, dit Nour.

Et - arg ! - il y a des moustiques !

Abay lança : Regardez ! On voit l'océan d'ici. Et si on prenait cela comme des vacances ? Comme si nous étions des gens riches en congé - pour quelques jours à peine.

Et le bateau de pêche, c'était censé être un navire de croisière ? répliqua Firuzeh en aplatissant un autre moustique sur son bras.

Nour en laissa un, particulièrement affamé, se poser sur lui. Mansour dit que la clôture est toute neuve. Il dit que ça sent l'argent ici, et que ça veut dire qu'on va rester ici pour toujours. Pourquoi dit-il ça si on s'en va bientôt ?

Atay dit, Quel imbécile ce garçon. Il a voulu discuter quand ils nous ont pris nos portables. Ils ont dû le plaquer contre un mur, comme un criminel, pour lui confisquer le sien. Il ne pense qu'à lui. Il ne faut surtout pas qu'ils se fassent une mauvaise opinion de nous.

Abay dit, Après ce que ce garçon a traversé, il s'imagine facilement le pire. Rien de plus.

Atay ajouta, Tu ne devrais pas traîner avec Mansour. Tôt ou tard, tu auras des problèmes à cause de lui.

Pour le dîner, ils suivirent un flot de corps jusqu'au mess, sous une très grande tente, où pour manger ils s'assirent sur des chaises en plastique à une table en plastique, avec des fourchettes en plastique qui se tordaient et se pliaient quand ils s'en servaient. Tous reçurent des tranches de pain blanc carrées et des morceaux de poulet durs comme des semelles.

Si seulement j'avais un tandoor, soupira Abay. Ne serait-ce qu'une poêle. Elle donna une tranche de son pain à Nour, qui la fourra dans sa bouche.

Ces poulets devaient s'ennuyer à mourir, dit Firuzeh, mâchant et mâchant encore. Ça se sent rien qu'à leur goût.

Est-ce que je t'ai appris à parler ainsi de la nourriture ?

On partira bientôt d'ici, dit Atay. Dans quelques semaines, peut-être.

Nour demanda : Abay, tu n'as plus faim ?

Abay lui passa son assiette, et Nour se jeta dessus.

Allons nous laver, proposa Abay lorsqu'ils eurent tous fini leur repas.

Des inconnus leur indiquèrent la direction du bloc sanitaires : tout au bout d'une rangée de tentes, à gauche, puis à droite. À mesure qu'ils approchaient, les files d'attente devant chaque porte se désagrégeaient. Les hommes et les femmes rouspétaient dans diverses langues. Un petit garçon souleva sa chemise et s'accroupit là où il était.

Une puanteur écrasante les entourait. L'air bourdonnait de mouches.

Il y a un problème ? lança Abay à la cantonade.

Une femme lui répondit en donnant de la voix : Pas d'eau !

Ce n'est pas possible.

Regardez par vous-même.

Firuzeh suivit sa mère à l'intérieur du bloc sanitaire, marchant d'un pas prudent sur le ciment glissant.

Abay tourna vivement les poignées de robinet, les quatre paires, l'une après l'autre. Pas une goutte ne coula. Elle fixa les robinets.

Pas d'eau –

Kaboul me manque, dit Firuzeh lorsqu'ils furent de retour à leur tente.

Ne dis pas cela.
On pouvait puiser de l'eau à la pompe, dans la rue –
Abay se pencha pour ramasser un peu de terre sablonneuse qu'elle frotta énergiquement entre ses doigts.
Tu vois ? dit-elle. On n'a pas besoin de plus pour l'instant. Encore un mois, un mois et demi, et ils nous emmèneront en Australie.

À minuit, des gardes firent irruption dans leur tente qu'ils balayèrent des faisceaux de leurs lampes.
Debout ! aboyèrent-ils. Au décompte ! SHU 106, 107, 108, 109 !
Présents, dit Atay en frottant ses yeux encore gros de sommeil. Les gardes ricanèrent, écartèrent brutalement le drap et entrèrent en trombe dans la section de leurs voisins.
À six heures du matin, les lampes torches illuminèrent à nouveau la tente.
Debout ! Décompte !
Minuit.
Deux heures du matin.
Six heures.
Minuit.
On dirait des robots, dit Nour. Ils ne dorment jamais.
Ils prennent des quarts, abruti.
Ferme-la, SHU 107.
Toi, ferme-la, SHU 106.

CHAPITRE DOUZE

Tous les jours pain et riz et poulet.

Toutes les nuits, Firuzeh se réveillait à deux heures du matin, que les gardes s'invitent ou non dans leur tente. Puis elle restait immobile, le cœur battant, des heures durant.

Pour la même raison, elle se réveillait rarement après six heures. Il était difficile de garder les yeux ouverts durant la journée, mais avec cette chaleur, les siestes étaient catastrophiques.

L'école lui manquait, et le croquant des oignons et des raisins de Kaboul, et l'homme aux ballons qui traînait son bouquet coloré. Sheringol et Homaira lui manquaient, et même les garçons qui lui lançaient des cailloux à la sortie des cours, pour la punir de ses trop nombreuses réponses justes.

De profondes rides marquaient le visage d'Abay. Atay répétait qu'ils partiraient bientôt d'une voix de plus en plus éraillée, jusqu'au jour où il sombra abruptement dans le silence.

Les jours passaient, gris et indifférents.

CHAPITRE TREIZE

À leur arrivée en Australie, Jawed et Khairullah avaient d'abord atterri dans un appartement habité par neuf personnes, trois hommes par pièce, avec des allées et venues incessantes, raison pour laquelle les deux lits de chacune des chambres ne refroidissaient jamais. Malgré le bruit, malgré le fait qu'ils devaient toujours traverser le couloir dos au mur, cet appartement possédait une précieuse ligne fixe. Les occupants mettaient des pièces dans un bocal posé à côté du téléphone chaque fois qu'ils appelaient chez eux, où que se trouve leur chez-eux.

Puis il y avait eu un appartement à trois personnes, un lieu plus calme où il était plus facile de dormir, et où Jawed et Khairullah se partagèrent un téléphone portable prépayé. Une fois par semaine, entre deux chantiers, ils téléphonaient chez eux et parlaient à Nasima des boutiques qui vendaient des bonbons de toutes les couleurs, et des eaux d'un bleu incroyable de l'océan Indien, comme un formidable joyau serti de sable blanc. Ils rassuraient leurs parents sur leur santé, et leurs parents les rassuraient sur la leur, et sur le fait qu'ils n'avaient aucun problème. Puis les fils disaient à leurs parents combien ils recevraient cette semaine.

Ce fut Khairullah, l'aîné, qui eut l'idée d'acheter un paquet de bonbons chaque fois que l'un ou l'autre des frères avait un dollar à dépenser. Boîte après boîte, barre chocolatée après barre chocolatée, ils dédièrent un mur entier de leur chambre à l'exposition de ces friandises. Chaque fois que Khairullah ajoutait une barre Violet Crumble ou un sachet de fraises, il plantait ses poings sur ses hanches et éclatait de rire.

Je la vois d'ici, disait-il, pas toi ?

Quand Nasima arriverait, elle déchirerait les paquets et les sachets et mangerait jusqu'à ce que sa langue soit rayée de vert et de bleu et que sa lèvre supérieure soit entièrement recouverte de chocolat.

Jawed, de trois ans le cadet de Khairullah, vérifiait les dates de péremption, et lorsqu'elles étaient dépassées d'un jour ou deux, il présentait les bonbons ou la barre Cherry Ripe à son frère en affichant une expression suppliante.

Bon, d'accord, disait toujours Khairullah. Ils se partageaient les friandises, qui avaient la saveur astringente de la séparation et de la distance.

Le dernier appel fit vibrer leur portable dans le bus qui les emmenait sur leur lieu de travail.

On va partir, dit Nasima à bout de souffle. Puis leur père avait pris le téléphone.

Merci beaucoup pour l'argent, dit-il. Ne nous en envoyez plus. Nous nous sommes arrangés avec l'homme qui vous a fait passer. Nous allons tous vous rejoindre en Australie, dans cette ville dont vous nous avez parlé - Perth. Nous vous appellerons quand nous partirons.

Deux jours plus tard, Jawed laissa tomber le téléphone dans la mer.

Khairullah avait proposé de parcourir à pied les quinze kilomètres qui séparaient Scarborough de leur appartement à Mosman Park afin d'économiser un trajet. Jawed s'y était d'abord opposé, avant d'insister pour qu'ils prennent par la plage, sans se soucier du sable qui s'insinuerait dans leurs chaussures et irriterait la peau entre leurs orteils. Les eaux luisaient, turquoise et tourmaline.

Il n'y était pas depuis dix minutes que Jawed se précipita sur l'un des brise-lames qui s'enfonçaient dans la mer, criant et bondissant comme un possédé. À sa gauche et à sa droite, les vagues projetaient des pans de dentelle éphémères. Des flaques se formaient dans les creux des rochers recouverts de patelles. Jawed se tourna vers Khairullah en ouvrant grand les bras.

Son pied glissa. Il perdit l'équilibre et tendit les mains pour se rattraper. Le portable glissa de sa poche, ricocha sur un rocher, et tomba à la mer.

Ah, merde, dit Jawed, les fesses douloureuses. Une vague se brisa à côté de lui, recouvrant de gouttes d'écume ses cheveux noirs.

Khairullah s'avança sur le brise-lames, jambes contractées, bras repliés, prêts à amortir sa chute. La vue de toute cette eau l'effrayait toujours autant.

Imbécile ! s'écria-t-il. Tu t'es blessé ?

Ooh, j'ai mal partout...

Je – je viens te chercher. Khairullah progressait sur le brise-lames, évaluant chaque rocher glissant d'algue du bout du pied.

Nan, ça va.

Jawed se redressa, claudiqua et sautilla jusqu'à son frère.

Rien de cassé ?

Nan. Mais j'ai perdu le portable.

Tu as perdu le –

Tu n'as pas vu ? Chuuuip, plouf ! À l'eau. C'est dommage, il nous restait soixante-quinze *cents* de crédit.

Khairullah lui enfonça son poing dans le ventre. Il se plia en deux.

Arg ! Ça sort d'où, ça ?

Est-ce que tu as écrit le numéro de Baba quelque part ?

Il est enregistré dans la mémoire du téléph - oh.

Et quand ils nous rappelleront à ce numéro –

Peut-être qu'un poisson décrochera, dit Jawed.

Même si on avait l'argent. Et on l'a pas. Même si on avait de quoi acheter un nouveau portable et du crédit, là tout de suite, il nous serait impossible de les appeler !

Mais ils vont voyager un bon bout de temps, non ? Ils n'auront même pas le temps de penser à nous appeler.

Ils ont dit qu'ils appelleraient juste avant de partir.

Oh. C'est vrai.

Qu'est-ce qu'ils vont bien s'imaginer ? Qu'on est, quoi, morts ? en prison ? malades ? blessés ?

Maman se dira tout ça en même temps. Elle plaquera ses mains sur son visage et pleurnichera, Oh mes enfants ! N'est-il pas de Dieu sur cette terre ? Malades, blessés, morts et emprisonnés ! Ce qu'une mère peut souffrir !

Tu n'as pas le droit de plaisanter comme ça, dit Khairullah. Tu as perdu notre portable et le numéro de Baba.

Quoi, tu veux que je plonge le récupérer ? Lala, aucune envie. L'eau est trop froide.

Khairullah croisa les bras pour réfléchir. Il ne nous reste qu'à espérer qu'ils appelleront l'ancien numéro. Et que quelqu'un dans l'ancien appartement comprenne. Est-ce qu'on a le contact de Zaman ?

Oui, je l'ai enregistré sur le téléphone.

Khairullah pesta.

C'est comme s'ils étaient dans l'espace et qu'on avait perdu leur signal, dit-il. Ils ne peuvent plus nous joindre. Nous ne pouvons plus les joindre. Comment est-ce que...

Je vais prendre un bus pour aller à notre ancien appartement, dit Jawed en serrant l'épaule de son frère. Quelqu'un se souviendra forcément de moi. Je leur dirai de tout expliquer à Baba s'il appelle. De lui demander son numéro pour nous le transmettre.

Il faudrait encore qu'ils pensent à appeler l'ancien numéro.

Ils l'appelleront. Au pire, juste avant d'appeler les pompes funèbres.

Qu'est-ce que je t'ai dit, à propos de tes blagues, hein ?

Je suis sérieux !

Super. Et si tu ne l'étais pas, tu dirais quoi ?

Je te proposerais d'acheter tout le chocolat qu'il y a à Perth et d'en faire un énorme tas. Nasima nous retrouverait à l'odeur. De l'autre côté de l'océan, elle remorquerait le bateau derrière elle, à la nage. Salut les vauriens, où sont les friandises que vous m'avez promises ?

Elle a dû bien grandir.

Et si elle t'arrivait à présent au menton ? Ou plus haut encore ! Et si elle te dépassait carrément ?

Ça voudrait dire qu'elle mange bien. Je tabasserais le premier à qui ça poserait un problème.

Les dunes sur leur gauche bruissaient de spinifex et d'arroches, dont les buissons s'éclaircissaient ici et là en sentiers qui rejoignaient la route. Des nuages de pluie menaçants se soudaient à la mer. Ils marchèrent côte à côte, Khairullah portant son regard vers l'ouest, par-delà les nuages et l'océan, bleu à lui en briser le cœur. Il fixa ainsi l'horizon jusqu'à voir les murs blanchis à la chaux de la maison de sa famille, et les arbres dans la cour – un amandier tordu et un poirier qui étendait ses branches – et une petite fille grimpant dans le poirier jusqu'à un nid rempli d'œufs tachetés.

Ils nous retrouveront, dit Khairullah en frissonnant. Il le faut.

Il pleut ?

Marchons plus vite.

Lorsqu'ils eurent quitté la plage, une goutte tomba, formant un cratère dans le sable blanc. Puis une autre. Très vite, la pluie effaça les deux lignes d'empreintes de pas.

CHAPITRE QUATORZE

Par une nuit chaude et vibrante de fièvre, Firuzeh ne cessait de se tourner et de se retourner sur le matelas inférieur du lit superposé, laissant traîner ses doigts dans la poussière, avant de passer un bras sur son visage couvert de sueur. Ses habits la serraient et l'irritaient. Le drap grattait. Lorsqu'un moustique vint chanter à son oreille, elle le chassa violemment.

Tu sais, dit Nasima, j'ai de la peine pour toi.

La petite noyée était assise au bord du lit, le visage pâle dans l'obscurité, comme si elle portait un foulard de rayon de lune. Ses cheveux étaient humides, tressés d'algues, avec çà et là des barrettes en arêtes de poisson.

Le moustique geignit à nouveau. Firuzeh l'écrasa sur son oreiller. Hé, c'est toi qui es morte.

C'est allé vite. Toi, ça va prendre des siècles.

Elle posa une main froide sur la joue de Firuzeh.

Enfin quoi, regarde-toi.

Tu es venue ici juste pour te vanter d'être morte ?

Jamais ça ne me passerait par la tête. Nous sommes amies, Firuzeh. Tu as oublié, mais tu as promis. Je voulais voir comment tu allais.

Maintenant tu sais. Tu devrais aller voir tes parents. Tu leur manques. Ils n'arrêtent pas de parler de toi.

J'ai essayé, dit Nasima, mais ils ne m'ont pas vue. Comme quand j'étais en vie. Je n'étais qu'un espace en forme de fille dans l'univers. Quelque chose à nourrir. Auquel on met des chaussures et des robes. Qu'on élève comme il faut, comme un mouton, afin de pouvoir l'amener un jour au marché. Mais quelque chose qu'on ne voit pas, pas vraiment. Personne ne voit jamais vraiment sa fille. Pas comme on voit ses fils. Qui eux valent quelque chose. Qui eux travailleront un jour.

Alors pourquoi est-ce que je –

Tu voyais à travers ces conneries. Et en plus, tu ne crois pas vraiment que je suis morte.

Bien sûr que tu es –

Alors pourquoi te racontes-tu des histoires de petite fille qui s'appelle Nasima et qui vit tout un tas d'aventures au fond des mers ?

Nasima éclata d'un rire grave, doux, aquatique.

Tu m'empêches de dormir avec tes rêves pleins de bruits et de lumière.

Ce n'était pas mon intention.

Elles se fixèrent l'une l'autre, Firuzeh trempée de sueur et du sang des moustiques écrasés, Nasima dégoulinant d'eau de mer.

Est-ce que tu es en mesure de... te rendormir ? hasarda Firuzeh. Est-ce que je... qu'est-ce que je pourrais faire pour t' –

Oh, je ne suis pas encore prête à te pardonner. Mais toi, tu peux te rendormir.

Nasima tendit le bras, pressa un doigt sur la paupière gauche de Firuzeh, puis sur la droite.

Voilà. C'est tout ce que je peux faire pour toi.

Qu'est-ce – Firuzeh bâilla – qu'est-ce que tu as f –

CHAPITRE QUINZE

Il y a un bus, dit Abay. Elle tapait du pied sur le sol dense.

Le regard de Firuzeh se détourna du scarabée qui trottait le long de son lit. Un bus ?

À quoi bon ? lança Atay. Ce qu'il nous faudrait, c'est un bateau.

Un avion, supplia Nour. Par pitié, plus de bateau.

Un bus qui va *en ville*, dit Abay. Un bus que je peux prendre. Il nous manque des choses. Tu as vu les chaussures de notre fille ?

Tous posèrent les yeux sur Firuzeh, qui rougit. À son pied droit, la couture du similicuir avait sauté, et la partie supérieure de la chaussure remuait comme une bouche pleine d'orteils.

Et avec quel argent achèteras-tu des chaussures à notre fille ? demanda Atay.

À ces mots, Abay défit les nœuds de ses jupons et fit plusieurs manipulations magiques entre le matelas et le sommier, pour faire enfin apparaître un tas de pièces assez conséquent.

La vaisselle, expliqua-t-elle, quand il y a de l'eau. Ainsi que deux ou trois petits coups de main en cuisine. Ce n'est pas grand-chose –

Joyau entre toutes les femmes, dit Atay avant de l'embrasser sur le front. Nous irons en ville.

Oui, eh bien. Le bus part demain. C'est le seul jour de la semaine où il fait l'aller-retour. Mais je suis censée faire la vaisselle après le déjeuner. Aussi, cher, cher époux, si tu pouvais –

Transporter la cuisine jusqu'en ville ?

– te présenter à la cuisine à midi et demi. Dire que tu es mon mari. Ça nous ferait gagner encore quelques *cents*. Ce n'est pas pour rien que tu m'as placée à la tête de la gestion du budget familial, ajouta-t-elle. Quand c'est toi qui marchandes, le prix *monte*.

Et les enfants ?

Ils resteront ici. Et ne feront pas de bêtises. Il n'est pas facile de réserver sa place dans ce bus, dit Abay en faisant disparaître les pièces l'une après l'autre. Il y a un tirage au sort.

Prends au moins Nour. Afin qu'il puisse veiller sur toi. Tu seras l'homme de la famille au côté de ta mère, d'accord ?

Oui, Atay, dit Nour.

Mais - dit Firuzeh.

Il pourra s'asseoir sur tes genoux, dit Atay.

C'est vrai –

Cela ne devrait pas poser de problèmes.

Firuzeh insista : Mais et pour –

Je sais quelle pointure tu fais. Je peux emporter une de tes chaussures, pour être vraiment sûre. Nous achèterons peut-être une glace, Nour, si tu es sage. Ça te ferait plaisir ?

Nour couina en sautillant sur place.

Firuzeh croisa les bras, et s'enfonça dans son lit, fulminant.

CHAPITRE SEIZE

Debout debout debout, chantonna Abay, aussi délicatement qu'un bulbul. Nous allons en ville et le bus ne nous attendra pas.

Nour se tortillait dans les bras d'Abay tandis qu'elle le débarbouillait. Le menton toujours maculé de traces. L'un des grands mystères des petits garçons.

Firuzeh n'aurait jamais pensé à se débattre et à gémir. Ça ne lui aurait même pas traversé l'esprit. Si on lui avait promis une bonne glace bien froide et bien sucrée, elle aurait tout fait pour la mériter en se tenant bien sage : jamais elle n'aurait ainsi donné des coups de pied dans les bras d'Abay.

Quand tous deux eurent quitté la tente, emportant leur joie injuste, Firuzeh s'habilla avec une lenteur délibérée, comme il seyait à quelqu'un en charge d'une mission autrement plus importante que d'acheter une paire de chaussures et une glace. Puis elle s'appliqua à donner des coups de pied dans un bâton abandonné par terre, tout le long de la clôture qui circonscrivait le camp.

Chemin faisant, le bâton dessinait des serpents dans la poussière. Un, deux, trois. Le soleil cuisait sa nuque comme un pain oublié au four.

Le fait que Firuzeh ait été première de sa classe n'avait jamais compté ; ni le fait que parfois, peut-être la moitié du temps, elle écoute Abay et Atay lorsqu'ils lui disaient de rester tranquille et d'arrêter de chanter ; pas plus que le fait qu'elle ne pince Nour et ne lui tire les cheveux que lorsqu'il le méritait vraiment, entièrement et absolument. Personne ne lui décernait de médailles pour ses sacrifices. On ne les saluait même pas. Nour avait droit aux petits soins et aux baisers, aux glaces et aux friandises.

Les moustiques bourdonnaient à ses oreilles. Les toiles des tentes remuaient, molles et ternes.

De l'une des tentes lui parvinrent un gémissement, un grognement étouffé, des grincements et des chocs sourds, en rythme. Firuzeh s'arrêta, et souleva un pan de la tente avec son bâton.

Un homme était couché sur une femme, en bas d'un lit superposé, son pantalon à lui retroussé à ses chevilles, sa robe à elle étalée de part et d'autre. Ils s'agrippaient comme s'ils étaient en train de se noyer, et les sons qu'ils produisaient étaient des gémissements d'affliction.

Lorsque la femme ouvrit les yeux, le visage empourpré, elle aperçut Firuzeh. Jurant dans une langue que Firuzeh ne connaissait pas, elle attrapa une chaussette à côté du lit et la lui jeta.

Firuzeh évita le projectile et s'enfuit.

Il était une fois un mollah qui avait mangé autant de glaces qu'il avait pu, se dit-elle, mais elle ne parvint pas à imaginer la suite de l'histoire. Elle s'accroupit à l'ombre de l'arbre aux feuilles lisses et luisantes, au centre du camp, ignorant les hommes qui jouaient aux cartes tout près d'elle, et avec son bâton se mit à dessiner des glyphes et des mauvais sorts dans la poussière.

Il était une fois une mère qui était allée acheter des chaussures pour sa fille, mais sans sa fille, et elle rapporta des chaussures qui étaient trop petites ou trop grandes, pas de la bonne taille :

quelle ne fut pas sa déception quand elle rentra chez elle ! Il était une fois un homme et une femme qui se noyèrent dans les yeux l'un de l'autre sur la terre ferme, et personne ne comprit jamais comment ils étaient morts.

Petite fille, tes histoires ne sont que des débuts d'histoire ! dit l'un des hommes qui jouaient aux cartes. Ce ne sont pas des histoires. Qu'arrive-t-il au mollah ? À ta mère ?

Je n'en sais rien.

Dis : Le temps passa et passa encore. C'est comme ça que ma mère racontait les histoires. Puis raconte-moi quelque chose de magique. Un miracle. Un exploit. Dis-moi que les méchants sont punis et que les sots trouvent la sagesse. Enfin, tu dois dire : Ils demeurèrent de ce côté de l'eau, et nous de ce côté-ci.

Si tu joues, alors joue, dit l'un de ses compagnons. N'embête pas cette petite fille avec tes bêtises.

Le premier encouragea Firuzeh d'un hochement de tête. Vas-y, essaye. Un jour parmi les autres –

Le temps passa et passa encore, dit-elle en fronçant les sourcils. Les Australiens demeurèrent de ce côté de l'eau, et nous de ce côté-ci.

Les joueurs firent éclater des rires rauques.

Tu ne peux t'en prendre qu'à toi-même, Mahmoud.

C'est une petite futée.

Très intelligente.

Où est ton père, petite ?

Veuillez m'excuser, leur dit Firuzeh. Je dois y aller.

Le bus dégorgea ses passagers l'un après l'autre. Ils serraient leurs achats contre leur poitrine, la mine sinistre. Firuzeh se dressait sur la pointe des pieds, sans parvenir à voir Abay ou Nour dans la foule qui se clairsemait.

La femme d'Omid, entendit-elle. Mal tourné. Quelqu'un devrait l'avertir.

Nour dévala maladroitement les marches du bus, un cercle de crème glacée autour de la bouche, les yeux écarquillés. Il se précipita vers Firuzeh et se cramponna à sa taille, la serrant si fort qu'elle en eut mal.

Qu'est-ce qui ne va pas ? demanda Firuzeh. Où est passée Abay ?

Nour enfouit son visage dans son ventre.

Des coups sourds se firent entendre, comme un papillon de nuit butant contre une fenêtre.

Le visage d'Abay apparut brièvement derrière une vitre du bus, la bouche en rond, ses mains frappant et grattant la surface de verre. Deux papillons de nuit.

La porte du bus se déplia. Puis l'autocar toussa comme un tuberculeux, tourna et bringuebala lourdement à travers le portail argenté du camp, qui se referma bruyamment derrière lui.

Des sandales claquèrent dans la poussière. Atay était là, à bout de souffle, courbé, les mains sur les genoux.

Où est votre mère ? demanda-t-il, et Firuzeh pointa le bus qui s'éloignait entre les barreaux du portail, soulevant un long panache de poussière jaune dans son sillage. Il disparut au détour d'un virage.

Votre mère n'est pas descendue du bus ?

Elle a essayé, répondit Firuzeh.

Nour, que s'est-il passé ? Nour, sois courageux, je t'en prie, dis-moi, Nour –

Nour pressa ses lèvres l'une contre l'autre, secoua la tête et, dans des sanglots, étala glace et morve sur la chemise de Firuzeh. Ils eurent beau le prier et le supplier, il refusa de prononcer le moindre mot.

Khalil lui aussi avait pris le bus. Firuzeh l'avait vu. C'était un garçon maussade au visage grêlé qui gardait toujours les mains au fond des poches pour dissimuler le fruit de son dernier larcin. Nour chahutait parfois avec lui. Il ne devait pas être beaucoup plus âgé que Firuzeh, pourtant il était seul dans ce camp.

Elle l'observa pendant le repas.

Le garçon qui mangeait toujours avec lui, Payam, finit son dîner et s'en alla.

Nour remuait sa fourchette dans son assiette, sans appétit. Atay brassait l'air de ses bras, exigeant des réponses que personne ne lui donnait. Dieu seul sait, répondit quelqu'un. D'autres continuaient de mâcher en jetant un regard lourd de sens aux enfants.

Lorsque Khalil se leva de table, Firuzeh prétexta une douleur au ventre et le suivit.

Dans une allée sombre entre deux rangées de tentes, elle attrapa Khalil par le poignet.

Dis-moi.

Je ne sais rien du tout.

Menteur.

Demande à Nour.

Il refuse de parler. Dis-moi.

Non.

L'instant d'après, il se retrouva étendu dans la poussière, immobilisé par le poids de Firuzeh malgré ses efforts pour s'en libérer. Elle leva le bras pour le frapper à nouveau.

Attends, dit-il. Je vais tout te raconter.

Les sandales de Khalil étaient tombées en morceaux. Il en avait emprunté une paire, dans lesquelles ses petits pieds nageaient. Quand son nom avait été tiré au sort, il y avait vu un incroyable coup de chance.

Alors je suis allé dans la boutique, dit-il, et le vendeur m'a jeté un regard terrible – il ne m'a pas quitté des yeux, tout le temps que j'ai passé dans sa –

Tu bavasses, dit Firuzeh. Dis-moi ce qui est arrivé à Abay.

Il faut remonter à bord du bus avant trois heures. Elle est arrivée en retard.

Que s'est-il passé ?

Peut-être que Nour ne voulait pas rentrer si tôt. La ville est jolie. Peut-être qu'elle ignorait cette règle. Quelle différence ça fait ?

Continue.

Dix minutes de retard, a dit le garde. Il avait une montre. C'est la dernière à être montée. Je ne l'ai même pas regardée. Personne ne lui a jeté un regard. J'avais mes chaussures. Ses affaires à elle, ça ne me concernait pas.

Quel homme tu es. Si j'avais été là –

Mais tu n'étais pas là.

Ferme-la et continue.

Il lui fit une grimace. C'est l'un ou l'autre.

Elle serra le poing.

Le garde a dit, on a cru que vous vous étiez enfuis. Elle a dit, où est-ce que je pourrais bien m'enfuir ? Il a dit, tu sais ce qui arrive aux détenus qui arrivent en retard ?

Quoi ?

Une longue nuit en CD.

Qu'est-ce que ça signifie ?

Ta mère a posé la même question. Personne ne lui a répondu. On avait honte. On est arrivés au camp et le garde a dit, dehors ! Elle m'a dit : aide-moi. Je suis descendu du bus. Elle a dit, aidez-moi, je vous en prie, au nom de Dieu. Personne n'a essayé de l'aider. Tu peux me frapper maintenant.

CHAPITRE DIX-SEPT

Quentin Marks était un authentique col-bleu du Queensland et fier de l'être, issu d'une longue lignée de cols-bleus qui remontait à un faussaire arrivé dans l'un des tout premiers navires de forçats. Cet illustre ancêtre avait possédé une montre à gousset en argent gravé, qui était de nos jours exposée dans la vitrine d'un musée national.

Quentin avait tiré des bières dans des rades, avait fait de la cueillette et nettoyé des huîtres sur un bateau perlier, mais quelque chose au fond de lui lui disait que c'était à propos de ce boulot-là qu'il aurait le plus d'histoires à raconter. C'était l'aventure et c'était bien payé, plus de zéros sur sa fiche de paye qu'il en avait jamais vus, et à vingt-deux ans, avec Ella en cloque et le sinistre gouffre des vraies responsabilités qui s'ouvrait sous ses pieds, Quentin avait désespérément besoin de ce fric. Il ne partirait que pour un an, c'était ce qu'il lui avait dit, un an et demi à tout casser, à mener les clandestins à Nauru comme son oncle menait le bétail. Puis il reviendrait pour la marier comme il faut, avec toute la dentelle et les froufrous qu'une femme comme elle méritait. Après quoi il apprendrait à poser des toitures ou du carrelage, et ils loueraient une maison rien qu'à eux, avec un jardin pour les mômes.

Si Nauru était une bénédiction pour Quentin, c'était la plus terrible des malédictions pour la racaille basanée qui venait s'échouer ici. On leur avait promis la liberté et les allocs australiennes, pas la chaleur des tropiques, les tentes et des clôtures sans fin. On pouvait voir la colère et le sentiment de trahison dans leurs yeux, et rien que ça donnait envie de porter la main à sa matraque. Cela dit le boulot était pas si mal, même si la ville était un peu nulle. Même si toutes les femmes de l'île étaient grosses.

Ce jour-là, il était affecté au bureau, prêt à protéger rasoirs et serviettes hygiéniques au prix de sa vie.

« Déjà de retour ? » lança-t-il à l'Irakienne qui hésitait sur le seuil du préfabriqué. L'incarnation même de la gêne. « T'es pas déjà passée il y a trois heures ? »

Elle rougit encore plus - si la chose était possible -, lui arracha le petit paquet mou des mains et disparut.

Vraiment aucun sens de l'humour.

Le suivant était un Afghan qui secoua la main devant ses dents jaunes. « S'il vous plaît.

– Je te donnerai une brosse à dents si tu arrives à prononcer le mot comme il faut. Brosse. À. Dents.

– Blosse à dints.

– Nan mon vieux. Brosse à dents.

– Blosse-à-*dints*.

– Et vous croyez sérieusement que vous allez vous en sortir en Australie. Mon Dieu. » Il lui passa la brosse à dents. « Eh, pas si vite. Comment on dit ?

– *Blosse*-à-dints.

– Non, non, t'es censé dire *Merci beaucoup pour la brosse à dents*. Cadeau du gouvernement fédéral australien. Premier hôtelier des clandestins et des détenus. Alors, comment on dit ?

– Melci boucoup. Poul blosse-à-dints.
– C'est pas vrai... »
Le travail au bureau aurait été d'un ennui mortel si lui, Quentin Marks, n'avait pas eu un cœur d'or, un goût naturel pour la rigolade et une si haute idée de ses fonctions et de sa mission. Même s'ils se faisaient tous déporter demain dans les trous du cul du monde d'où ils venaient, apprendre un peu la langue ne pouvait leur faire que du bien. Peut-être qu'un jour ça leur sauverait la vie. Il voyait ça d'ici : ce cher monsieur courant après un terroriste en civil dans le hall de réception de l'Intercontinental, pointant sur lui un index accusateur, et s'écriant avec un accent parfait, « La brosse à dents ! La *brosse à dents* ! », sur quoi le réceptionniste dans son élégant uniforme plaquerait le terroriste au sol et découvrirait le minuscule dispositif incendiaire dissimulé dans le manche évidé de sa Triple Action Super Souple Spécial Massage des Gencives. Les touristes dont les vies auraient été sauvées par l'intervention de ce monsieur organiseraient une collecte à son profit. Alors il claquerait des mains, au comble de la surprise et de la gratitude, et dirait, dans un anglais net et clair, « Merci à vous. Merci à vous tous, du fond du cœur. Mais plus qu'à tout autre, merci à M. Quentin Marks, qui m'a enseigné l'anglais dans les camps de détention. Ça, c'est un chic type. »

Souriant à cette pensée, Quentin verrouilla le bureau et salua de la main Peter et Beth, chargés de la surveillance du portail. Ils appuyèrent sur le bouton afin de le laisser passer.

La journée avait été paisible, et ce n'était pas plus mal. Il se faisait autant d'argent les jours calmes que les jours d'émeute, et même s'il y avait un certain plaisir à enfiler casque et genouillères, à taper de la matraque sur le bouclier de plexiglas, et à voir les expressions des détenus passer de la rage à la peur – il frissonna de joie au souvenir de sa formation sur l'île Christmas – on ne pouvait nier le fait que tout cet équipement était très lourd et extrêmement inconfortable, dans ce climat où il suffisait de péter un coup pour être en nage.

Tranquille, ça voulait dire facile, et Quentin aimait bien que ce soit facile. Ce soir, par exemple, ce serait une soirée tranquille. Une bonne bouteille de bière bien fraîche à l'hôtel pour commencer, puis dîner au restaurant chinois. Peut-être un rapide coup de fil à Ella.

Le barman, un indigène dont la bedaine prouvait les origines, était d'humeur maussade, contrairement à ses habitudes.

« Ah, Lionel, enfin victime d'un soupçon de culpabilité ? Ce truc est coupé à l'eau. Je le savais. Pas du tout le même goût que chez nous.

– Monsieur Marks, ils commencent à parler d'une fermeture du centre de détention.

– Ah bon ? Et qui t'a raconté un truc pareil ?

– Votre Premier ministre à la télé, monsieur.

– Eh bien, ça ne te plairait pas ? Tous les clandestins chassés de ta jolie petite île, plus besoin de s'inquiéter pour madame en cas d'émeute.

– Mais ce serait la fin du commerce. Ça fait des années qu'on n'a plus eu le moindre touriste. Plus de centre de détention, plus d'hôtel - plus de bar. Et après, quoi ?

– Ah, dis pas des choses pareilles. Moi aussi je perdrais mon boulot, tu sais. On trouverait bien un moyen de retomber sur nos pattes. Ma mère ne souhaite qu'une chose au monde, les renvoyer tous chez eux : tu devrais l'entendre casser les couilles de son député au téléphone. Et puis toi, qu'elle me dit souvent, toi qui dois surveiller ces raclures à longueur de journée : tu veux pas qu'ils se cassent d'ici pour retrouver leur foutu désert ? Pas avant la fin de mon contrat, que je lui fais. Oublie jamais que c'est eux qui payent mes factures.

– Les miennes aussi, dit Lionel avant de lui servir un verre.
– Salut toi, dit Beth. Laisse-moi une place, ducon.
– Comment vont les choses au camp de vacances, en mon absence ?
– Une émeute toutes les soixante secondes. Dire qu'on est en train de rater ça. Une Victoria Bitter, s'il te plaît.
– On n'en a plus, madame. Désolé.
– Ah, mais ils ont promis d'appeler si la fête débutait.
– Nan, Marks. Ç'a été chiant comme la mort. Enfin, je mens un peu : y a un réfugié qui arrête pas depuis tout à l'heure, quelque chose d'affreux. Ça m'étonne qu'on l'entende pas d'ici, vu le boucan qu'il fait. Sa femme passe la nuit au mitard. À l'entendre, tu croirais qu'on l'a assassinée.
– Elle a eu le droit au traitement VIP, je suppose ?
– M'en suis occupée moi-même. Y a de quoi se rincer l'œil. Les nichons qu'elles ont, ces bonnes femmes : gigantesques - comme des biscuits. Pas étonnant que son mari soit autant en colère. Enfin bon, une nuit à poil dans sa cellule, et elle y repensera à deux fois avant de retarder encore le bus.
– Notre prison est réputée pour ses moustiques, dit Lionel. Une Corona à la place, madame ?
– Parfait. »

Ella se sentait un peu seule à la maison, mais elle allait bien.
« Je vomis comme une fontaine, dit-elle, mais à cinq mois, ç'a rien d'étonnant.
– Ça pourrait être pire, fit-il. Imagine si tu vivais dans un camp comme celui-ci. On a des femmes enceintes, tu te rends compte ? Certaines sont ici depuis six mois, huit mois, un an.
– Ça veut dire qu'elles ont...
– Dans les bateaux, ouais, ou ici dans les tentes.
– Beurk.

– La nature trouve toujours un chemin.
– Tu pourrais écrire un bouquin là-dessus, un jour.
– Sur le boulot, tu veux dire ?
– Ouais. »

Quentin y songeait. Ce n'était pas un littéraire, mais l'histoire de la famille Marks condensée entre deux couvertures de cuir, alors *ça* c'était enthousiasmant, comme idée. Et puis sa propre existence n'était-elle pas une longue aventure, du genre de celles dont rêvaient les gamins dans leurs fermes, si éloignées les unes des autres que les profs donnaient leur cours par CB ? Alors ça c'est une vraie histoire australienne, se dirait la petite fille ou le petit garçon en contemplant des hectares et des hectares d'herbe jaune et de poussière rouge, en rêvant de bateaux perliers et d'émeutes dans des camps de détention.

Une chose était sûre : quelqu'un devait écrire tout ça.

CHAPITRE DIX-HUIT

Une longue nuit passa, puis une longue journée, la plus longue de ces mois passés sur l'île, dont ils avaient tenu distraitement le compte. L'absence d'Abay, cet espace en forme de mère, s'assit avec eux au dîner, marcha avec eux jusqu'à la tente et s'allongea sur son lit.

Atay s'assit. Il se leva. Il fit les cent pas sous la tente. Il se rassit, puis se releva d'un bond. Dans ses mains fébriles, une chemise sale, usée et déchirée, lambeau après lambeau, fil à fil.

Nour colla ses genoux à son nez et ferma les yeux de toutes ses forces.

Dormez, maintenant, dit Atay. Je vais faire un tour.

J'ai parlé à Khalil, murmura Firuzeh à Nour.

De son lit, elle tendit le cou jusqu'à ce qu'elle le voie.

Eh bien qu'est-ce que tu as à dire pour ta défense ?

Il se tordait les mains.

C'est moi qui aurais dû y aller. Je n'aurais pas mis Abay en retard.

Firuzeh se recoucha sur son lit. Regarda au-dessus d'elle. Siffla entre ses dents en fixant le léger bombement du sommier métallique, là où se concentrait le poids de son frère :

C'est ta faute.

Dans le noir, dans le silence, il était plus difficile d'ignorer l'absence-d'Abay, assise là, aussi dense que quelque chose de vivant. L'absence-d'Abay qui inspirait et expirait. Qui observait.

Atay ne revint pas. Le pan de la tente allait et venait au gré de la brise nocturne.

Firuzeh tourna le dos au lit d'Abay jusqu'à ce que l'oreiller lui chauffe la joue, puis se retourna, et roula encore sur elle-même pour faire semblant de dormir, afin que Nour sache au moins qu'elle, elle n'avait rien sur la conscience, non, absolument rien. Rien de tout cela n'était sa faute. Ça montrait bien que –

La bosse du lit supérieur, là où Nour restait roulé en boule, ne bougea pas d'un cheveu.

Elle laissa pendre ses membres hors de son matelas, renonçant à faire semblant de dormir.

Dis quelque chose, espèce d'âne.

–

Je sais que tu ne dors pas.

–

Firuzeh gonfla les joues et expira. D'accord.

Le lit superposé grinça et branla lorsqu'elle se hissa à l'étage supérieur, le métal presque froid sous la plante de ses pieds. Elle asséna un petit coup de poing à l'épaule de son frère.

Hé.

–

Tu veux que je te raconte une histoire ? Est-ce que ça t'aiderait à trouver le sommeil ?

Les yeux de Nour s'élevèrent au-dessus des deux collines de ses genoux. Tu n'es pas Abay.

Et tu n'es pas Rostam, mais qui s'en soucie ?

Tu es une mauvaise sœur.

Le nez de Nour émergea à son tour.

Khalil a deux sœurs et elles sont horribles, dit-il, mais je préférerais les avoir elles plutôt que toi. Sans toi, on n'en serait pas là. Sans tes chaussures, Abay ne serait pas en prison.

Pourtant c'est bien là qu'elle est. Et moi je suis ici. Toi au moins, tu es allé en ville. Toi au moins, tu as mangé de la glace. Mais je sais que tu aimes bien les histoires de mollah, alors écoute, Nour. Un jour on demanda au mollah pourquoi il répondait toujours aux questions par d'autres questions. Alors il mâchonna sa barbe et répondit, Vraiment ?

Elle est nulle cette histoire.

Peut-être que tu ne sais pas ce qu'est une bonne histoire.

Peut-être que tu racontes mal les histoires.

D'accord. En voilà une autre. Un jour, le mollah ramait à bord d'un bac, et un savant demanda à traverser –

Non, dit Nour. Pas une histoire de mollah.

Quel genre d'histoire alors ?

Une histoire palpitante.

Toutes mes histoires sont palpitantes, tête d'oignon.

Non c'est pas vrai.

Essaye, toi, alors.

Raconte l'histoire d'un garçon, Firuzeh. Ça, ça la rendra palpitante. Les garçons en grandissant deviennent des héros. Des soldats. Des rois. Vous, les filles... vous finissez toujours par vous marier. Et ça c'est ennuyeux.

Très bien, petit sultan. Un garçon. Quel âge ?

Sept ans. Et il est courageux. Et il n'a jamais peur.

Où vit-il ?

Dans un village. Mais il peut voir le monde entier en grimpant sur le toit. Il y monte tout le temps parce qu'il n'a pas le vertige. Il garde des chèvres. Quand des loups ou des bandits s'en prennent à elles, il les tabasse. Il n'a peur de rien.

À quoi ressemblent ses parents ?

On l'a trouvé bébé dans la montagne. Personne ne sait d'où il vient.

A-t-il une sœur ?

Non. Il a des pigeons. Les pigeons les plus rapides et les plus jolis au monde. Quand il siffle, ils volent dans toutes les directions, et puis ils lui racontent tout ce qu'ils ont vu. Les cachettes où les avares dissimulent leur or. Les loups qui s'approchent des chèvres. La distance qui le sépare de la guerre. Tous ceux qui sont morts.

Il y a une guerre ?

Il y a toujours une guerre, Firuzeh. Quelle question stupide.

Donc, il était une fois un garçon, qui était tout ce que tu as dit. Un jour il quitta le village –

Non.

Comment ça, non ?

Le garçon ne quitte pas le village. Il ne marche pas jusqu'à la ville. Le village, c'est chez lui. Il y connaît tout le monde, même le méchant vieil homme, avec ses chiens aux yeux rouges, qui lui jette des regards noirs et crie et crache.

Comment peut-il partir à l'aventure s'il ne quitte pas son village ?

Peut-être qu'il n'a pas besoin de partir à l'aventure.

Peut-être bien. Mais comme tu l'as dit, c'est la guerre. Peut-être qu'un jour il grimpe sur le toit et constate que les combats se rapprochent –

Non, ça n'arrivera pas. Ça n'arrivera jamais. Il est en sécurité. Lui et tout le village sont en sécurité. Ses pigeons surveillent constamment tout, lui racontent toujours tout, et ils ne voient jamais les combats approcher. Tous les jours les villageois se pressent devant sa porte, même le méchant vieil homme, et ils lui demandent, où sont les combats ? Devons-nous fuir ? Et tous les jours il leur dit, la guerre est très loin. Nous sommes en sécurité. Ce qui fait qu'ils n'ont jamais à faire leurs bagages pour s'enfuir.

C'est tout ?

Il gagne toujours au jeu des noix et au concours de celui qui saute le plus haut. Parfois il perd exprès, pour que les autres enfants ne soient pas tristes, mais il pourrait gagner tout le temps s'il le voulait.

Rien d'autre ?

Oh, et il porte un manteau et des bottes en peau de loup. Les peaux de tous les loups qu'il a tués, tout seul avec son bâton. C'est tout.

Et ils demeurèrent de ce côté de l'eau, et nous de ce côté-ci.

Tu vois, ça, c'est une bonne histoire.

Nour fit claquer sa langue, bâilla, et s'étira dans son lit.

Firuzeh ? La glace - elle n'était pas si bonne que ça.

Elle caressa les boucles de ses cheveux. Petit menteur, dit-elle.

Nour se mit à ronfler délicatement.

Si Firuzeh fixait trop longtemps les ténèbres du lit d'Abay, ces dernières menaçaient de se déchirer pour l'avaler.

Nour dormait. Leurs voisins de l'autre côté du drap dormaient. Elle entendait son cœur frapper contre les barreaux de ses os.

Quelque part dehors, Atay tournait en rond, de longs cercles solitaires sous l'éclairage électrique et la lune.

Firuzeh dit : Nasima.

Je vais te révéler un secret, dit la noyée.

Nasima tira une perle de sous sa langue et la fit rouler entre ses doigts.

Tes parents ne peuvent pas te sauver. Et tu ne peux pas les sauver.

Menteuse.

Dis-moi comment tu comptes sauver Abay. Dis-moi comment Abay pourrait seulement te sauver. Quand les vagues grossissent et que le bateau roule, roule...

Ce n'est pas parce que ta mère t'a lâchée que –

Les requins mangent les corps, dit Nasima. Tant de bateaux. Tant de tempêtes. Pendant un moment, les corps flottent. Puis ils coulent. Mais ils n'atteignent jamais le fond.

Pourtant tu as survécu, dit Firuzeh. Et Abay finira par être libérée. Et nous irons en Australie.

Nasima dit : Mères, amoureux, petits garçons, vieillards, oncles. Tous noyés. Tous tombés à la mer. Les eaux de la tempête ragent, enflent et rugissent, mais en dessous, tout tombe doucement. La chair s'effiloche. Pièges à mâchoire hérissés de dents blanches qui déchirent et emportent.

Firuzeh dit : Tout ça c'est des histoires.

J'ai vu ce que j'ai vu.

CHAPITRE DIX-NEUF

Le petit déjeuner, plus ou moins gluant et insipide selon les jours, ne leur donnait pas envie. Tous trois allèrent au mess par habitude, Firuzeh manipulant le petit caillou qu'elle avait trouvé sous son oreiller.

Atay s'assit telle une pierre.

Firuzeh croquait et mâchait son pain, repoussait les miettes dans son assiette.

Nour roulait des boulettes de mie et les catapultait avec sa cuiller. L'une d'elles rebondit sur le nez de Firuzeh.

Alors Firfri, tu vas faire quoi aujourd'hui ?

Attraper un gros scarabée et lui arracher les ailes.

Je peux t'aider ?

Non, débrouille-toi tout seul pour en attraper un.

Nour se redressa. Si c'est comme ça j'attraperai une tortue.

Qu'est-ce que tu comptes bien faire d'une tortue ?

Toutes sortes de choses. Je peux construire une ville sur sa carapace avec des brindilles. La retourner pour qu'elle donne des coups de patte dans le vide, à l'envers. La cacher dans les vêtements d'Atay pour le faire crier. Et quand tu viendras me demander si tu peux jouer avec toi aussi, je te dirai de te débrouiller toute seule pour en attraper une.

Dans ce cas, tu ferais bien de partir vite à sa recherche.

Tu vas voir. Hé, Khalil ! Viens on va chercher une tortue ! Atay, je peux y aller ?

Atay cligna des yeux. Un début de hochement de tête. Nour partit en trombe.

Azad, dont la barbe était pleine de miettes, se pencha au-dessus de la table et dit, Rappelle-toi que Dieu est miséricordieux. Envers moi et envers toi.

Ça ressemble à de la miséricorde, ça ?

Seul Dieu détermine ce qui est et ce qui n'est pas de la miséricorde.

Va dire ça à Bahar. Oserais-tu le lui dire en face ? Ce qu'ils lui ont fait, ce qu'ils sont en train de lui faire, je n'arrive pas à me l'imaginer - je ne veux pas me l'imaginer. Nuit et jour, j'essaye de ne pas y penser.

Tout ce que Dieu nous demande, c'est de nous soumettre.

Et ne me suis-je pas soumis ? Est-ce que ma vie tout entière n'a pas été une succession de coups de poing en pleine figure ? À quel moment aurai-je le droit de me battre ?

À aucun moment, répondit Azad. Mais la justice arrive toujours en son temps.

Tu as perdu l'esprit, dit Atay. C'est ce temps. La chaleur.

Je te laisse. Juste une chose, Omid : s'il te plaît, ne t'en prends pas aux gardes. Je lis sur ton visage. Tous les hommes ont la même expression quand cela arrive. Ils ramèneront Bahar, et toi tu ne seras plus là. Qu'y aurait-il de bien à cela ?

Il n'est de bien en rien. Ni au paradis. Ni sur terre.

Firuzeh s'éclaircit la gorge.

Excepté mes enfants, rectifia Atay en l'ébouriffant. Tu n'étais pas censée aller chercher un scarabée ?

Est-ce que les scarabées mangeraient de ce pain, Atay ?

Ce sont les seules créatures à le mériter. Que feras-tu quand tu en auras capturé un, janam ?

Je l'enfermerai en Cellule Disciplinaire.

Atay la regarda droit dans les yeux. Quoi ?

Dans un sac plastique, peut-être, ou dans une chaussure de Nour.

Pourquoi ?

Il faut que je sache s'il est possible qu'il s'en échappe. S'il est possible qu'Abay –

Je te conseille de ne pas y penser, dit Azad.

Va chier sur ta mère, à ton avis, qu'est-ce que je m'efforce de faire ? Sois gentille, Firuzeh, et veille sur Nour.

Je suis toujours gentille, souffla Firuzeh, avant de s'en aller.

Cinq scarabées plus tard, Firuzeh, entourée de leurs écailles laquées et de leurs pattes en dents de peigne, entendit le bringuebalement et le sifflement du bus. Elle laissa sa sixième victime secouer spasmodiquement les trois membres qu'il lui restait dans la poussière, et accourut.

Malgré sa rapidité, Atay la devança. Lorsqu'elle arriva devant le bus, il avait déjà passé son bras autour de la taille d'Abay afin qu'elle s'appuie sur son épaule.

Nour fusa jusqu'à eux, bousculant Atay. Il enfonça son visage humide dans la jupe d'Abay. Une partie de Firuzeh aurait aimé en faire de même. Mais c'était une grande fille, et une fille bien élevée.

Abay ne les regarda pas.

Cette fois on aura bien retenu sa leçon, hein, dit une garde blonde en souriant.

Vif comme un serpent, Nour se jeta sur elle. Ses ongles griffaient le tissu grossier de son uniforme sans trouver prise. Il s'assit par terre, planta ses dents dans sa jambe, et tint bon.

Elle se mit à hurler.

Firuzeh éclata de rire.

D'autres gardes se précipitèrent, radio-émetteurs grésillant, matraque à la main. Firuzeh se pencha vers Nour, ballotté par la garde qui secouait la jambe, et elle referma ses bras autour de son frère.

Lâche-la ! hurla-t-elle en anglais en faisant semblant de le tirer à elle. En dari, elle lui murmura : accroche-toi de toutes tes forces.

Le premier coup lui piqua l'épaule telle une guêpe.

Le deuxième s'abattit lourdement sur ses côtes.

Le troisième claqua contre son crâne. Ses bras perdirent toute force, et elle s'avachit sur le flanc, dans la poussière.

Ils écartèrent Nour sans faire usage de leur matraque. Un garde à la peau foncée lui saisit la mâchoire, et Nour lâcha prise, les yeux scintillant de larmes.

La garde blonde ne cessait de miauler.

Emmenez-moi au bloc, faut m'évacuer par hélico !

Laisse-moi voir ça, dit le garde à la peau foncée en s'agenouillant.

Appelle-les ! Ces putains de singes – t'as vu ce qu'ils m'ont fait, tu l'as vu !

Ouaip, dit-il en inspectant les marques sous la jambe retroussée de son pantalon. T'as de jolis bleus.

Des bleus ? Il m'a mordue ! Comme un foutu warrigal !

Tu as de la chance qu'il n'y ait pas de plaie. Tu veux que je le morde en représailles ?

Il montra ses grandes dents blanches à Nour, qui se recroquevilla sur lui-même.

Allez, viens, Beth. On va te mettre un peu de glace.

Un peu de glace ? Mon cul oui ! Faut qu'on me fasse des points de suture !

Elle s'éloigna en boitant et en jurant, se tenant au bras du garde à la peau foncée. Un autre cracha en direction d'Atay. Un quatrième pinça l'oreille d'Abay, très fort.

Tu crois que c'est un bon coup, la guenon ? Vu la combativité de ses petits –

Ce que je crois, Quentin, c'est que ce serait un coup parfait pour *toi.*

Ah, laisse tomber ! J'ai Ella à la maison, tu le sais bien.

Tant pis pour toi.

Lorsqu'ils furent assez loin pour ne plus l'entendre, Atay fixa Nour de ses yeux noirs et brûlants.

La prochaine fois, mords plus fort.

Oui, Atay. Je n'oublierai pas.

Abay, fiévreuse, tremblait lorsqu'ils l'allongèrent sur son lit. La femme sri-lankaise écarta le drap mitoyen, les sourcils froncés.

Malade, dit-elle en la pointant du doigt.

Oui, répondit Atay.

Très malade, fit-elle. Appeler gardes.

Non.

Elle désigna à nouveau Abay, puis souleva son fils, amaigri, trop jeune à trois ans près pour intéresser Nour. Son regard curieux et brillant balaya leur coin de tente.

Elle répéta : Gardes. Malade.

Non, dit Atay. Désolé.

Ils disparurent derrière le drap.

La prochaine fois c'est toi qui mords, dit Nour à Firuzeh.

Ç'avait quel goût ?

Eurgh.

Elle lui donna une bourrade, et il fit de même, plus fort. De temps en temps, ils jetaient un coup d'œil en direction d'Abay. Sa présence était dans un sens pire que son absence. Elle émettait un son aigu, infime et terrible.

Dors, dit Atay en caressant les cheveux d'Abay, mais le son continuait.

De petits renflements de piqûres de moustiques recouvraient le visage, les bras, les mains d'Abay, le moindre centimètre carré de peau visible, jusqu'à la plante de ses pieds. Certains avaient crevé, suintant de pus doré. D'autres étaient recouverts de croûtes et de traces de sang coagulé.

Au bout d'un moment, le son s'aggloméra en syllabes.

Chut, dit Atay. On aura tout le temps de parler plus tard.

Abay dit : Firuzeh.

Oui, Abay.

Se contorsionnant pour passer la main derrière elle, Abay sortit de sous sa jupe une paire de chaussures blanches en similicuir, flambant neuves. Chacune était décorée de deux fleurs roses poinçonnées.

Merci beaucoup, Abay.

C'est...

Une longue inspiration.

C'est la bonne taille ?

Firuzeh posa les chaussures neuves sur ses genoux. Elle enfila une main dans chacune d'elles et écarta les doigts.

Oui, Abay, répondit-elle. C'est la bonne taille.

Bien...

Abay détourna le visage.

Il faut que tu dormes, dit Atay.

Firuzeh tendit le pied droit et fit parler la vieille chaussure. Ses orteils gigotaient comme des anguilles dans sa bouche. C'est ça, dors, dit la chaussure. Tout ira bien.

Je ne te crois pas, dit-elle à sa chaussure, et elle s'en déchaussa d'un coup de pied. La chaussure traversa leur moitié de tente, disparaissant au-dessus du drap qui ondulait.

De l'autre côté, le petit garçon sri-lankais se mit à pleurer.

Cette nuit-là, les pluies de la mousson débutèrent.

L'eau crépitait sur le toit de toile et s'immisçait par les mille trous qui le perçaient. Des cascades tombaient du matelas de Nour lorsque celui-ci s'assit au bord de son lit.

Je suis tout mouillé.

Firuzeh dit : Espèce d'âne.

Ma couverture est trempée.

La voix d'Abay flotta dans l'obscurité comme des paroles prononcées dans un rêve.

Omid, tu te souviens d'Istalif au printemps ?

Descends, Nour, fit Atay. C'est plus sec, en bas.

Mais je veux pas qu'il vienne ! protesta Firuzeh. Eurg, Nour, tu es tout mouillé !

C'est ce que je te disais. Alors c'est qui l'espèce d'âne ?

Les arghawan en fleur, qui fleurirent tout au long de la guerre.

Une brève bataille humide, et Nour fit main basse sur la couverture de sa sœur.

Hé, rends-moi ça !

Atay dit : Firuzeh.

Nour dit : La mienne est toute trempée.

Les collines violettes, les bords de la rivière. Et tout ce monde en train de pique-niquer sur des couvertures.

Atay dit : Firuzeh, arrête de taper Nour.

Regarde ! Elles sont là mes mains ! C'est lui qui me tape !

Je n'y vois rien, soupira Atay. Est-ce que c'est mal d'appeler un décompte de ses vœux ? Sans doute.

Ces sacs à merde sortiront jamais par ce temps, dit Firuzeh. Ils écriront que tout le monde est là en faisant croire qu'ils ont vérifié.

Où est-ce que tu as appris une expression pareille ?

Je l'ai apprise des sacs à merde, Atay. C'est ainsi qu'ils nous appellent quand ils nous voient.

C'est elle qui l'a dit, fit Nour. C'est elle qui l'a dit. Pas moi.

Un autre soupir, plus profond.

La pluie ne cessait de goutter du toit.

Si on arrive à se trouver une place un peu à l'abri, on pourrait peut-être dormir –

Ouille !

Firuzeh s'exclama, indignée : Tu peux pas me cogner et dire *ouille* après !

Si je peux ! Je viens même de le faire !

Imbécile !

Ouille !

Je me souviens des jeunes garçons qui vendaient des tulipes sur le bord de la route.

Je t'en avais acheté un bouquet ? demanda Atay à l'obscurité.

Non. J'aurais bien aimé, mais le bus ne s'est pas arrêté.

CHAPITRE VINGT

Les décisions tombèrent entre deux averses.

Çà et là le sol poussiéreux s'était creusé de profonds bourbiers d'eau de pluie. De retour du bloc sanitaires, Firuzeh marcha pieds nus dans l'une de ces flaques, ses chaussures neuves à la main. Au-dessus d'elle, un oiseau blanc au panache écarlate lâcha le petit poisson qu'il tenait dans son bec et qui, frétillant et brillant, tomba dans la mare. C'était une toute petite chose argentée, très vive, pas plus grosse que son index, filant dans les nuages de limon que Firuzeh soulevait avec ses pieds.

Elle retroussa sa jupe, s'accroupit et tamisa l'eau avec ses doigts. En vain. Ses mouvements avaient rendu la mare opaque.

Flaque à poisson, se dit-elle en évaluant la distance qui la séparait du seul arbre de tout le camp. Les mornes rangées de tentes détrempées étaient trop uniformes pour lui servir de repère.

Les pluies, à ce qu'ils avaient entendu dire, dureraient plusieurs mois.

Elle mettrait le poisson dans un bol et le nourrirait avec du pain blanc. Petit à petit, le poisson grandirait.

Horloge-poisson, pensa-t-elle. Ou calendrier-poisson. Combien de temps depuis. Jusqu'à. Et quand.

Alors que Firuzeh approchait de la tente familiale, l'agent de l'immigration en sortit à pas rapides et collants. Son regard était si inflexiblement braqué devant lui qu'il faillit lui foncer dedans.

À l'intérieur, Atay tenait une lettre molle et humide.

Firuzeh, lis-nous donc ça.

Nour dit, Les mots sont compliqués.

Elle saisit la feuille imbibée et la tendit dans le triangle de lumière anthracite qui parvenait à filtrer à travers l'entrée de la tente.

Nous sommes afghans, dit-elle.

Quoi ? Bien sûr que nous sommes afghans. Qu'est-ce que c'est que cette lettre ?

Ils disent qu'ils savent à présent que nous sommes afghans. Et hazara. Et qu'on ne ment pas.

Ils ont cru que – ?

Abay déclara, Tous les menteurs prennent les autres pour des menteurs.

Atay dit, Bon. Certains réfugiés ont dû mentir. J'imagine très bien un Pachtoune mentir. Donc c'est une lettre positive. Ils savent que nous avons dit la vérité.

Firuzeh dit, Ils nous donneront à chacun deux mille dollars.

Deux mille dollars !

Et des billets d'avion –

Tu as entendu ça, Bahar !

– pour rentrer à Kaboul.

Pendant un long moment, personne ne parla.

On entendait de faibles éclats de voix dehors. D'autres courriers. D'autres traductions lentes et entrecoupées.

La lettre dit que l'Afghanistan est un pays sûr. Elle dit, rentrez chez vous. Ils nous donneront l'argent si nous signons un accord. Signez, partez, et ne revenez plus jamais.

Deux mille dollars, dit Abay, ça ne suffira même pas pour une seule tombe.

Bahar –

C'est la vérité.

Nour demanda, Alors quand est-ce qu'on ira en Australie ?

Jamais, répondit Firuzeh. Nous mourrons sur ce caillou.

Il doit bien y avoir une *solution*, dit Atay. J'irai parler à l'agent.

Dehors, à la lumière volatile du jour, des hommes et des femmes tenaient des lettres, comparaient les mots.

Il nous a été impossible de vérifier –

Estimons les chances de falsification comme élevées –

Regret de vous informer –

Aucun retour possible.

Certains avaient encore assez d'énergie pour se lamenter. La majorité demeurait silencieuse.

Abay sortit de la tente en traînant le pas, portant sa main en visière au-dessus de ses yeux. Ses cheveux étaient en bataille, son foulard maculé et de travers. Elle n'avait pas quitté son lit depuis des jours. Partout sur ses mains et son visage, les piqûres présentaient des croûtes sèches et jaunes.

Viens, Firuzeh.

Pataugeant d'une flaque à la suivante, Firuzeh suivit Abay qui se frayait un chemin entre les tentes.

Au moins ton Atay et moi, nous vous avons, vous deux. Les Shahsevani, eux, n'ont rien du tout.

Nasima disait qu'elle avait des frères. Qu'est-ce qu'il leur est arrivé ?

Personne n'en sait rien. Les numéros de téléphone ne marchent plus. Cela fait des mois qu'ils ne réussissent plus à les joindre. Et maintenant, ça. Delruba va perdre la tête. N'évoque pas Nasima. Ne parle pas. Ne souris pas.

Pourquoi je t'accompagne, alors ?

Les épaules d'Abay s'affaissèrent. Parce que je suis ta mère. Et Atay est parti trouver l'agent.

Quand elles furent arrivées devant la tente des Shahsevani, identique à toutes les autres tentes qui l'entouraient, Abay souleva le pan et fit signe à Firuzeh d'entrer.

Les Shahsevani étaient assis aux deux extrémités de la couchette inférieure de leur lit superposé, le visage tourné dans des directions opposées.

Delruba dit : Bonjour, Bahar. J'aurais aimé avoir du thé à t'offrir. C'est sans doute ce qu'il y a de pire. Même durant la guerre, j'avais du thé pour mes amis. Même si ce n'était qu'une seule feuille. Au moins nous avions une chaise.

Abay demanda, Avez-vous reçu votre lettre ?

L'agent vient de partir. C'était étrange. Il souriait. Je n'ai pas pu passer plus tôt, a-t-il dit. La pluie m'en a empêché. Mais maintenant vous savez.

Comme c'est bizarre. Mais ces gens-là, leur métier doit les rendre bizarres. À force de nous dire tous les jours *Rentrez mourir chez vous*. Et cette lettre, alors ? Ils vous ont proposé deux mille dollars, à vous aussi ?

Deux mille dollars, quelle fortune. C'est ce que disait votre lettre ?

Ils nous donneront deux mille dollars chacun si nous rentrons à Kaboul.

Honteux, c'est honteux. J'ai répondu comme une idiote. Est-ce que vous pouvez lire cette lettre ? a demandé l'agent. Ma fille peut la traduire, ai-je répondu. Elle a remporté un prix en anglais, à l'école. Et puis je me suis souvenue. Le regard qu'il m'a lancé m'a fendu le cœur comme un abricot.

Firuzeh, viens ici ! Elle peut traduire pour vous, dit Abay.

Firuzeh, traînant un pied après l'autre, tendit la main vers la lettre repliée.

Vas-y, fit Abay. Qu'est-ce qui est écrit ?

Je dois d'abord la lire en anglais.

Nasima l'aurait déjà traduite. Elle a remporté deux prix en anglais à l'école, vous savez.

Firuzeh ignora ce commentaire. Elle suivait chaque mot du bout du doigt.

M. Rahmatullah Shahsevani et Mme Delruba Shahsevani –

Ça, j'avais compris, dit Delruba.

Nous avons le pilaisir de vous inform que vos demandes ont été en-re-guistrées et appeu-rouvées. Vous bénéfi-quiez de l'autorisation de la A-S-I-O et êtes offi-quiellement habilités à enteu-rer sur le territoire austeuralien –

Elle plissa les yeux en lisant les mots qu'elle connaissait, puis en lisant ceux qu'elle ne connaissait pas.

Alors ?

Patience, Delruba, dit Agha Shahsevani. Tu ne vois pas que la petite fait de son mieux ?

– Un agent de l'O-I-M vous assiseu-tera dans vos démarches.

Prends ton temps, dit Abay.

Je crois – fit Firuzeh.

Oui ?

Je crois que vous allez en Australie.

L'expression morte et desséchée de Delruba se craquela. Pour la première fois depuis la tempête en mer, Delruba regarda autour d'elle, vraiment, comme si elle voyait enfin les lits en fer superposés, et la tente, et son mari, dont la main remonta maladroitement le long du matelas jusqu'à trouver la sienne.

Janam, tu as entendu ce qu'elle a dit ?

L'incertitude détendit ses sourcils fermement froncés.

Oui, mais est-ce qu'elle en est vraiment sûre ? Il faut demander à quelqu'un d'autre –

S'appuyant l'un sur l'autre, lents et hésitants, ils se levèrent de leur lit et sortirent, renouant avec le monde.

Abay fixa Firuzeh. Elles entendaient la voix de M. Shahsevani à travers la toile.

Hé, Abdul Hakim ! Tu sais lire l'anglais ?

Non, mais cet Irakien, M. Sadiq Ali, lui il sait.

Mais je ne parle pas arabe !

Peu importe. Il sourira si votre demande a été rejetée, et pleurera en louant Dieu si elle a été acceptée.

Une pause anxieuse.

Alhamdulillah !

Et cette lettre, alors ?

M. Sadiq Ali, lisez celle-ci !

Dehors, des hommes rugissaient, trépignaient, s'exclamaient ; des femmes poussaient des youyous. Quelqu'un chantait.

Abay se releva comme en transe et se débattit aveuglément contre le pan de la tente jusqu'à ce qu'il la laisse passer. Firuzeh, oubliée là, se glissa à sa suite.

Partout où les lettres propices étaient tombées telles des étoiles filantes, les âmes ranimaient des visages jusqu'ici inexpressifs. Des gens dansaient dans les flaques, de la boue jusqu'à la taille. S'embrassaient. Se serraient les mains. Se parlaient tendrement. Sanglotaient.

À aucun moment durant leur long trajet de retour Abay ne se souvint de Firuzeh.

Celle-ci trottait dans l'ombre de sa mère, lançant des regards noirs aux chanceux. Si elle avait ouvert la bouche, ç'aurait été pour cracher. Cracher, griffer et mordre.

À quelques mètres de leur tente, Firuzeh releva sa jupe et se mit à courir. Sa colère sifflait entre ses dents. Là, sa mère finirait par la voir. Te voilà, dirait-elle. Ou bien, tu étais derrière moi tout ce temps, alors que je me croyais seule ? Oh, je suis tellement désolée de t'avoir oubliée.

Mais Abay ne la vit pas. Le regard d'Abay était perdu à des milliers de kilomètres de là.

Nour donnait des coups de pied dans une bouteille en plastique remplie de cailloux, d'où s'échappait de l'eau à chaque impact.

Abay entra sous la tente sans un mot.

Tu es resté dehors tout seul ? demanda Firuzeh.

Je jouais avec Khalil. Mais sa lettre est arrivée.

Elle était positive ? Négative ?

Il avait l'air en colère. Mais il est toujours en colère. Firuzeh, qu'est-ce que ça veut dire *motherfucker* ?

Ça veut dire que la lettre était négative.

Mais notre lettre l'était aussi.

Sans doute pareille à la sienne.

Alors pourquoi Khalil s'est mis en colère ? On est coincés ici tous les deux.

Peut-être qu'il ne t'apprécie pas autant que tu crois. Peut-être que tu sens tellement mauvais qu'il n'a qu'une hâte, partir loin de Nauru. Et à présent, il doit rester ici et respirer ton odeur. Pour le restant de ses jours.

C'est pas de chance. Toi aussi tu seras obligée de sentir mon odeur.

C'est ce que tu crois.

Elle donna à son tour un petit coup de pied dans la bouteille.

Est-ce qu'on devrait se mettre en colère ? Est-ce que moi aussi je devrais dire *motherfucker* ?

Firuzeh soupira. Ne dis pas *motherfucker*, Nour.

Ça mettrait Abay en colère.

Comme un océan en furie. Elle t'interdirait pour toujours de jouer avec Khalil.

Alors je lui dirai que c'est toi qui m'as appris ce mot.

Alors je te frapperai tellement fort que tu en oublieras tout ton anglais.

Je rigole, Firuzeh.

Moi aussi je rigolais.

Des gouttes de pluie grosses comme des œufs de caille s'écrasèrent sur leurs têtes, firent frémir des vaguelettes dans les flaques. Nour poussa un cri perçant. Firuzeh éclata de rire. Ils coururent se mettre à l'abri sous la tente.

CHAPITRE VINGT ET UN

L'agent, dit Atay, ne pouvait rien faire pour eux.

Pensez à votre famille, lui avait dit l'agent.

C'est *justement* ce que je fais, avait rugi Atay.

Atay dit : J'espère que le Tadjik lui a bien traduit ce que je lui ai alors lancé. Qu'ils étaient tous des hommes lâches et sans cœur.

Tu veux dire que ce sont des *motherfuckers*, proposa Nour.

Atay écarquilla les yeux, puis inspira longuement et profondément.

Je vois que tu as appris des mots en anglais, Nour. Ce sera utile en Australie. Mais tant que nous resterons ici, contente-toi de jurer en dari.

Mais Khalil –

– n'apprend pas ce qu'il convient d'apprendre. Un jour, il se fera tabasser, comme Mansour. Je ne veux pas que ça t'arrive. Ta mère –

Tous regardèrent Abay, étendue sur le ventre dans son lit, son visage fatigué caché sous un rideau de cheveux ternes.

Atay reprit : Et si cela devait arriver, moi aussi je te frapperais. Afin que tu comprennes une bonne fois pour toutes.

Quand est-ce qu'ils nous laisseront aller en Australie ? Firuzeh dit que les parents de Nasima y vont.

Peut-être dans quelques mois. Nous devons faire preuve de patience.

Parce que si c'est jamais, comme le dit la lettre, on pourrait rentrer à Kaboul. Nour colla son front à celui d'Atay. Moi ça me dérangerait pas.

Ce sont des affaires de grandes personnes. Tu ne peux pas comprendre.

C'est la faute de Firuzeh, pas vrai ? Je veux rentrer à la maison. Je m'en fiche, d'elle ! La cuisine d'Abay me manque. Mes amis me manquent.

Arrête de pleurer, dit Firuzeh. Je viens juste de faire sécher ce lit.

Notre maison me manque, Atay. Qui y habite maintenant ?

Atay dit : Va jouer dehors. J'ai besoin de me reposer.

Il pleut, Atay.

Atay croisa ses doigts dans ses cheveux. Alors va torturer le fils de notre voisine. Ou allume un feu quelque part. Du moment que tu ne tues personne. Et laisse Abay dormir.

Firuzeh dit, Atay, tu pourrais nous raconter une histoire.

Il ne m'en reste plus une seule, répondit Atay.

Alors inventes-en une nouvelle.

Atay dit, Firuzeh jan - pour une fois, tais-toi.

Les Shahsevani et six autres réfugiés à qui avait été accordé le droit d'asile dirent au revoir à leurs connaissances devant le bus scolaire vert qui les conduirait jusqu'à leur avion à destination de l'Australie. Atay avait emmené Firuzeh pour les saluer une dernière fois. Elle traça un croissant dans la poussière du bout de sa chaussure.

Félicitations, dit Atay en serrant le père de Nasima dans ses bras. Avez-vous réussi à contacter vos fils ?

C'est tellement étrange, répondit Rahmatullah. Avec leurs économies, ils ont engagé une avocate. Elle a découvert où nous étions et a commencé à s'occuper de la paperasse. Ils nous attendront à l'aéroport.

Où est Bahar ? demanda Delruba, rayonnante.

Elle ne se sent pas très bien. Elle est alitée. Elle est désolée de ne pouvoir être ici.

Quel dommage ! Je vais vite courir lui dire au revoir. Est-ce qu'il nous reste assez de temps ?

Je vous en prie, ne vous dérangez pas, dit Atay, vous risqueriez de rater le bus. Et l'avion s'envolerait sans vous. Tenez, laissez-moi vous aider à charger vos bagages.

Delruba se pencha pour regarder Firuzeh dans les yeux.

Sois bien sage, dit-elle. Comme ma Nasima. Sois gentille avec ta Abay. Les mères endurent bien plus que tu ne peux l'imaginer.

L'agent de l'immigration fit signe aux huit réfugiés de monter à bord du bus. Les Shahsevani s'exécutèrent, à l'instar des autres.

Atay serra la main de Firuzeh dans la sienne. Ils virent le bus s'éloigner.

Pas un mot à ta mère, dit-il.

Oui, Atay.

Mais les nouvelles volaient plus vite que le Simorgh. Le temps qu'Atay et Firuzeh retrouvent leur tente, des visiteuses étaient déjà passées.

Quelle chance, dit l'une des femmes qu'ils croisèrent. C'est sans doute le destin. Et c'est plus que mérité. Khanem Delruba était si bonne, et elle a tant perdu. Si l'une d'entre nous –

Atay grimaça. Ils trouvèrent Abay assise sur son lit, les bras autour des jambes, ses cheveux noirs recouvrant ses genoux.

Je suis désolé, commença à dire Atay. Est-ce qu'elles...

Firuzeh dit, Abay –

Qu'ils aillent se faire foutre, dit Abay. Et qu'ils aillent chier sur leurs pères.

Le lendemain, Abay traîna ses pas jusqu'aux cuisines afin de voir si elle pouvait de nouveau travailler à la plonge, et Atay fit la queue à l'antenne médicale pour obtenir des cachets.

Jusque-là ils n'avaient pas eu besoin de médicaments : l'espoir avait rempli le triple office d'amulette, de tonifiant et de prophylactique. À présent que le flacon avait été brisé, ils ne pouvaient plus s'en remettre qu'aux infirmières et aux cachets.

Trop jeune pour se rendre seule à l'infirmerie (en fait, carrément ignorée par les infirmières chaque fois qu'elle s'approchait du seuil du préfabriqué), Firuzeh s'imaginait une armoire à pharmacie en bois précieux sombre qui dissimulait la totalité d'un mur. Quand on tirait sur les boutons de laiton, les tiroirs s'ouvraient dans des cliquètements de pilules bleues, rouges, jaunes, violettes et blanches. Il y avait des comprimés en forme de poissons rouges et des comprimés en forme d'étoiles, parmi des triangles et des trapézoïdes plus ennuyeux. Certains étaient rayés et d'autres tachetés, et certains n'avaient qu'une couleur, d'autres trois, ou deux. On pouvait prendre des cachets pour les maux de tête et les mauvais rêves et le mal du pays, des cachets pour la fièvre et pour oublier et des pilules pour n'en avoir plus rien à faire de rien. Si on ne trouvait pas le sommeil ou si on n'avait plus de chez-soi, il y avait aussi des cachets pour ça.

Il suffisait de demander ce dont on avait besoin, et ils le donnaient. C'était pour cette raison que la file des hommes qui attendaient devant l'infirmerie était toujours aussi longue.

Faux, dit Khalil après qu'elle eut exposé ses réflexions. Il secouait la bouteille que Nour avait remplie de cailloux, en attendant que ce dernier ait enfilé chemise et chaussures. Ils en ont de deux sortes. Mal aux dents ? Fièvre ? Paracétamol. Pour tout le reste, un somnifère. C'est tout ce qu'ils ont. J'y suis allé. Je sais.

Alors qu'est-ce qu'Atay va bien pouvoir prendre ?

Du paracétamol. Ou des somnifères.

Qu'est-ce qu'ils t'ont donné, à toi ?

Un somnifère et du paracétamol.

Firuzeh dit : C'est complètement absurde.

Tout est absurde dans ce piège à rats géant. Les cachets, Payam, Mansour. Nour, presse-toi ou j'y vais sans toi.

Nan, tu ferais pas ça : tu n'as plus que moi.

Qu'est-ce qui est arrivé à Payam ? demanda Firuzeh.

Il est parti, répondit sèchement Khalil. Nour ! T'en prends, un temps !

Payam a reçu une lettre, dit Nour. Une lettre positive.

Il sautillait à cloche-pied en tirant sur sa chaussure pour l'enfiler.

Je suis contente pour lui, fit Firuzeh.

Bon débarras ! dit Khalil.

Vous n'étiez pas tout le temps fourrés tous les deux ? Comme un lot de deux articles pour le prix d'un ?

Si, dit Nour. Khalil, je suis prêt.

Trop tard, dit Khalil en jetant la bouteille au sol. Je te souhaite – il écarta brusquement le pan de la tente – une putain de bonne journée !

Khalil, excuse-moi ! Je n'étais pas encore bien réveillé ! Il est tellement tôt – attends ! Je suis désolé que ma sœur soit une sale conne !

Nour disparut à sa poursuite.

Firuzeh poussa du pied la bouteille abandonnée, aux plis de plastique blanchi à force de recevoir des coups de pied, maculée d'épaisses taches de boue durcie. Les garçons l'avaient remplie de gravier et de bouts de corail. Elle craqueta lorsqu'elle la fit rouler du bout du gros orteil.

Un faible bruit se fit entendre à l'autre bout de la tente.

Le petit Sri-Lankais avait écarté un coin du drap. Il jeta un coup d'œil à Firuzeh, puis à la bouteille.

Si tu veux la prendre, dit-elle, je ferai semblant de ne pas t'avoir vu.

Le garçon ne bougea pas.

Firuzeh se jeta sur son lit, enfouissant son visage dans son oreiller, et se mit à ronfler bruyamment.

Elle entendit un gloussement étouffé, puis des petits pas silencieux. Un craquement et un raclement, suivis d'une pause, à l'affût. Elle attendit que le bruit des pas eût disparu plus loin pour rouvrir les yeux. Le trésor de Nour s'était volatilisé.

De l'autre côté du drap, un cliquètement furtif se fit entendre.

Dix minutes plus tard, Nour entra dans la tente telle une petite bourrasque.

Il est dans une colère pas possible, Firuzeh ! Tu lui as dit quelque chose en particulier ?

Je crois que c'est à cause de Payam.

À cause de toi, tu veux dire. Hé, où est notre ballon ?

Nour jeta un coup d'œil sous le lit.

Il était juste là !

Peut-être que quelqu'un l'a volé. J'ai fait une petite sieste.

Tu sers vraiment à rien, Firuzeh.

Elle lui tira la langue.

Abay dit qu'à la plonge, une Chinoise avait pris sa place, son ventre gonflé pressé contre le bord en inox de l'évier. Cinquante *cents* l'heure, envolés, comme ça.

On est désolés, lui avait-on dit. On a attendu deux jours, puis trois. Mais que ça ne vous empêche pas de redemander par la suite. Il y a toujours du monde qui part.

Des déportations, vous voulez dire.

Des demandes approuvées, aussi.

Ça, ça veut dire plus de glaces, dit Firuzeh à Nour.

Qui aurait envie de manger une glace avec ce temps ?

Abay et Atay allèrent à l'infirmerie ce matin-là. À leur retour, ils se couchèrent et fermèrent les yeux. Dès lors, Firuzeh et Nour ne parvinrent à leur arracher rien de plus que des marmonnements inarticulés ou des *Janam, laisse-moi me reposer.*

Exactement comme Khalil, dit Nour. Lui aussi est sous cachets. Je lui ai dit qu'on avait perdu notre ballon, il a haussé les épaules et a répondu, Qu'est-ce qu'on en a à faire, maintenant.

La pluie les obligeait à rester sous la tente, où ils devaient être sages. De grosses poches d'eau gonflaient sur le toit. Quand on y enfonçait le doigt, un peu d'eau filtrait à travers la toile, et le reste se vidait brusquement, ce qui valait mieux que des gouttes glissant encore et toujours sur la nuque. En quelques minutes à peine, les poches se remplissaient à nouveau.

Moi aussi je veux des cachets, dit Firuzeh. Qu'est-ce qu'il nous reste d'autre à faire ?

Nour dit : Je suis content que tu ne puisses pas en avoir. Tu serais encore plus ennuyeuse.

Ce qu'il te faudrait, Nour, c'est une pilule pour l'école, qui te mettrait de l'histoire et des sciences dans la tête. Et moi il me faudrait une pilule pour les petits frères embêtants, qui donnent mal à la tête et mal au ventre.

Il y a du paracétamol. Et des somnifères.

Je crois que demain j'irai voir l'infirmière.

Tu vas avoir des ennuis.

Pour une simple demande ?

Mm. Les infirmières, c'est juste de grosses gardes, c'est Khalil qui me l'a dit. Elles sont fâchées d'être ici, et elles voudraient qu'on meure tous.

Si c'est ce qu'il croit, pourquoi va-t-il à l'infirmerie ?

Il ne trouve pas le sommeil, répondit Nour. Depuis que Payam est parti. Il pleure, et tout le monde dans sa tente lui crie dessus. L'un des Iraniens l'a frappé, et l'a fait saigner du nez. Mais ça n'a pas marché : ça l'a effrayé encore plus. Au moins avec les cachets il peut dormir dans la journée.

Ce ne serait pas une meilleure histoire, si ces cachets n'existaient pas ?

Qu'est-ce que tu veux dire ?

Je n'ai jamais vu ces médicaments, moi. Et toi ? Peut-être que tout le monde se retrouve là-bas, comme pour faire la fête, peut-être que c'est un gros secret...

C'est parce que tu dois prendre ton cachet sur place. Ils te passent un gobelet avec le comprimé et un gobelet avec de l'eau. Ils vérifient que tu l'avales bien comme il faut, pour être sûrs que tu n'en mets pas plusieurs de côté pour les prendre tous d'un seul coup.

C'est Khalil qui t'a dit ça ?

Ouais. Khalil sait tout un tas de choses. Il m'a raconté que quelqu'un avait essayé de faire ça il y a quelques semaines. Ils ne vérifiaient pas encore les joues et les lèvres, ce qui lui a permis de cacher les comprimés, l'un après l'autre. Ils l'ont emmené à l'hôpital et ils l'ont vidé.

Peut-être qu'il a cru que c'était des pilules pour voler. J'en avalerais un flacon entier si elles me donnaient le pouvoir de voler.

Moi aussi, mais j'en prendrais qu'une seule à la fois.

Ça servirait à rien. Qu'est-ce que tu ferais si la pilule cessait de faire effet tout à coup, en plein vol ? Tu tomberais et tu t'écrabouillerais par terre en un petit tas tout rouge. Ce qu'il faut faire, c'est voler jusqu'en Australie, s'accrocher à une branche d'arbre et tenir bon. Jusqu'à ce que l'effet disparaisse. Après quoi, il suffit de descendre de l'arbre.

Où est-ce que tu irais, après ?

Je marcherais, sûrement. Je marcherais loin, loin, loin. Sans clôture. Sans garde. Peut-être que je marcherais jusqu'à une école pour m'asseoir en classe. Je n'en sais rien.

C'est débile. Autant trouver le plus gros magasin de bonbons, s'en remplir les poches et prendre la fuite.

On finirait par te rattraper et te tabasser.

Pas si tu gardes une pilule pour t'envoler.

Tu laisserais derrière toi un arc-en-ciel de bonbons. Ils finiraient par te rattraper.

Toi, peut-être. Moi, jamais ils ne m'attraperaient.

Pendant un très long moment, ils écoutèrent le bruit de la pluie. Cinq jours de pluie, cela remplissait de fourmillements, d'une envie irrépressible de courir, de sauter, de faire la roue, ou de hurler. Mais Atay et Abay restaient allongés, à moitié endormis, les sentiers dehors disparaissaient dans la boue, et ils n'avaient de sec que les vêtements qu'ils portaient. Parqués ainsi, sans rien à faire, ils n'avaient d'autre occupation que de se disputer.

Ils furent sauvés par le bruit du gravier, reconnaissable entre tous.

Voleur ! s'écria Nour en descendant précipitamment de son lit. Je vais t'arracher les cheveux ! Viens ici ! Je te jure que je vais le faire !

Il se mit à tourner en rond de leur côté de la tente, comme un lion dans sa cage.

Rends-moi mon ballon !

Le drap se souleva subitement, et la bouteille remplie de cailloux fendit l'air, frappant Nour en plein estomac.

Nour tomba à genoux dans une flaque.

Firuzeh éclata de rire, incapable de s'arrêter. Elle plaqua ses mains sur sa bouche pour s'en empêcher, mais ses rires en sourdaient malgré tout, implacables comme la pluie, jusqu'à emplir la tente, jusqu'à ce que, à bout de souffle, elle se noie dedans.

C'est toi, Firuzeh ?

Oui, Abay.

Cesse de rire, s'il te plaît, je suis fatiguée, j'ai besoin de me reposer.

CHAPITRE VINGT-DEUX

Le mess à l'heure du déjeuner était plus vide, à cause des réponses reçues et des détenus qui sautaient les repas. Ceux qui s'y trouvaient étaient assis loin les uns des autres, silencieux. Ils mangeaient sans se soucier du goût de la nourriture, du reste insipide. Les aliments tombaient de leur bouche. Le peu de vie que les pluies incessantes leur laissaient était étouffé par les cachets.

Çà et là on trouvait des hommes qui ne suivaient pas encore ce régime, vivants comme les autres ne l'étaient plus. Leurs visages remuaient et se crispaient. Ils mangeaient avec voracité. Ils frappaient du poing sur les tables en plastique et maudissaient la nourriture et les gardes, se maudissaient les uns les autres. Ah, ce qu'ils allaient faire subir aux gardes ! et à leurs voitures ! et à leurs mères, et puis aux tombes de leurs pères !

Mais l'un après l'autre, même ces charbons ardents finissaient par s'éteindre. Au bout du compte, il était toujours plus facile d'avaler un comprimé.

Un autre navire arriva, et le mess se remplit à nouveau. Les nouveaux venus ramenaient quelques nouvelles d'intérêt, à propos de tel dictateur et de telle guerre, mais rien au sujet des familles d'Abay et d'Atay.

Les vivants se mêlèrent aux morts et se firent suspicieux.
Nour se fit une nouvelle bouteille à cailloux, mais cela n'intéressait plus Khalil. Et à part Khalil, il ne restait plus aucun gamin à peu près de l'âge de Nour. Seuls deux enfants, très petits, étaient descendus du dernier navire.
Même lorsque Firuzeh et Nour se pendaient aux barres de métal des lits qui grinçaient et tintaient, Atay relevait rarement leur présence.
C'est comme si tu étais un fantôme, dit Nasima. Et que personne ne pouvait te voir ni t'entendre.
Elle se tenait à côté du lit au plus profond de la nuit noire, les bras embracelés d'écailles de poisson et d'or naufragé.
Firuzeh dit, Tes parents –
Je sais.
Je me disais que tu étais peut-être partie, toi aussi.
Je t'ai promis, pas vrai ?
C'est vrai.
Et donc me voici. Une fille morte qui parle à une fille en train de mourir. Qu'est-ce qu'on s'amuse. Nasima gratta son oreille incrustée de patelles. Nous sommes les seules à être réveillées, à cet instant précis. Nous, et les cauchemars. Ils vont chasser à cette heure.
Chasser ?
Ils mangent des histoires. C'est de ça qu'ils sont faits. Maintenant, dors, dit Nasima, et elle embrassa Firuzeh sur la joue, ses lèvres douces et glissantes comme des algues.

Abay essayait, de temps à autre. C'était encore pire que de ne pas essayer.
Il était une fois un bûcheron. Et il avait une... fille ? Et ils vivaient, ils vivaient... je ne sais plus où. Un serpent dans le petit bois. Le mont Qaf. Les peris.

Atay n'essayait même pas.

Ils sont perdus dans la brume, dit Firuzeh à Nour. Si profondément qu'ils ne voient aucune issue. Ils n'arrivent même pas à se voir l'un l'autre. Ou alors c'est un sortilège. Et nous resterons tous prisonniers ici tant qu'il ne sera pas brisé.

Nour demanda : Comment faire pour briser ce sortilège ?

Je n'en sais rien. Je ne connais aucune formule magique. On pourrait partir à la recherche d'une sorcière.

À quoi ressemblent les sorcières ?

Elles font des amulettes à partir de vieux livres tout sales. J'imagine qu'elles doivent avoir les yeux plissés et de l'encre plein les mains.

Je crois que les infirmières sont des sorcières.

Même si c'en était, elles ne nous aideraient pas, gros malin. Il faut en trouver une parmi les détenus. Mais si j'étais une sorcière et qu'on m'avait envoyée ici, ça ferait déjà des siècles et des siècles que je me serais enfuie.

J'aimerais bien qu'Atay ou Abay nous raconte une histoire.

Firuzeh s'exclama : Je suis en train de t'en raconter une !

Ton histoire n'est pas bonne. Elle est complètement nulle.

Je peux te raconter une histoire que nous a racontée Atay. Écoute : Le fils du mollah vint le voir en arborant un large sourire. Baba, Baba, j'ai rêvé que tu me donnais un dollar ! Le mollah lui pinça le menton et lui dit, Et comme tu as été bien sage, je ne te demanderai pas de me le rendre !

Ha. Ha. Cette histoire est débile même quand c'est Atay qui la raconte.

Tu as de la chance qu'Atay soit en train de dormir.

Atay passe son temps à dormir. Enfin bref, Firuzeh, il faut que j'aille faire pipi.

Alors va faire pipi. Je ne t'en empêche pas.

Il faut que tu m'accompagnes.

Tu y es déjà allé tout seul.

Rappelle-toi ce qu'Abay dit à propos des grandes sœurs.

Je ne t'accompagnerai pas, Nour.

Très bien, dans ce cas je vais faire pipi ici.

D'accord, d'accord ! Firuzeh glissa de son lit. Allons-y, espèce de petit prince pourri gâté.

Les flaques entre les tentes scintillaient d'argent chatoyant, lisses comme des carrosseries fraîchement repeintes, jusqu'à ce que Nour saute dedans. Firuzeh le suivait, martelant le sol de ses pieds.

La terre était plus sèche autour du bloc sanitaire, bien que la puanteur empestât l'atmosphère jaunâtre. Des empreintes boueuses maculaient les seuils. Des nuées de mouches noires bourdonnaient et tourbillonnaient.

Fais vite, dit Firuzeh en cachant son nez derrière sa chemise.

Ouais, ouais. Nour entra d'un pas rapide et sautillant.

Quel imbécile, ce Nour. Quelle imbécile elle était. Elle aurait dû réveiller Abay. Firuzeh retint sa respiration en comptant les secondes. Nour finirait-il par ressortir, ou prendrait-elle la couleur des prunes avant de s'évanouir ?

Il n'en finissait pas. Il faisait sûrement exprès. Firuzeh inspira une bouffée d'air putride et décida qu'elle cacherait les chaussures de son petit frère durant la nuit.

Quelque part dans le bloc sanitaires, du verre se brisa dans un son aigu et cristallin.

Nour, fit-elle. Nour ?

Firuzeh s'avança vers l'entrée des hommes.

Nour en jaillit brutalement, percutant les genoux de sa sœur.

Khalil, dit-il, Khalil est là-dedans –

Et alors ?

Il est en train de manger, il a cassé –

Nour, fais un effort, je ne comprends rien.

Il ne savait pas que j'étais là, il avait un caillou –

Respire.

Le miroir, Firuzeh - il est en train de manger le miroir.

Elle le laissa sur place, tremblant de la tête aux pieds, et se précipita vers le centre du camp, bras et jambes fendant l'air, jusqu'à ce que ses poumons se hérissent de poignards. Des gardes plissèrent les yeux et marmonnèrent dans leur radio-émetteur.

Firuzeh tomba sur un groupe d'hommes qui décryptaient un vieux journal.

Agha Assani, Agha Personne, Mansour, s'il vous plaît, c'est Khalil –

Qu'est-ce qu'il a, Khalil ?

– au bloc sanitaires, venez voir –

Ils se mirent à trottiner, Mansour en tête.

Plus vite, supplia-t-elle, hors d'haleine, en les suivant comme elle pouvait. Allez plus vite, s'il vous plaît.

M. Hassani s'excusa par-dessus son épaule : Si les gardes voient des adultes en train de courir, ils nous tomberont dessus comme des tiques sur des moutons.

Lorsque Firuzeh, essoufflée, se plia en deux à côté de Nour, les trois hommes avaient déjà disparu à l'intérieur du bloc sanitaires.

Retourne à la tente, lui dit-elle.

Je n'ai toujours pas fait pipi.

Alors va du côté des femmes. Ça ne gênera personne.

Nour obéit.

Firuzeh attendait quand un garde s'avança droit sur elle. Qu'est-ce que c'est que tout ce bazar ?

Pas de bazar, monsieur. Pas de bazar pour vous.

J'ai vu des détenus qui couraient. Où sont-ils passés ?

Dans les toilettes, monsieur. Ils vont bientôt sortir.

Ah vraiment ? Il parla dans son radio-émetteur, qui grésilla en réponse. Firuzeh se déplaça discrètement vers l'entrée des hommes.

Le garde dit : Pas plus loin.

Un autre se joignit à lui. Ils se consultèrent. Puis, déboutonnant le fourreau de leur matraque, ils entrèrent dans le bloc d'un pas martial.

Sans se faire remarquer, Firuzeh passa la tête dans l'encadrement de la porte.

À l'autre bout du bloc sanitaires, Khalil était courbé en deux au-dessus d'un lavabo. Au mur, le miroir était brisé en son centre, où il ne restait plus qu'un vide en forme d'étoile. La lumière scintillait entre les dents de Khalil et dans ses poings. Mansour lui murmurait quelque chose en tendant la main.

Un garde ordonna : Ne bougez plus.

M. Hassani dit, Khalil, écoute, ta mère –

M. Personne dit, Ce n'est pas ainsi qu'il faut sortir d'ici.

Du sang coulait de la bouche du garçon, formant une flaque au sol.

Le premier garde fit, Qu'est-ce que c'est que ce bordel, hein ? Il attrapa le bras de M. Hassani. Encore une ruse de sac à merde ?

Khalil pressa son poing contre sa bouche. S'efforça d'avaler.

Il me faut du renfort et une assistance médicale, dit le deuxième garde dans son radio-émetteur.

Tes parents ne t'ont pas envoyé ici pour ça, dit Mansour.

Une phalange après l'autre, Khalil ouvrit les mains. Une pluie de diamants et de rubis étincelants en tomba. Des coupures recouvraient ses paumes et ses lèvres et tout son visage.

Nom de Dieu, dit le premier garde. Gamin, viens avec moi.

Soyez gentil, dit M. Personne. Ses parents ne sont pas sur le camp.

Me dis pas ce que je dois faire. Gamin, je t'ai dit de venir avec moi.

Le deuxième garde lui fit, Doucement, Quentin, on est à deux contre quatre.

Des mains se posèrent brutalement sur les épaules de Firuzeh, et la tirèrent en arrière.

Toi. Dégage.

Quatre autres gardes lui passèrent devant.

Nour l'attendait au coin du bâtiment.

Qu'est-ce qu'ils font ? demanda-t-il. Qu'est-ce qu'ils sont en train de faire à Khalil ?

Elle prit sa main humide dans la sienne.

Rentrons, maintenant.

CHAPITRE VINGT-TROIS

Lorsqu'elle lui eut raconté, Atay n'eut d'autre réponse que : Je vois.

Abay caressa la joue de Nour, collante de larmes. Pauvre Khalil. Pauvre Nour.

Le lendemain, Firuzeh alla aux nouvelles. L'homme qui fumait sous l'arbre solitaire sourit en entendant les noms qu'elle lui citait.

Tu veux voir M. Hassani ? Il mit sa main en porte-voix. Ay, Hassani, une petite fille te demande !

Dans une tente voisine, des jurons et de l'agitation. Puis M. Hassani apparut, essoufflé, les lacets défaits. L'autre homme ricana, écrasa sa cigarette, et s'avança nonchalamment vers la tente pour y disparaître.

Oh, c'est toi, dit M. Hassani en se penchant pour lacer ses chaussures. La fille d'Omid. Qu'est-ce que tu veux ?

Où est Khalil ?

On l'a transféré sur le continent. Dans un hôpital, j'espère.

Il épousseta son col couvert de poussière et mit de l'ordre dans ses habits.

Est-ce que les gardes vous ont fait du mal ?

Pas trop. Ils ont fini par comprendre. Les gens, ici –

Il baissa les yeux pour la regarder.

Ce n'est pas la première fois. Ce genre de choses. Ah. Khalil a fait preuve de créativité. Il faut bien, d'une façon ou d'une autre. Ils ont enlevé les miroirs et ont balayé les éclats de verre. Il ne reste même plus un boulon au mur. Comme ça, plus personne n'essaiera.

Khalil va revenir ?

Seul Dieu en décidera. J'espère que non. Ce lieu lui faisait du mal.

Il observa une pause.

Si tu n'as rien d'autre à me demander –

Merci beaucoup, monsieur Hassani.

Il s'en alla précipitamment. Firuzeh s'assit au pied de l'arbre pour réfléchir. Au bout d'un moment, le premier homme ressortit furtivement de la tente, adressa un demi-sourire à Firuzeh, et disparut.

Peu après, une femme émergea de la même tente. Elle semblait plus jeune qu'Abay mais plus âgée que Mansour, et elle dut s'y reprendre à deux fois avant d'allumer sa cigarette avec son briquet. Dos à l'arbre, elle fumait dans des soupirs gris.

Firuzeh lui demanda, Est-ce que vous êtes une sorcière ?

La femme toussa. Est-ce que j'ai l'air d'une sorcière ?

Je n'en ai jamais rencontrée. Je n'en sais rien. Mais des gens viennent vous voir. Comme ils le font avec les sorcières.

Est-ce que je serais ici si j'étais une sorcière ? Mais qu'est-ce que tu veux ? Que je te dise la bonne aventure ? Que je frappe de malédiction un garde en particulier ?

Il me faut un remède, répondit Firuzeh. Et un remède à un remède.

Pardon ?

L'Australie a dit qu'on ne pouvait pas entrer. Et maintenant Abay et Atay prennent des cachets et dorment toute la journée. Avant, ils nous racontaient des histoires et nous criaient dessus.

Hm, dit la sorcière, et elle se réadossa pour continuer à fumer.

Firuzeh demanda : Est-ce que vous connaissez l'histoire de Bibinegar ? Avec son mari serpent et l'épouse démon ?

Pas vraiment, non. Et si je la connaissais, je la massacrerais, et ça nous ferait de la peine à toutes les deux.

Elle debout, Firuzeh assise, et le monde entier qui bouillait. Un lézard marron comme un caillou grimpa le long du tronc. Les rubans de fumée de cigarette s'accrochaient aux branches.

Tes parents dorment ? demanda la femme.

Ou ils sont simplement allongés. C'est dur à dire. Firuzeh écrasa un mégot de cigarette sous sa semelle. Pourquoi ils agissent comme ça ? Alors que je suis là, juste à côté d'eux ?

Il est plus facile d'attendre quand on dort.

Attendre quoi ?

Je n'en sais rien. Qu'est-ce qu'on attend tous, ici ?

D'être accueillis en Australie. Ou d'être contraints à repartir.

Non, tu vois, on n'a déjà plus cette alternative. Et pourtant, on est toujours ici, à attendre. Chacun de nous attendait quelque chose, et c'était cela qui nous faisait tenir. À présent, on n'a plus rien à attendre. À présent chaque minute de nos vies est un gâchis. Le temps nous cisaille les nerfs. Et ça fait mal. Très mal.

C'est pour ça que vous fumez ?

Oui.

C'est cher, le tabac.

C'est ton père qui t'a dit ça ?

Oui. Atay ne fume pas ici, mais avant il fumait, un peu. Jamais trop – son travail c'était les voitures.

Je sais me débrouiller pour m'en acheter, dit la femme.

Vous êtes riche ?

Quelle question. Elle jeta un regard de côté et rit. Qu'est-ce que ça veut dire, riche ? Qui est riche ?

Les Australiens sont riches.

Oh, tu réfléchis comme une immigrée. Il faut avoir une vision plus large, plus généreuse, comme moi. Quand un invité se rend chez toi, que fait ta mère ?

Elle lui sert du thé avec un plat de noix et de raisins. Mais ça c'était à Kaboul. On n'a pas toutes ces choses ici.

Mais même si vous n'aviez rien, elle servirait au moins du thé à l'invité.

Oui.

Nous tous, nous voulons aller en Australie. Toc toc. Laissez-nous entrer. Et plutôt que de nous traiter comme des invités, ils nous jettent en prison. Les Australiens sont pauvres, ma petite. Ta mère est riche.

Et du coup, vous, vous êtes quoi ?

Riche, jolie et sage.

Des gouttes de pluie heurtèrent mollement les feuilles du tamanu.

Et c'est reparti, dit la femme. Tu veux venir à l'intérieur ? Je m'appelle Zahra, au fait. Tu peux m'appeler Khala si tu es trop timide.

Firuzeh.

Entrons, je te prie.

La tente de Zahra n'était pas si différente des autres, mais seule la moitié des lits semblait occupée. Une lourde odeur de sueur régnait sous la toile, la même odeur qui planait dans le camp lorsque l'eau ne coulait plus aux robinets. Merveille des merveilles, Zahra brandit alors une bouilloire aussi bosselée qu'un casque qui aurait connu une ou deux batailles.

Bon, fit Zahra. Je peux t'inviter à prendre le thé ?

Elle avait bien plus que du thé. Elle avait aussi des biscuits Capelle, deux canettes de coca, tout un stock de cigarettes en vrac, et un paquet de chips grand format à moitié entamé.

Firuzeh ouvrit la bouche, puis la referma.

Certains gardes m'aiment bien, dit Zahra d'une voix blanche. Allez, prends un biscuit.

Abay me tuerait.

C'est un service que tu me rends. Le sucre, ça me donne des boutons.

Firuzeh ouvrit l'emballage et s'obligea à manger les biscuits jumeaux, une miette après l'autre.

Tu devrais en ramener avec toi.

Mes parents –

Sont endormis. Non, ce n'est pas convenable, mais qu'est-ce qu'il y a de convenable ici ?

Le pan de la tente bruissa. Un homme s'éclaircit la gorge.

Excuse-moi un instant, dit Zahra avant de se diriger vers l'entrée.

Firuzeh lécha le sucre dont étaient parsemés ses doigts.

– non, impossible. Oui, je viens de te le dire, j'ai de la visite –

Avec sa langue, Firuzeh recueillit les miettes au fond de l'emballage.

– d'ici une demi-heure. Oui, je serai là –

Zahra la rejoignit et leur servit du thé à toutes les deux, trempant le sachet tantôt dans l'une des tasses, tantôt dans l'autre, jusqu'à ce que l'eau devienne foncée.

Vous êtes vraiment riche, dit Firuzeh.

La plupart des gens qui sont ici n'ont pas beaucoup d'argent. C'est vrai pour les habitants de Nauru, mais ça l'est encore plus pour nous. Quand on n'a pas d'argent, d'autres choses peuvent parfaitement faire l'affaire. Les cigarettes, par exemple. Les cigarettes ont une valeur très stable. Une cigarette vaut deux biscuits ou quatre petits paquets de chips. Parfois le prix des biscuits change. Tiens, prends-en un autre. Vraiment. Ne sois pas aussi polie.

Je vais en prendre un pour mon frère, merci beaucoup, dit Firuzeh.

Tu es vraiment une sœur exemplaire. Où est ton frère ?

Je n'en sais trop rien.

Écoute, la pluie s'est apaisée. Elle baissa les yeux sur Firuzeh, une douce tristesse dans le regard. J'aimerais te dire, repasse me voir. Mais ne reviens pas. Tu ne me connais pas, et tu n'es jamais venue ici.

Je suis vraiment désolée, quoi que j'aie pu faire pour –

Tu n'as rien fait de mal. Rien du tout. Mais à présent tu dois partir.

Firuzeh finit son thé transparent et reposa sa tasse. Merci infiniment pour le thé et les biscuits, Khala Zahra.

Reviens quand tu veux. Mais ne reviens pas quand tu veux. Tu comprends.

Firuzeh avait l'impression qu'elle commençait à comprendre.

Nour aurait dû écarquiller les yeux en apercevant les biscuits que Firuzeh lui présenta. Il avait passé toute la journée recroquevillé contre le bras d'Abay. Mais il ne jeta qu'un rapide coup d'œil à ce que Firuzeh secouait lentement sous son nez.

J'ai des biscuits, Nour : des biscuits ! Dis que ta sœur est géniale et ils sont à toi.

Ma sœur est nulle, dit-il.

Qu'est-ce qui ne va pas ?

Il lui tourna le dos, renfouissant son nez dans le bras d'Abay.

Firuzeh dit : Ils ont transféré Khalil en Australie. Dans un hôpital. Il va s'en tirer.

Nour bougonna.

Quoi ?
J'ai dit que je m'en fichais.
Prends au moins un biscuit. Je les ai ramenés rien que pour toi.
J'en veux pas.
Tu es vraiment sûr que –
Firuzeh. Laisse-moi tranquille.
Dernière chance.
Non.
Elle ouvrit l'emballage et pressa le bout d'un biscuit contre la joue de son frère.
Nour. Il est juste là, rien que pour toi. Il y a même du chocolat dedans.
Il repoussa sa main.
Elle abandonna, s'assit et grignota un des deux biscuits. Nour était là sans être là. Elle était allée quelque part sans y être allée. Le biscuit avait un goût de cendre dans sa bouche. Elle replia l'emballage autour du deuxième. Nour pleurnicherait pour le manger, une fois qu'il aurait repris ses esprits. Elle lui laissait une heure.
Il ne lui demanda rien.
Viens par ici, finit-elle par dire devant le drap qui séparait les deux moitiés de la tente. La tête bouclée de leur jeune voisin apparut entre la toile et le tissu.
Elle lui tendit le biscuit. Tiens, prends-le, dit-elle.
Le petit garçon plissa les yeux, se saisit vivement du biscuit, et sourit. Il n'en fit qu'une bouchée. Des miettes tombèrent de l'emballage. Firuzeh épousseta sa chemise.
Merci beaucoup, lui dit-il dans sa langue. Son expression était plus qu'intelligible.
Le drap se plissa et retomba, droit. Le petit voisin n'était plus là.
Toute la nuit, Firuzeh dormit sur des miettes.

CHAPITRE VINGT-QUATRE

Des semaines ou des mois ou des siècles plus tard - dans le camp, le temps s'écoulait comme du miel épais - une carte postale arriva.

Le garde appela le nom et le numéro de Nour au petit déjeuner, et Nour se leva de sa chaise dans un bond, fébrile, prêt à s'enfuir.

Mais aucune punition ne tomba. Seule une carte froissée l'attendait. D'un côté, un kangourou dessiné à la craie grasse, de l'autre, des timbres et une écriture pleine d'épines.

Ils m'ont transféré à Baxter. De Enfer 1 à Enfer 2. Je suis désolé, je ne pensais pas que tu me verrais. J'étais tellement triste. Je suis encore tellement triste.

La carte postale ne portait aucune adresse d'expéditeur.

Quand Firuzeh eut fini de la lui lire, Nour s'essuya le nez avec ses phalanges.

Khalil est un salaud.

Il ne t'a pas oublié. Il t'a écrit une carte. On n'a pas de timbres sans argent, il a dû travailler pour en obtenir –

C'est un salaud, c'est tout.

Nour –

Tu ne sais rien du tout.

Il lui arracha la carte postale des mains.

Tu ne sais rien de moi. Encore moins de Khalil. Ou de Payam. Pour toi, je suis qu'un bébé qu'il faut accompagner aux toilettes. Tu ne sais rien du tout, Firuzeh - tu ne peux pas comprendre !

Il lui tourna le dos et éclata en sanglots.

D'accord, dit Firuzeh, et elle quitta le mess.

Bien sûr, dit Nasima. Moi non plus je ne prêtais aucune attention à mes frères. Ils étaient là, c'est tout. Comme des pigeons. Ce que j'essaye de te dire, c'est, à quoi bon essayer de comprendre Nour ? Est-ce qu'il y a seulement quelque chose à comprendre ?

Peut-être. Oui. Firuzeh se gratta la tête. Quelque chose qui m'échappe –

Regarde autour de nous. Clôture. Tente. Tente, clôture. Qu'est-ce qui pourrait t'échapper ici ?

Je n'en sais rien.

Alors ça n'a aucune importance. Tu as toujours ma perle ?

C'est un caillou.

C'est une perle. Je me suis battue contre un calamar aveugle pour l'avoir, et te la donner. J'ai failli y laisser mes doigts.

Est-ce qu'elle est magique ?

Non, je me suis battue contre ce calamar juste pour m'amuser. Bien sûr qu'elle est magique, imbécile.

Alors c'est quoi, son pouvoir ?

Elle m'aide à te retrouver.

C'est tout ?

Comme si je n'avais pas des océans noirs comme la nuit à traverser pour te voir ! Comme si tu n'étais pas à des mondes et des mondes de moi, tout au fond de ta propre cervelle ! Garde-la précieusement, et tu pourras toujours retrouver, et être retrouvée.

Mais ça ressemble à un caillou.
C'est que tu ne fais pas assez d'efforts.

Bien plus tard, alors qu'elle cherchait une pièce de monnaie, Firuzeh souleva l'oreiller de Nour et tomba sur la carte postale. Le poids de sa tête l'avait pliée. L'humidité l'avait ramollie. Elle replaça précautionneusement l'oreiller.

CHAPITRE VINGT-CINQ

Elle ignorait quel jour on était, quel mois, quelle année. Les muscles fermes d'Atay avaient fondu comme de la cire, et Abay parlait rarement, ne faisait plus que soupirer. Les pluies avaient cessé. Les navires n'accostaient plus. La population des détenus sur Nauru diminuait, à mesure que certains acceptaient l'argent qu'on leur proposait pour retourner d'où ils venaient, et que d'autres, rayonnant comme des gagnants du loto, s'envolaient vers une nouvelle vie à Auckland, Melbourne, Sydney ou Perth.

La femme enceinte qui travaillait à la plonge fut déportée en Chine, mais Abay ne retrouva pas son ancien emploi.

Leurs voisins sri-lankais furent relocalisés. Le père échangea des poignées de main avec chacun d'eux, acceptant leurs félicitations par des hochements de tête. La mère les serra tous dans ses bras, embrassant Firuzeh et Nour, et fondit en larmes. Leur fils ne disait rien, mais il souriait, et souriait encore.

La tente fut plus silencieuse après leur départ.

Le cœur meurtri, comme orphelin. Les silences enflaient, entre chaque nouvel accrochage, jusqu'à ce que chacun se retrouve sur son île de paroles tues, séparé des autres par des océans de pensées. Et toujours une masse sombre se profilait à l'horizon : l'éventualité du retour.

C'était une fin de matinée humide, le soleil était haut dans le ciel. Abay et Atay venaient de rentrer de l'infirmerie, où ils avaient reçu le rite quotidien d'absorption de cachets.

Devant leur tente, l'agent de l'immigration les appela par leurs noms. Il écorchait les syllabes qui ne lui étaient pas familières.

Omid et Bahar Daizangi, vous êtes chez vous ? Puis-je entrer ?

Atay se retourna dans son lit, Abay marmonna. Firuzeh se leva d'un bond, alla écarter le pan de toile, et le soleil enflamma l'intérieur de la tente.

Oh. Bonjour, petite. Est-ce que tes parents sont là ?

Elle recula, sans lâcher le pan. L'agent entra.

C'est qui ? demanda Nour. On va avoir des soucis ?

Firuzeh répondit : Je ne sais pas.

Vous voilà. Veuillez m'excuser de m'inviter ainsi. Nous tenons à communiquer aussi vite que possible les informations que nous recevons.

Il toussa et tendit une lettre blanche comme de l'amidon.

Monsieur Omid Daizangi, Madame Bahar Daizangi, le gouvernement fédéral d'Australie a le plaisir de vous informer que le refus qui vous avait été opposé quant à votre statut de réfugiés a été infirmé en appel –

Atay secoua la tête, sans rien comprendre.

Abay tira le drap sur son visage.

L'agent s'interrompit. Dois-je revenir avec un interprète ?

Atay dit : Firuzeh –

On part en Australie.

La tête de Nour pointa en haut du lit superposé.

Dans des gestes raides, Atay déplia tout son corps, se leva, et saisit la main de l'agent surpris. Monsieur –

Abay remit son voile sur ses cheveux et le fixa à l'aide de deux épingles.

Firuzeh se glissa hors de la tente.

Le monde n'était plus qu'un éblouissement argenté et insoutenable. Elle attendit, le souffle entrecoupé de vagues traîtresses, jusqu'à ce que son regard soit insensibilisé au scintillement acéré. Il y avait là les tentes et les clôtures du camp, les mêmes qu'une heure auparavant, et pourtant imperceptiblement différentes. Elle n'avait qu'à remplir ses poumons et expirer, et les mâts et les cordes s'envoleraient. Elle n'avait qu'à tendre la main, et les clôtures trembleraient et ploieraient. Plus rien ne l'empêchait, plus rien ne la retenait. Elle avait l'impression qu'elle aurait pu courir, courir encore sans s'arrêter, sur cette route d'acier étincelant que le soleil jetait sur la mer, courir jusqu'à rejoindre l'Australie.

L'agent sortit de leur tente en souriant, fourra ses mains dans ses poches, et suivit son chemin.

Bizarre, dit Atay lorsque Firuzeh les rejoignit. Délicatement, il posa sa main lourde sur les cheveux de sa fille. Je suis toujours aussi fatigué. Je me serais attendu à être plus - moins fatigué, quoi.

Tu te sentiras mieux demain, dit Abay.

Mais nous avons tant de choses à décider ! Où nous irons, comment nous vivrons –

Nous déciderons de tout cela demain, dit Abay. Pour lors - oh, regarde-nous un peu. Allons voir s'il y a de l'eau dans les douches. Je t'en prie, Firuzeh, ne fais pas cette tête. Je ne me souviens plus de la dernière fois où ton frère et toi vous êtes lavés comme il faut.

C'était en Indonésie, maugréa Nour.

Cet orage.

Ça veut dire que nous avons la peau recouverte de la crasse de plusieurs continents. Prenez vos affaires et allons-y, tout de suite.

Je reste ici, dit Atay, pour surveiller la tente.

Certainement pas, Omid. Tu es celui qui pue le plus.

Alors tu pars, lui dit Nasima.

Oh que oui. Aussi vite que possible, voire plus vite encore. Nour n'arrête pas de dire : qu'ils aillent se faire foutre, ces enfoirés. Avec leur putain de numéros de détenus. Leur putain de clôture. C'est aussi mon sentiment.

La lune était un esquif jaune qui sillonnait une traînée de nuages. Cela faisait des heures que Firuzeh était étendue là, les yeux grand ouverts, à attendre que Nasima l'appelle par son prénom.

Que vas-tu faire ? demanda-t-elle à la morte.

Je te l'ai dit. Où tu iras, j'irai avec toi. Nous serons sœurs, toutes les deux. Nous serons les meilleures amies, toi et moi. Ce n'est pas comme si tu avais quelqu'un d'autre dans ta vie.

Et si –

Et si quoi ?

Rien.

Tu auras besoin de moi, Firuzeh. Tu verras.

Toutes deux se turent alors. Le murmure de la mer au loin pendait à leurs oreilles comme des diamants.

Je déteste cet endroit, dit Firuzeh. Il ne me manquera absolument pas.

Ça se comprend plutôt bien.

Mais ce soir – ce lieu est presque beau.

Les rayons de lune baignaient les extrémités rongées des coraux, glaçaient les grues squelettiques du gisement de phosphate, et imbibaient les tentes de toile où une centaine de rêveurs faisaient des rêves gris, mornes et misérables. Le ciel était saupoudré d'étoiles.

Nasima dit : Il y a quelque chose de propre aux débuts et aux fins. Quelque chose qui les polit, les rend si lisses et si doux qu'on peut presque s'y voir. Et puis tu ouvres les mains et tu les lâches, et le courant te tire en avant, très loin. Derrière toi, ces pierres coulent à pic et tombent dans la vase, où personne ne les retrouvera jamais.

Ou peut-être que je suis devenue folle à force de ne pas dormir, dit Firuzeh. C'est arrivé à un de mes cousins pendant la guerre. Quarante jours sans dormir, tellement il avait peur, disait Atay. Et puis tout à coup il est sorti de chez lui en hurlant et s'est mis à courir dans la rue. Ils l'ont tout de suite abattu. Personne ne sait quel camp c'était, mais ça n'a pas d'importance.

Eh bien tu es déjà hors de ta tente. Si tu veux hurler –

Dis-moi comment ce sera, l'Australie.

Cruel, mais d'une cruauté différente. Plus dur que ce que tu peux imaginer.

Tu es sûre ? Tu y es déjà allée ?

J'entends mes parents rêver au loin, très loin. Comme une bribe de chanson dont tu te souviens à moitié en entendant quelqu'un la fredonner quelque part.

Ils vont nous donner des visas qu'ils appellent T-P-V. Le V, c'est pour visa. Je crois que T-P, *tipi*, c'est une sorte de chez-soi.

Nasima dit : Je ne me rappelle même plus ce que ça veut dire, un chez-soi.

Firuzeh dit : Un chez-soi, c'est là où tu es en sécurité, mais des fois ce n'est pas un lieu sûr. Des fois il ne t'appartient pas, mais tu peux fermer les yeux et faire comme si. Et ta famille y est aussi, et tu te disputes avec et tu les embrasses. Il y a une barre en travers du portail, afin que personne ne puisse entrer à moins d'y être invité. Et quand tu invites quelqu'un, tu lui sers du thé. Et un chez-soi, c'est ton école, et tes amis, et ton village ou ta ville.

Ça a l'air chouette, fit Nasima, avant de replonger dans le silence.

Il faisait clair dans la tente, la lumière était jaune citron. Abay faisait les valises dans des gestes vifs et précis : vêtements de rechange ; roupies, afghanis et *cents* ; deux photos tellement pliées qu'on n'y voyait plus rien ; le téléphone portable, mort noyé, confisqué à leur arrivée.

Abay demanda, Est-ce que vous êtes allés dire au revoir à vos amis ?

J'en ai pas, répondit Nour.

Firuzeh répéta : Nos amis ?

Vous devriez aller les voir. Si vous ne le faites pas, plus tard, vous le regretterez.

Abay verrouilla la valise.

Le bus arrive dans une heure, il faudra faire vite.

Firuzeh se campa sous le tamanu et appela Zahra, deux fois, puis une troisième.

Zahra émergea, les habits froissés, éreintée par le manque de sommeil.

Hé, toi. Qu'est-ce que je t'avais dit ?

On s'en va, dit Firuzeh.

Retour à Kaboul ?

Non, on va à Melbourne. En Australie.

Tu parles d'une chance. Quand partez-vous ?

Aujourd'hui. Dans une heure. Un peu moins, en fait. Je ne peux pas rester très longtemps.

Attends.

Zahra disparut dans sa tente. Puis revint, les bras chargés.

Bon. Tends ta jupe.

Elle y laissa tomber des paquets de chips et de pop-corn, fourra des chocolats dans les poches de Firuzeh, lui cala des cocas sous les bras. En guise de touche finale, elle coinça une cigarette derrière l'oreille de Firuzeh. Ça, c'est pour ton père.

Khala Zahra, c'est beaucoup trop !

Il faut fêter cet événement. Et je doute que tu aies quoi que ce soit pour le fêter. En plus, tu m'as appelée Khala, et tu es venue me dire au revoir.

Elle alluma une cigarette dont elle serra fermement le filtre entre ses dents.

Ne les laisse pas te briser ou te rendre plus dure. Ce monde est sans pitié, il n'a pas été conçu pour toi.

Khala Zahra, tu pleures.

Ne sois pas idiote. Je ne pleure pas.

Ça va aller ?

Comme toujours. Vas-y avant de rater ton bus - et ne laisse rien tomber de tout ça !

Ils embarquèrent à bord de l'avion dans le minuscule aéroport de Nauru. La cabine avait beau être complètement vide, ils s'assirent aussi près que possible les uns des autres. Atay tenait la main de Nour ; Abay, celle de Firuzeh. Le cœur de Firuzeh battait aussi fort que celui d'un lapin. À n'importe quel moment, un agent pouvait arriver et leur dire, toutes nos excuses, monsieur Daizangi, il y a eu une erreur –

Mais où est-ce que tu as dégotté tout ça, Firuzeh ?

C'est une amie.

Je croyais que tu n'avais pas d'amis ?

Apparemment j'avais tort, dit Firuzeh.

Elle ouvrit l'emballage d'une barre Turkish Delight et garda chaque morceau une minute dans sa bouche. Le chocolat nappait sa langue et ses dents. La gelée se dissolvait.

L'avion s'éloigna de la porte d'embarquement en roulant au pas. Soudainement Firuzeh se retrouva compressée au fond de son siège. Ses dents se mirent à vibrer et à l'élancer. Derrière la fenêtre ronde, Nauru rapetissa pour ne plus être qu'un point.

Débuts et fins coulèrent telles des pierres au fond de son esprit.

Plusieurs heures plus tard, ils tombèrent du ciel bleu et brillant, encore et encore, jusqu'à l'automne, jusqu'à Melbourne, et un froid à en figer le sang.

DEUXIÈME PARTIE

CHAPITRE UN

À Melbourne on pouvait trouver tout ce qu'on voulait, à condition d'avoir assez d'argent et de savoir où chercher. Les fins de semaine où Atay devait rencontrer une assistante sociale, toute la famille prenait le train pour le centre-ville. De leur banlieue hérissée de grues, le trajet n'était pas long. Firuzeh, debout, oscillait sur place, le regard fixe, tandis qu'eucalyptus gris, tours de mica et immeubles de béton défilaient à toute vitesse.

La gare de Flinders Street, toute dorée à l'intérieur, résonnait comme une gigantesque conque. Dans la rue, des tramways en métal grinçaient et bringuebalaient. Les signaux de circulation clignotaient et se succédaient : *walk, walk, wait*. Marcher, marcher, attendre. Des volutes de vapeur s'enroulaient et se déroulaient dans les ruelles. Les graffitis scintillaient et brillaient sur les murs.

Chaque fois qu'ils passaient devant la bibliothèque d'État du Victoria, Atay pointait la statue qui se dressait devant.

C'est Rostam terrassant le dragon ! Et Rakhsh avec lui ! Comment est-ce que ces Australiens sont au courant ?

Abay tenait solidement la petite épaule de Nour. Sans cette précaution, il se serait jeté sur la première vitrine chatoyante de bonbons, prolongeant son caprice jusqu'à ce qu'Abay le soulève de terre, ou qu'il lui soit permis de se remplir la bouche de quelques friandises.

Quelle honte, soupirait Abay. Tu n'étais pas comme ça quand nous vivions à Kaboul. Qu'est-ce qui s'est passé, Nour ?

Nour haussait les épaules et continuait de mâcher.

Firuzeh aurait préféré mourir de honte que de plaquer son visage aux vitrines comme le faisait Nour. Ses maîtres et maîtresses relevaient sa timidité et sa politesse dans des commentaires qu'Abay et Atay ne parvenaient pas à traduire dans leur langue.

Qu'est-ce qu'il y a d'écrit, là ? demandait Atay en brandissant l'une des feuilles en question.

Il est écrit que je suis la meilleure fille qui ait jamais été, que mes devoirs surpassent tous ceux de ma classe, et que vous devriez rendre grâce à Dieu d'avoir béni notre famille de ma présence.

Atay ricana. Très drôle. Qu'est-ce qui est écrit, vraiment ?

Que je suis polie et très silencieuse.

Encore plus drôle. Toi ?

C'est plus fort que moi, disait-elle. C'est comme ça que j'ai été élevée.

Mais la Firuzeh qui frappait de la paume sur son pupitre et tendait son autre main le plus haut possible, la Firuzeh qui bouillonnait de bonnes réponses, avide de félicitations, était restée dans une maison vide, condamnée, dans une rue pleine de poussière, dans un Kaboul qui appartenait au passé.

Les autres élèves pépiaient et gazouillaient, leurs mots filaient et fusaient bien trop vite pour qu'elle puisse les saisir. Firuzeh riait lentement et toujours la dernière, sous des regards silencieux et impatients, les rares fois où elle comprenait une blague. Elle n'arrivait jamais à trouver seule la bonne page du livre, encore moins le bon paragraphe, et elle rougissait et se recroquevillait lorsque ses professeurs l'appelaient par son prénom. Peu importait le cours dans lequel elle se trouvait : mathématiques, anglais ou sciences, c'était du pareil au même. Elle était perdue, ignorante, à la traîne.

La récréation matinale était son unique répit. Toute l'école primaire s'épanchait dans la cour, où des visages de craie et des carrés numérotés blanchissaient l'asphalte. Des ribambelles d'enfants, Nour parmi eux, criaient *Loup y es-tu ? Que fais-tu ?* avant de se disperser dans des hurlements stridents.

Nour n'avait jamais de problème à se faire des amis.

De son côté, Firuzeh se tenait dans un coin sombre et observait, regrettant de ne pas être assez jeune pour se joindre à eux. C'était néanmoins un soulagement d'être brièvement invisible, et pas épinglée comme un insecte par l'index de la maîtresse.

Cela dura ainsi six mois, à peu près. Et puis une fille du cours de maths, Mia, d'origine grecque, alla droit vers Firuzeh et lui tendit la main. Deux autres filles la suivaient, l'une boutonneuse, l'autre coléreuse.

Gulalai dit que tu es une resquilleuse. C'est vrai ? Tu es arrivée ici en bateau ? C'était comment ? Mia secouait la tête, et le strass de ses boucles d'oreilles étincelait. Tu pouvais te doucher ? Ça puait à bord ? Quelqu'un s'est noyé ?

C'est elle Gulalai, dit la fille aux boutons en tapotant l'épaule de la troisième. Au cas où tu voudrais la frapper. Moi c'est Shirin. Gulalai croit tout ce qu'on lui raconte, excuse-la.

Même pas vrai.

Elle répète tout ce qu'elle entend à la télé. Enfin. Bienvenue en Australie ? C'est ça qu'il faut dire dans ces cas-là ?

Vous, dit Gulalai, vous n'avez pas attendu votre tour. Vos visas, c'est mon oncle et ma tante qui auraient dû les avoir. Son visage s'empourpra.

Gul, mon papa dit que le ministre de l'Immigration est un vrai salaud. Beaucoup de choses qu'il dit ne sont pas vraies.

Comme tous les politichiens, fit Mia en haussant les épaules.

Shirin dit : Et donc on s'est rendu compte – je me suis rendu compte – que tu n'avais pas d'amis.

Mia déclara, rayonnante : On a décidé de t'autoriser à nous rejoindre, pour l'instant.

Gulalai dit, Pas moi.

La ferme, Gulalai.

Mia dit, L'écoute pas, c'est pas la peine.

Firuzeh fit, En fait, j'ai une amie.

Elle est où ? demanda Shirin en se retournant pour examiner la cour de récréation.

Pas – pas ici. Sa famille est partie dans une ville qui s'appelle Perth.

Mia dit, C'est tellement loin à l'ouest que l'étape d'après c'est l'Afrique.

Shirin dit, Elle compte pas, cette amie.

Gulalai lança en plissant les yeux, Moi je crois que tu mens. À mon avis, elle n'existe pas.

Dans la lumière biaisée du soleil d'avril, Firuzeh l'aurait presque crue. Nauru était à des milliers de kilomètres, tout ce qui en restait était le caillou au fond de sa poche. Peut-être même qu'à cet instant, Nasima était assise sur un trône d'écume, en train de compter les bancs de seiches et de serpents des mers, le souvenir de Firuzeh effacé, lisse et uniforme, comme des lettres sur le sable à la marée montante. Peut-être Firuzeh était-elle arrivée dans un monde plus simple, où les filles mortes le restaient, et où les filles vivantes jouaient innocemment, loin du mortier, des fusils et des mines.

Shirin dit : Comme tes amies imaginaires à toi, c'est ça, Gul ?

Raconte à Frouzay, dit Mia. C'est bien Frouzay, hein ? C'est comme ça que Mme Pierce t'appelle...

Ou peut-être pas plus simple, mais différent.

Gulalai dit, Je vois même pas de quoi vous parlez.

Oh, allez, Gul. Tu arrêtais pas de nous en parler avant. Tu nous disais que tu discutais avec elles pendant des heures quand les balles détruisaient ta maison. Elles se cachaient avec toi et te disaient quand te lever. Quand te baisser. Et puis elles te racontaient des histoires –

Le visage de Gulalai s'obscurcissait, des taches plus sombres apparaissaient. N'importe quoi, Shirin. J'ai jamais dit ça. Arrête.

T'arrives même pas à encaisser les trucs que tu balances aux autres, dit Mia en claquant la langue. Viens pas pleurer, maintenant. Ça t'apprendra à faire ta connasse avec Frouzay.

C'est pas juste, dit Gulalai. T'as réussi à tout foutre en l'air. Comme une vraie resquilleuse. Sale boat-people. Pute.

Firuzeh dit en dari, Je crache sur ta mère.

Shirin éclata de rire en frappant dans ses mains.

Gulalai dit, Fais bien gaffe à toi.

Pas la peine, répliqua Firuzeh. J'ai des amies qui veillent sur moi.

C'est ce que tu crois. Tu verras les amies que c'est.

Gulalai tourna les talons et fila à l'intérieur.

Mia demanda, C'était quoi, cette crise ?

Notre Firuzeh a du cran.

Tant mieux. C'est ce qu'il nous faut. Du cran et de la cervelle.

Shirin dit, Gulalai est marrante des fois, mais c'est pas une lumière. J'ai l'impression que tu es vraiment plus futée qu'elle. J'ai raison, hein, Firuzeh ?

Oui, répondit Firuzeh. Elle aurait eu la même réponse si l'adjectif qu'on lui avait prêté avait été *reptilienne*, *irresponsable* ou *faible*. Oui à tout : elle aurait été tout cela. Ses semaines de veille solitaire s'estompaient déjà dans sa mémoire. Un courage neuf lui brûlait les veines. Elle pouvait à présent gravir des montagnes. Écraser des voitures.

Un bref instant, elle se demanda si les amies invisibles de Gulalai avaient été noyées, brûlées vives, abattues, si elles avaient des noms, si elles avaient jadis respiré, comme Nasima, si elles avaient été vivantes.

Et puis la sonnerie retentit, et cette réflexion lui échappa.

CHAPITRE DEUX

Tous les jours, Atay partait à la recherche d'un travail. Il prenait des bus qui en longues spirales l'éloignaient de leur maison, en quête de garages. Lorsqu'il apercevait à travers la vitre un lieu potentiellement intéressant, il tirait sur la corde et descendait à l'arrêt suivant. Si les propriétaires étaient afghans ou iraniens, ils lui offraient le thé.

Encore et encore, les questions courtoises et banales tournaient autour de la nature de son visa.

Ah, un TPV, là c'est compliqué –

On a déjà assez de bras comme ça –

Vous finirez par trouver quelqu'un, j'en suis sûr.

Quand les propriétaires étaient blancs, il n'y avait pas de thé, ce qui était un vrai soulagement pour sa pauvre vessie mise à rude épreuve, disait-il. Leurs questions aussi n'étaient pas les mêmes.

Avez-vous vos propres outils ?

Tu parles anglais, mon pote ? Anglais ? Tu - sais parler ?

Désolé, vous avez l'air d'être un chic type, mais on ne peut pas vous prendre.

Et dans chacun de ces lieux Atay remerciait en hochant la tête et repartait, saisi d'un besoin urgent de passer aux toilettes mais trop gêné pour en faire la demande. Au lieu de ça, il se rabattait discrètement sur celles des fast-foods.

Il buvait des océans de thé, ainsi qu'il le disait à Abay.

Mais pas de travail, disait-elle.

Pas de travail.

Le soir, une fois le dastarkhān en plastique débarrassé, Abay et Atay faisaient asseoir Firuzeh et participaient à ses devoirs d'anglais. Nour, très avisé, disparaissait toujours à cet instant.

Ses leçons étaient d'un ennui mortel. La petite Anna avait le visage bleu. Personne ne savait pourquoi. Elle était peut-être morte, suggéra Firuzeh. À ces mots, sa maîtresse avait haussé les sourcils. Le lézard s'appelait English, là encore sans la moindre explication.

Nous marchons dans la roue –

Rue, Atay.

Non, rue c'est, je change la rue.

Ça c'est *roue*.

Oui, oui, dit Abay. Anna marche dans la roue jusqu'au parc.

Firuzeh broyait le bout de son crayon entre ses dents.

À Kaboul, Atay savait le nom de tout le monde et le nom de toute chose, quelles rues étaient les plus sûres selon les jours et pourquoi elles l'étaient, le nombre de cigarettes Pine requises à chaque checkpoint, et qui appeler quand une bombe explosait. Abay connaissait les prix sans cesse changeants des tomates, des œufs, de la farine, du sel et du vinaigre comme si elle sentait le parfum des fluctuations dans le vent matinal, elle savait jeter des cailloux en plein sur la truffe des chiens errants, et comment escalader les vieux murs avec de lourds jupons.

Ici, ils attendaient de Firuzeh qu'elle leur apprenne le b.a.-ba.

Le monde était devenu blet, grouillant de choses impossibles qui s'en déversaient.

Des monstres, dont le plus monstrueux était la vie quotidienne.

Je n'y arriverai pas, dit Firuzeh.

Je sais que c'est dur, janam, mais nous avons besoin de toi.

Vous ne pouvez pas regarder la télé ?

Il faudrait d'abord en acheter une.

Atay dit : Tu es notre fille. Nous n'avons personne d'autre.

Abay dit : Je pourrais te raconter une histoire après –

Je n'en veux plus, dit Firuzeh, de tes vieilles histoires idiotes. Tu oublies toujours la partie du milieu.

C'est vrai, dit Abay. Il y a des trous et des blancs dans mes histoires. J'ignore ce qui est arrivé à ma tête.

Atay dit : J'ignore ce qui est arrivé à notre fille. A-t-elle toujours parlé ainsi à ses parents ?

Le bois du crayon à papier laissait une impression farineuse sur sa langue. La mine de graphite avait sa saveur bien à elle, un goût de métal, d'encre et de choses qu'on n'a pas écrites.

Je ne peux pas vous apprendre la langue. Je ne suis pas assez bonne. Ou peut-être que c'est vous qui êtes incapables d'apprendre. Je veux être normale, Atay-o-Abay. Les filles normales n'apprennent pas l'anglais à leurs parents. Les filles normales vont faire du shopping au centre commercial. Elles vont au cinéma.

Abay dit : Nous ne sommes normaux en rien, Firuzeh. Pour l'instant.

Mais on devrait l'être. J'ai envie d'être normale.

Atay dit : Ça ne sert à rien de lui parler. Tu n'as pas honte, Firuzeh ? Avoir de telles réactions, à ton âge ?

D'accord, dit Firuzeh, le visage et la poitrine embrasés. Réessayons. Où est-ce qu'Anna part chercher English ?

Dans la roue –

Non, dit-elle. Non, non, et non.
Dans ses mains fébriles, le crayon à papier se brisa.

La petite maison aux murs de parpaings qu'on leur avait assignée était froide et puait la peinture, la moquette de mauvaise qualité leur râpait la plante des pieds, mais pour lors, cet endroit n'appartenait qu'à eux, rien qu'à eux. Firuzeh régnait sur la moitié d'une chambre, dont la petite fenêtre en hauteur donnait sur une haie. Dehors, des pies noir et blanc chantaient des chansons différentes de celles des pies de Kaboul.

L'autre moitié de la chambre appartenait à Nour. Les deux matelas occupaient la quasi-totalité de l'espace au sol.

Firuzeh venait juste de poser son sac lorsque la sonnette fit retentir sa note unique et acide. Atay était quelque part, à bord d'un bus, traquant un job à travers les banlieues de la ville, et Nour était allé faire un foot au parc avec ses amis. Surprise au beau milieu de ses incessants nettoyages, Abay rabaissa ses manches et se sécha les mains. Firuzeh grimpa sur le comptoir de la cuisine et tendit le cou pour regarder dehors.

La fenêtre était petite et mal placée. Elle aperçut un bout de manche marron et quelques mèches de cheveux pâles.

La porte grogna lorsque Abay l'ouvrit.

Bonjour ! Madame Daizangi ?

Oui. Bonjour. Comment allez-vous ?

Je suis sœur Margaret. Je vous ai téléphoné mardi dernier –

Ah, oui. Entrer ?

– du Sanctuaire de St Kilda. Comme vous venez d'arriver, nous avons jugé bon de passer vous voir. Quelle adorable grande fille.

Son minuscule crucifix en or tournait au bout de sa chaîne.

Comment t'appelles-tu, ma belle ?

Firuzeh, son manteau –

Le manteau marron était lourd et parsemé de poils blancs. La doublure en satin sentait le chien mouillé et la lavande. Firuzeh le posa sur le dossier d'une chaise pliante, qui tomba aussitôt à la renverse, et qu'elle rattrapa de justesse.

Je suis désolée de ne pas avoir pu passer plus tôt. Nous avons eu deux procès, un gros problème de santé –

La religieuse portait un cardigan turquoise et des mocassins à glands. La moitié de sa chevelure couleur pâte à pain était passée au gris. Elle ne cessait de faire tourner sa montre autour de son poignet.

En tout cas, c'est vraiment un plaisir de faire votre connaissance. Oh, merci beaucoup, ça sent divinement bon. C'est de la cardamome ?

Ouvrant son sac de cuir, elle en tira un tas de papiers.

Abay grimaça.

Est-ce que quelqu'un vous a déjà présenté tout ce à quoi Centrelink vous donne droit ? Parfois ils prennent la peine, parfois non.

Oui d'accord. Abay disposa le fond d'un paquet de biscuits sur une assiette à fleurs. S'il vous plaît. Pour vous. Ça.

Merci infiniment, c'est très aimable de votre part.

Firuzeh vit l'inconnue manger l'un des quatre tout derniers biscuits. Elle tchipa, l'eau à la bouche. Les doigts de la religieuse indiquaient tel et tel points dans l'air, tandis qu'elle décrivait toutes ces choses improbables : des banques alimentaires, une aide à l'emploi, des programmes de repas, des avocats. Un autre biscuit disparut.

Vite, Firuzeh, refais du thé, dit Abay. Il ne faut pas qu'elle nous prenne pour des malappris.

Firuzeh prit le thermos à cinquante *cents* et la tasse, avant de remplir la bouilloire posée sur un feu de la cuisinière. Lorsque l'eau fut prête, elle attrapa le thé, des gousses de cardamome, du sucre, considéra le sucre une deuxième fois, puis secoua autre chose dans sa paume, la plongea dans l'eau fumante, et remua énergiquement le tout.

Il ne restait plus qu'un biscuit lorsqu'elle revint avec la tasse fumante de la religieuse et le thermos rempli de thé.

Merci beaucoup, ma belle. J'étais en train de parler à ta mère de cours du soir pour toi, et de bénévoles que je connais, des tuteurs...

Elle remuait nerveusement sa montre cerclée d'argent autour de son poignet sec et osseux. De la vapeur s'élevait de son thé.

Ce serait tout de même épatant. Un tuteur qui viendrait enseigner l'anglais à tes parents. Elle m'a dit que tu t'en sortais à merveille, mais je suis sûre que ça doit t'épuiser. Quel âge as-tu ?

Dix ans.

Sœur Margaret souleva sa tasse et but une première gorgée. Son visage se figea en une curieuse expression.

Tout va bien ? demanda Abay, à l'affût de la plus légère interférence dans le bien-être de sa mehman. Le cœur de Firuzeh s'arrêta un bref instant.

Je jurerais presque que –

Le regard de sœur Margaret, soudain acéré, se planta dans celui de Firuzeh. Ses sourcils clairsemés frémissaient.

Veuillez m'excuser, madame Daizangi, il m'arrive de me perdre dans mes pensées. Tous ces souvenirs qu'on accumule, vous savez. Parfois l'un d'eux surnage, et m'emporte avec lui. Qu'étais-je en train de dire ? Ah, oui. Les tuteurs d'anglais –

Dans la tasse, le niveau du thé ne baissa pas. Le dernier biscuit au chocolat demeurait intact dans l'assiette.

Sœur Margaret finit par se lever, remit de l'ordre dans ses papiers et les rangea.

Merci de votre accueil.

S'il vous plaît, dîner. Bientôt mon mari rentre –

Peut-être une prochaine fois. J'ai d'autres visites à faire. Ç'a été un réel plaisir de faire votre connaissance, madame Daizangi.

Bahar.

Dans ce cas, appelez-moi Margaret. Enchantée de vous avoir rencontrée, mademoiselle Firuzeh.

Abay protesta en s'agitant. Non, laissez –

J'insiste, j'insiste.

Sœur Margaret vida la tasse de thé dans l'évier, au fond duquel elle la posa. Un seul coup d'œil d'Abay, et Firuzeh s'empressa d'aller chercher les chaussures de leur invitée et d'ôter le manteau couvert de poils de chien de la chaise où elle l'avait posé.

Et la religieuse partit. Le dernier biscuit au chocolat disparut dans la bouche de Firuzeh, suivi des miettes et d'une traînée de chocolat qu'il restait sur l'assiette.

Abay se servit une tasse de thé.

Quelle femme généreuse. Ça fait du bien de savoir qu'il existe des personnes comme ça. Mais tu as vu tous ces poils sur son manteau ! Et ce moment, quand elle buvait son thé. Elle ne doit sûrement pas être aussi vieille que ça. Elle doit sûrement avoir encore toute sa tête...

Firuzeh, la bouche pleine, n'essaya pas de la contredire. Abay prit alors un air songeur. Elle marcha jusqu'à l'évier, passa un index à l'intérieur de la tasse, et porta le bout de son doigt à sa bouche.

Des grenouilles effrayées n'auraient pas bondi plus vivement dans leur mare. Firuzeh avait quasiment traversé tout l'espace qui la séparait de sa chambre, la main tendue vers le bouton de la porte, lorsque la pantoufle de sa mère ricocha sur sa tête.

Le temps passa et passa encore, les jours tous semblables, les nuits imprévisibles. Il y avait des nuits où elle dormait profondément, sans se souvenir de rien. Mais d'autres nuits, lorsque Firuzeh fermait les yeux dans la pénombre de la chambre – quand

ses jambes, prises de démangeaisons, se changeaient en plomb,
et qu'une obscurité plus pure encore occultait sa vision –
verre
verre
verre brisé
les hautes dents pointues de l'hindou Kouch
tout de verre
brillant

Khalil

sang
chaleur
humidité

dents
grinçantes
dents de verre
dents tachées de sang
mains dégouttant de sang
tâchant d'attraper

Elle courait
sempiternellement
son souffle vitrifié et brisé et acéré dans sa gorge
des siècles qu'elle courait et elle devait
non elle ne pouvait s'arrêter

Derrière elle bondissait une chose grise qui n'était que
DENTS DE VERRE
et
FAIM

la peau des gens morts glissant flasque de leurs crânes
dont les rues étaient pleines
dont les routes étaient pavées

elle marchait sur les peaux flasques visqueuses et grouillantes
de pourriture
les visages la dévisageaient
les bouches ouvertes
sans un mot

elle ne les connaissait pas
non
elle les connaissait
Khalil
Nasima
Mansour
un cousin
une tante

elle glissa –
les dents de verre se refermèrent sur elle –

CHAPITRE TROIS

Ils n'avaient qu'un portable pour eux quatre, qui suivait Atay où qu'il aille. Il y avait aussi un vieux téléphone blanc dans l'appartement. La voix d'Atay grésillait dans le combiné, irritée.

Il fait nuit. Ça ne peut pas attendre ?

C'est l'hiver, dit Abay. On n'a pas le temps de tout faire avant le coucher du soleil. Et puis nous sommes en Australie. Nous avons survécu à des guerres, nous avons survécu à Nauru – comment est-ce qu'un aller-retour pour faire des courses pourrait être dangereux ? Nous avons besoin d'esfand, et de tasses à thé – ils ont tout, dans ce magasin. C'est ce qu'on m'a dit. J'emmènerai Firuzeh et Nour. Nous serons rentrés avant le dîner.

Firuzeh dit : Abay, je n'ai pas envie d'y aller.

Moi non plus, fit Nour.

J'ai besoin que vous m'aidiez à porter les courses. Parfois, il faut bien donner un coup de main à votre mère. Si les parents de vos camarades de classe me voyaient chargée de sacs pleins de bonnes choses pour vous, que penseraient-ils ?

Bien évidemment, il n'y avait pas de réponse à cette question.

Le trajet fut très exactement aussi long et ennuyeux que l'avait prévu Firuzeh. Quelques heures plus tard, Abay, Nour et elle s'avançaient cahin-caha vers l'arrêt de bus, lestés par leurs achats, des couvertures molletonneuses imprimées de roses aux carafes et assiettes. L'abri ne protégeait qu'à peine du froid. Firuzeh frissonna dans un froissement de sacs. Le quartier ne leur était pas familier, les réverbères rares et très éloignés les uns des autres, et les eucalyptus projetaient des ombres hostiles.

Voyons voir, dit Abay en manipulant un dépliant horaire. Firuzeh, viens par ici, aide-moi à trouver l'heure de passage –

Un homme au visage rose s'approcha de l'abribus.

Ça dit que le bus arrive dans quinze minutes. Firuzeh replia le fascicule. Ça fait long à attendre, Abay. On gèle ici. J'ai froid.

L'homme lança un regard sinistre à Abay. Des vaisseaux sanguins éclatés répandaient leur arantèle sur son nez et ses joues. Lorsque Firuzeh releva la tête, il croisa les bras.

Abay porta la main aux bords de son foulard, le plaquant sur ses cheveux impeccablement coiffés. Puis elle serra si fort les mains de ses enfants que leurs doigts devinrent violets. Bien que Firuzeh eût mal à en pleurer, ni elle ni Nour n'émirent le moindre son.

Le regard d'Abay croisa celui de l'homme.

Une minute passa.

Il cracha, dans un raclement visqueux. La noix de mucus assombrit le trottoir, manquant de peu la chaussure d'Abay.

Bande de terroristes.

Sans cesser de soutenir son regard, Abay, les bras rigides comme l'acier, poussa Firuzeh et Nour derrière elle. Ils se percutèrent. Les sacs s'entrechoquèrent. Ceux d'Abay gisaient à ses pieds, leurs anses retombaient mollement.

Il n'y avait personne d'autre dehors. La nuit inspira et retint son souffle.

L'homme dit : Rentrez chez vous. On veut pas de vous ici.
On rentre chez nous.
C'est ça. Retournez dans votre pays pourri. Arabes, bicots, tous autant que vous êtes. De la pisse de chien, voilà ce que vous êtes. Dégagez.
Des voitures passaient dans une parfaite indifférence. Les mains charnues de l'homme rose se fermèrent en poings. Il fit un pas vers eux. Nour geignit. Abay se raidit. Firuzeh avait presque l'impression qu'on lui avait coupé les doigts.
Et puis les phares du 901 tranchèrent dans l'obscurité.
Le bus couina et souffla en s'arrêtant, et Abay fit monter les enfants à bord. Firuzeh se cogna un tibia contre une marche. Nour et elle posèrent les sacs enchevêtrés sur des places libres.
En haut du marchepied, Abay fit glisser son pass et se retourna.
L'Australie c'est chez nous, dit Abay.
Va te niquer avec une pierre, dit Firuzeh.
Le conducteur du bus demanda, Vous montez, monsieur ?
L'homme les fixa.
Non, finit-il par dire. Non, pas ce soir.
Les portières du bus se refermèrent. Le 901 s'ébranla. Abay écarta les pieds de Nour du siège, s'appuya contre l'empilement précaire de sacs, et enfouit son visage dans ses mains.
Firuzeh regardait la nuit par la vitre. L'homme se tenait au bord du trottoir, les fixant toujours du regard, mais l'abribus et lui ne tardèrent pas à rapetisser et à disparaître.

J'aurais dû être là.
J'aurais aimé que tu sois là.
Voilà ce qui arrive quand on sort à la nuit tombée –

Shirin éclata de rire et Mia eut le souffle coupé en écoutant l'histoire de Firuzeh pendant le déjeuner.

Quel putain de beau pays, l'Australie, dit Shirin. On peut y trouver tous les racistes, tous les salauds, tous les connards et tous les enculés qu'on veut.

J'arrive pas à y croire - dit Mia.

Shirin répliqua, Mais bien sûr que si. Elle avait plié les dents de sa fourchette en plastique dans un sens puis dans l'autre jusqu'à les casser, et serrait à présent dans sa paume les minuscules arêtes. Il est arrivé la même chose à la maman de Gulalai. Et puis Firuzeh me donne pas du tout l'impression d'être folle. Tu crois qu'elle l'est, toi ?

Firuzeh ne toucha pas le caillou blanc qu'elle gardait dans sa poche.

Mia coinça une bouchée de pomme verte dans sa joue et jaugea Firuzeh.

Na-a-a-an, dit-elle en allongeant le mot. Elle mâcha le bout de pomme et l'avala. Par contre Gulalai –

Oh, qu'est-ce qu'on en a à faire, de Gulalai ?

CHAPITRE QUATRE

C'est une église, remarqua Atay en considérant le petit bâtiment de briques. Ils avaient pris deux bus pour arriver à l'adresse que sœur Margaret leur avait donnée au téléphone. Ta nouvelle amie nous a envoyés dans une église.

Abay dit : Sœur Margaret a dit de passer par-derrière.

Il y aura des garçons ? demanda Nour.

Firuzeh répondit, Comment on pourrait le savoir, espèce de valise sans poignée !

Ça se dit pas comme ça, imbécile. On traite pas quelqu'un de valise sans poignée, on dit qu'il est aussi bête qu'une valise sans poignée.

Une allée passait derrière l'édifice, après quelques voitures stationnées, et débouchait sur une porte au sous-sol. À l'intérieur, il y avait une petite cuisine, un tableau en liège où étaient épinglées des lettres immenses - CENTRE COMMUNAUTAIRE DE RÉFUGIÉS DE RICHMOND - et assis sur des sofas ou des chaises pliantes, une douzaine d'adultes dont deux portaient un hoodie universitaire.

Merde, fit Nour à voix basse.

Nour, tais-toi.

Atay dit, Bonjour...
Salut ! Moi c'est Claire, de l'université Monash. Je peux vous faire visiter ?
C'est une excellente idée.
Pendant que je vous montre les lieux, vos enfants - madame Sorisho ?
Une femme avec de petites fleurs d'or aux oreilles était en train de réunir de l'aquarelle, des pinceaux, des feuilles et un verre d'eau.
Vous pouvez peindre avec moi si vous en avez envie, dit-elle. Elle mouilla son pinceau et traça une fleur rouge à six pétales sans relever la main.
Nour se mordit la lèvre, avant d'accepter une feuille et un pinceau qu'il frotta vigoureusement sur la pastille de peinture noire.
Firuzeh plongea son pinceau dans le verre en carton et dessina des pics et de la neige incolores. D'un coin à l'autre, elle aspergeait et étalait l'eau. Là, des zigzags. Là, des falaises. La feuille se gondolait.
J'ai fini, dit Nour en brandissant sa peinture.
La feuille était humide et totalement noire en son centre. Sur les bords, la violence : taillades, éclaboussures, coups de pinceau définitifs comme des coups de rasoir.
Mme Sorisho fit glisser ses lunettes du haut de sa tête jusqu'à son nez.
Oui, oui, dit-elle. C'est exactement ça.
Je peux y aller maintenant ?
Bien sûr. Va voir dans la pièce d'à côté. Je suis sûre que tu y trouveras quelque chose qui te plaira.
Il glissa au bas du sofa et disparut sans un bruit.
Et toi, qu'as-tu peint ?
Firuzeh répondit, Du verre.

Hm. Oui, je vois. De quelle autre manière pourrait-on représenter du verre avec de la peinture.

Firuzeh avait utilisé le même verre d'eau que Nour. Le pinceau de celui-ci avait noirci l'eau, cendre et fumée étaient passées de sa peinture à celle de sa sœur. Des vitrines brisées lors d'une émeute, pensa-t-elle. Ou un miroir, ébréché.

Mme Sorisho demanda, Est-ce que ta famille est nouvelle ici ? C'est la première fois que je vous vois.

Nous sommes arrivés il y a à peine quatre mois.

Bienvenue, bienvenue.

Mme Sorisho remplissait sa feuille à elle de fleurs.

Ce que vous avez dit à Nour - mon frère –

Oui ?

Il y a vraiment quelque chose à voir dans sa peinture ? Elle est toute noire –

Dans des gestes lents et précautionneux, Mme Sorisho rinça son pinceau, le sécha à l'aide d'un chiffon, et le reposa. Un profond sillon se creusa dans son front.

Nous avons laissé nos trois enfants en Irak.

Pourquoi ?

Nous pensions que ce serait plus sûr. Apparemment, nous avons eu tort.

Mais qu'est-ce que ça a à voir avec la peinture de mon frère ?

Je crois que celle-ci sera plus à ton goût. Tiens. Ces fleurs sont à toi, si tu le veux.

Mme Sorisho avait peint un jardin floral entouré d'un mur. Un arc-en-ciel en haut, des couleurs enfiévrées en bas. Firuzeh souleva la feuille douce et humide dans ses paumes.

C'est joli.

Merci.

Mais je ne comprends toujours pas –

Le dîner est servi, dit sœur Margaret. Elle était entrée dans la salle sans se faire remarquer, avec trois plats recouverts d'un couvercle. Claire remuait le contenu d'une marmite posée sur la cuisinière.

Nour accourut.

Firuzeh, y a un baby-foot ! J'allais battre Mo, mais j'ai entendu qu'on nous appelait pour dîner –

Le jeune homme derrière lui dit, C'est *moi* qui allais te battre.

Ils prirent tous place à une longue table en contreplaqué. Firuzeh se retrouva entre Abay et un grand homme silencieux du nom de Samuel. En lui servant une louche de lentilles, il dit : Mange bien tout si tu veux devenir aussi forte que moi.

Il avait joué du tuba dans un orchestre de l'armée. L'orchestre jouait pour le président Isaias Afwerki. De la musique solennelle dès qu'il faisait son apparition. Pareil quand il repartait. N'importe quelle musique que le président trouvait à son goût, pendant huit longues années.

Vous avez été militaire ?

En Érythrée, les hommes doivent servir sous les drapeaux pendant un an et demi.

Vous avez dit huit longues années.

Les calculs du président ne suivaient pas tout à fait l'arithmétique des gens normaux.

Lui c'est Mo, disait Nour, il est de Somalie –

T'es vraiment pas mauvais, lui dit Mo.

Comment êtes-vous arrivé en Australie ? demanda Firuzeh.

Tout l'orchestre est venu. On nous a prévenus la nuit précédant notre départ, comme d'habitude. Sans quoi les désertions auraient été trop nombreuses. J'ai serré ma femme dans mes bras pour lui dire au revoir. Elle était enceinte, beaucoup plus grosse que moi. Dès notre arrivée, on nous a enfermés dans un hôtel.

Comment avez-vous réussi à sortir ?

Une manifestation politique. Des Australiens ont été informés de notre venue. Ils défilaient dehors avec des pancartes. Nous n'en avons pas parlé - on ne parlait jamais de ce genre de choses - mais au beau milieu de la nuit, nous avons glissé nos instruments sous nos draps afin de faire croire que nous dormions, et nous avons sauté par les fenêtres.

Vous avez dû vous faire mal.

Les manifestants nous attendaient. Ils tendaient leurs banderoles aussi fort que possible, et nous atterrissions dessus. Douze d'entre nous s'en sont tirés. Et puis tout à coup les lumières de l'hôtel se sont allumées. Les manifestants nous ont fait monter dans leurs voitures, et puis se sont disputés à notre sujet, sur ce qu'il convenait de faire, sur la direction à suivre. Le lendemain ils nous ont accompagnés au bureau de l'immigration, et nous avons fait notre demande d'asile. Et me voici.

Et votre femme ?

Toujours en Érythrée. Avec mon fils. Je ne l'ai encore jamais vu.

Tout autour de la table, un mot s'éleva :

Un jour –

Un jour nos enfants –

– ici, un jour.

Firuzeh, dit Nour, il faudra que tu voies ça. Je vais battre Mo en trois points, deux-un.

Mo dit, Tu peux faire l'arbitre.

Nour arrivait à peine à se hisser à hauteur du plateau du babyfoot mais il faisait furieusement tourner les poignées. La balle de ping-pong claqua de rangée en rangée, pour finalement disparaître dans la cage de Nour.

Je vais gagner les deux suivants.

C'est ce qu'on va voir, dit Mo.

Prends la balle, Firuzeh. Cette fois, à toi de faire la mise en jeu.
La dernière fois, c'était toi, dit Mo.
Et alors ?
Je dis ça comme ça.
Firuzeh positionna la balle au-dessus de la ligne médiane. Les figurines en plastique tressaillaient sur leurs barres. Elle lâcha la balle.
Celle-ci rebondit, et les figurines tournèrent furieusement sur leur axe.
Petit à petit, de coups en blocages, Mo prit possession de la balle. Nour aspirait bruyamment sa salive et grognait sous l'effort, courant de droite à gauche pour contrer et bloquer.
Légère comme l'air, la balle fila dans les cages de Nour.
Mo éclata de rire et échangea une poignée de main avec Nour. On rejoue ? Tu avais dit sur trois points.
Nour bouda. Non. Je suis meilleur en foot.
Alors on fera un foot ! Un jour !
Mo était plus grand qu'Atay. Firuzeh étouffa un rire.
Abay apparut sur le seuil de la porte. Nous allons rentrer.

Dans le bus, Abay dit, Quelle superbe peinture. Omid, tu ne m'as pas promis un jardin, un jour ?
Oui, elle est très jolie. C'est très beau, Firuzeh.
Nour dit, Mais –
Firuzeh lui pinça l'oreille.
Est-ce que Nour en a fait une ?
Il était trop occupé, répondit Firuzeh.
Je me disais qu'on pourrait planter des choses, dans le terrain derrière chez nous.
Atay dit, Je ne sais pas. Il y a un règlement.
Mais tout de même, Omid. Un jardin.

Un jour. Cet homme dont nous avons fait la connaissance, Ali Reza –

Ç'a l'air d'être quelqu'un de correct.

Son cousin a un garage. Il va lui demander s'il a du travail pour moi.

Nour déclara : J'aurais pu gagner. Si c'était moi qui avais fait la mise en jeu. C'est toi qui as tout gâché.

Même pas vrai.

Si c'est vrai.

Abay dit, C'est vraiment très gentil de sa part. Nous devrions l'inviter chez nous. Lui et sa femme.

Firuzeh dit, Fais des mantou, s'il te plaît.

Non, du aush, dit Nour. Plein plein plein.

Mantou.

Aush.

Nous ferons les deux, dit Abay. Si Ali Reza trouve du travail à Atay.

CHAPITRE CINQ

En août, quand le givre gris étincelait sur les pelouses, Atay travaillait au garage du cousin d'Ali Reza, à Richmond.

Il ne leur restait jamais d'argent à la fin du mois, et après qu'Abay eut tenu leur première facture d'électricité entre les mains, le radiateur d'appoint que sœur Margaret leur avait dégotté ne resta allumé qu'une heure par jour. C'était bien assez.

Petit à petit, la vapeur de la cuisine d'Abay superposait des couches d'air chaud dans tout l'appartement. Chaque nouvelle casserole d'huile ou d'eau bouillantes transformait un peu plus cet *ici* en *chez-eux*.

Et puis un jour à l'école, dans l'intervalle bavard entre deux sonneries, alors que les vagues d'élèves se déroulaient dans les couloirs, autour des fontaines à eau, se déversant en tous sens vers leur prochain cours, Shirin fit claquer une carte dans la paume de Firuzeh.

Mon anniversaire, dit-elle. Tu as intérêt à venir.

Je demanderai.

Le papier fuchsia était lisse et épais. Firuzeh frotta son pouce sur les lettres argentées.

Tu sais ce qu'y aura ? Un gâteau glacé. Du *fairy bread*. Des biscuits au chocolat Tim Tam. Des gosh-e-fil. Des ab-e-dandan. De la pavlova. Du lamington. Mes parents m'ont promis tout ça. Avec tout ce sucre, on va rester excitées pendant des jours.

Pas étonnant que tu t'appelles Shirin.

Très drôle. Et original en plus. Mon père a dû me la sortir, oh, je sais pas, cinquante fois peut-être. Mais tu viendras, hein ? Oups, c'est vrai j'oubliais : tes parents. J'espère qu'ils accepteront de te libérer quelques heures pour que tu t'amuses.

Abay, s'essuyant les doigts pour se saisir de l'invitation, dit : Certainement pas.

Tu n'as même pas jeté un coup d'œil à la carte !

Inutile. Nous ne connaissons pas ses parents. Nous ne savons pas quel genre de personnes ils sont.

Tout ce qu'on fera, ce sera manger des biscuits et du gâteau. C'est ça, une fête d'anniversaire.

Ô mon amie, qu'y a-t-il de mieux ? Le sucre, ou Celui qui l'a créé ?

Maman !

Abay lâcha l'invitation sur le comptoir et remua le riz.

Firuzeh, qu'est-ce que les gens *penseraient* ?

Et ce fut tout.

Durant les longues journées mornes qui s'écoulèrent entre l'invitation et la fête multicolore de Shirin, ce fut comme si toutes les filles de cinquième année[1] étaient incapables de penser, de parler ou de rêver d'autre chose.

Tu t'habilleras comment ?

Robe en velours violette, ceinture argentée, foulard –

Les mains dessinaient cols et colliers au-dessus de l'uniforme blanc et bleu de l'école.

1. « Year 5 », équivalent australien du CM2 français. (N.d.T.)

Et comme cadeau ?
Six flacons de vernis à ongles.
Gloss fraise. Ou fruit de la passion. Ou les deux.
Ce sac en perles que j'ai vu au centre commercial.
Elle arrive.
Salut Shirin !
On n'était pas du tout en train de parler de ton –
Chut ! Tais-toi !
L'air altier, la mine réjouie, Shirin poursuivait son chemin, talonnée par les gloussements conspirateurs que ses camarades étouffaient. Toute l'école se passionnait pour l'événement. Même Gulalai.
Et toi, Firuzeh ?
Ouais, tu t'habilleras comment ?
Mais pourquoi ça ? s'était exclamée Shirin. Tu as de bonnes notes. Enfin, je veux dire, elles sont pas super mais - désolée, j'ai regardé par-dessus ton épaule, l'autre jour. Ils sont à ce point traditionnels, tes parents ? Ah, mince. L'année prochaine, peut-être.
Et Shirin était repartie en trombe.
Il y avait un trou dans la poitrine de Firuzeh, creusé avec une cuiller en argent. Un trou en forme de glace et de pavlova. Du jour au lendemain, elle se retrouva coupée de la vie sociale de l'école, exilée, bannie, exclue. Dès que deux filles ou plus se réunissaient, il n'était plus question que de l'anniversaire.
Vingt fois par jour, Firuzeh se mordait les doigts pour retenir ses larmes, au point que ses phalanges enflaient et devenaient violacées.
Oh, dit Mia, voilà Firuzeh, on ferait mieux de parler d'autre chose –
C'est vrai, dit Shirin. Mais à ton avis, il vaudrait mieux que je porte ma robe verte ou ma robe orange ?

Personne n'avait l'intention d'être cruel envers Firuzeh : ni Abay, ni Mia, ni Shirin. Et cela ne faisait que redoubler son sentiment d'injustice.

La nuit, Firuzeh marmonnait en martelant son oreiller de coups de poing, jusqu'à ce que Nour lui jette le sien au visage en lui criant : Dors, maintenant !

Le jour de la fête, Firuzeh était à bout de nerfs. À chaque cours, une fille se faisait réprimander pour des chuchotements peu discrets, ou pour avoir passé un mot écrit en rose pailleté.

Fais un effort, Gulalai, dit M. Early. Prends plutôt exemple sur Firuzeh.

Gulalai resta un instant bouche bée, avant de rire jusqu'à en avoir les larmes aux yeux.

La dernière sonnerie marqua la fin du calvaire.

Salut tout le monde, chantonna Shirin sur les marches de l'école, à tout de suite. Dans une heure, hein, n'oubliez pas !

Le trajet de retour fut long et venteux. Nour trottinait à côté de Firuzeh, bavard comme un perroquet.

Il dit : Jake s'est cassé la jambe en tombant d'un arbre.

C'est charmant, Nour...

Ce qui veut dire qu'il peut plus porter le numéro 7. Ce qui veut dire qu'ils vont devoir lui trouver un remplaçant pour le championnat. Ce qui veut dire que –

Nour. Je m'en fiche. Tais-toi.

Atay, dit Nour au dîner, il faut vraiment que je le remplace. Je t'en supplie. Sans quoi ils vont prendre Aaron, qui court comme une chèvre.

Combien ça coûte ?

Sept dollars.

Seulement sept dollars ?

... par semaine. Et le maillot coûte vingt dollars. Et il me faut aussi des chaussures de foot.

Dans le Parwan, dit Atay, on jouait au foot pieds nus.
D'accord, Atay, mais –
Et on ne portait pas de maillot à vingt dollars. Vingt dollars ! De quoi vivre pendant un an au moins.
Mais Atay, on est en Australie.
Demande à ta mère si on peut se le permettre.
Maman, madar jan, maman chérie, Abay –
Maman chérie, répéta Firuzeh en ricanant.
C'est très cher, Nour. Je ne sais pas.
Je ferai tous mes devoirs et toutes mes prières pendant une semaine. Sans que tu aies à me le demander. Promis juré.
Atay dit, Nour devrait jouer avec ses copains. Courir, se dépenser. Ça lui ferait beaucoup de bien. Comme les petits de mon frère Hassan. À ce qu'il paraît, ils n'arrêtent pas.
Abay fit, Aux dernières nouvelles, courir et se dépenser, c'était encore gratuit.
Nour dit, C'est juste pour cinq semaines.
Je peux demander une avance à mon patron. Ce n'est pas la mer à boire. Je rembourserai petit à petit.
Nour, est-ce que ton ami Jake peut te prêter son maillot ?
Il est énorme ! Sur moi, le maillot ressemblera à une robe !
Si tu acceptes de porter cette robe, dit Atay, alors tu pourras jouer.
En faisant la vaisselle, Firuzeh brisa une assiette dans l'évier.
Vas-y, dit Abay, casse nos assiettes. C'est évidemment pour ça que je me donne la peine d'en acheter.
Firuzeh fondit en larmes chaudes et pleines de colère.
Abay soupira. Quel drame. Allez, va-t'en.
Firuzeh fila dans sa chambre, s'écroula sur son matelas et scruta l'obscurité par la petite fenêtre. Quelque part, des filles léchaient du sucre glace collé au gloss rose qui recouvrait leurs

lèvres, admiraient leurs fanfreluches à paillettes et leurs froufrous, et riaient ensemble jusqu'à en avoir mal aux côtes.

Il était une fois et il n'était pas une fois une fille qui ne pouvait pas aller à une fête. Et à cause de cela, elle devint invisible.

Ça commence comme une histoire de fille bien gnangnan, commenta Nour.

Pars si tu veux. Rien ne t'oblige à rester écouter.

Nour lâcha son cartable et posa sa tête sur ses mains.

Chaque fois qu'elle parlait, les gens regardaient autour d'eux, sans jamais la voir. Aussi ils cessèrent de regarder autour d'eux et de tendre l'oreille. On la bousculait, on lui marchait dessus. Elle avait le plus grand mal à les éviter. Mais elle pouvait faire l'école buissonnière autant qu'elle le voulait, piquer des friandises à la supérette sans se faire attraper, manger des gâteaux sans jamais payer, et aller au cinéma sans qu'on la remarque.

D'accord, donc elle était heureuse.

Elle l'aurait été si elle ne s'était pas sentie aussi seule.

À quoi bon avoir des amis quand on a tout ça ?

Elle avait des amies, mais elles aussi cessèrent de la voir. Comme tous les autres. Elle voulut écrire, mais elles n'arrivaient pas à la lire, ou simplement ne le voulaient pas.

Ça arrive, avec les amis, dit Nour.

Sa famille s'inquiéta jusqu'au jour où elle dit, Je suis juste ici ! Ils arrêtèrent alors de se faire du souci et oublièrent qu'elle était là. En voilà, de la modestie : même sa propre famille ne voyait jamais ses cheveux ! De temps en temps, sa mère disait, Fais la vaisselle s'il te plaît. Si l'envie lui en prenait, elle faisait la vaisselle, et si elle n'était pas d'humeur, eh bien c'était tant pis. Je ne t'ai pas entendue, pouvait-elle toujours dire. Je n'étais pas là.

La fille décida de trouver un travail. Je pourrais travailler pour vous, dit-elle à la police, ou je pourrais travailler pour un voleur. Le commissaire lui répondit, le poste est à vous. Elle travaillait quand elle le voulait et résolut de nombreuses affaires, parce que les criminels qu'elle espionnait ne la remarquaient jamais.

Et puis un jour, elle fit la rencontre d'un homme invisible –

J'en étais sûr, dit Nour. Ils se marièrent. Fin de l'histoire.

Mais c'était également un cambrioleur. Elle surveillait la plus grosse chambre forte au monde lorsqu'elle vit la serrure essayer de se forcer toute seule. Certainement pas, dit-elle. Il sursauta, mais elle ne le vit pas. Elle le pourchassa et faillit l'attraper de nombreuses fois, mais il est très difficile d'attraper un cambrioleur invisible. Elle finit néanmoins par lui mettre la main dessus, on l'enferma et on organisa une grande fête en l'honneur de la fille, qui était alors vieille et célèbre. Ils frappèrent du bâton sur le tambour et du tambour sur le bâton, et ils donnèrent aux criminels de la nourriture crue, et les policiers cuisinèrent, sans que je mange une seule petite bouchée du fond de la marmite.

D'accord, dit Nour à contrecœur. C'était pas mal. Mais si tu fais l'école buissonnière, je pourrai t'accompagner ?

Bien sûr que non, espèce d'âne.

Je le dirai à Abay si tu m'emmènes pas.

À quel moment j'ai dit que j'allais faire l'école buissonnière ?

Dans ton histoire.

Oublie ça.

Et toi n'oublie pas : je lui dirai.

Comment tu fais pour être aussi chiant ?

Question de pratique, dit Nour avec un énorme sourire.

Son cartable pendant à l'épaule, traînant le pas derrière Nour, Firuzeh lançait des regards acides comme le vinaigre et aigres comme du lait caillé à la voiture parsemée de taches de rouille qui stationnait devant leur appartement. Recevoir de la visite, ça signifiait une kyrielle de salam et de doroud, ne pas manger tant que les invités n'avaient pas fini, et une montagne de vaisselle à la fin du dîner.

Mais aucun visiteur n'était en train de prendre le thé chez eux.

La voiture ? Abay lança un regard distrait par la fenêtre. Le véhicule avait la couleur de l'aubergine, et était tout aussi laid que ce légume. Atay l'a achetée.

Il a quoi ?

Abay remplissait un seau au robinet, un long balai à franges posé contre l'évier.

Quelqu'un est arrivé au garage avec cette épave. Elle est tellement vieille et tellement fichue que ça n'aurait servi à rien de la réparer. Ton père l'a aussitôt achetée.

Abay posa le seau par terre et s'attaqua au sol avec le balai à franges. Firuzeh dansa à reculons pour éviter les éclaboussements de mousse.

Où est Atay ? demanda Nour.

Il est reparti travailler. Il a profité de sa pause déjeuner pour ramener ce tas de ferraille. Un collègue l'a accompagné pour qu'il puisse retourner au garage.

J'ai vu pire, fit Firuzeh.

Ouais, en Afghanistan.

Eh bien, drôlement sympa. Va faire tes devoirs, Nour.

Pourquoi tu fais pas les tiens, toi ?

J'en ai pas.

Moi non plus.

Quelle chance tu as, dit Abay. Dans ce cas, Firuzeh, tu peux finir de laver le sol. Et Nour –

J'ai des devoirs de maths ! glapit-il en tombant assis sur le tapis.

En maugréant, Firuzeh prit le balai à franges et commença à frotter les carreaux de vinyle marron de la cuisine.

Abay plongea ses bras jusqu'aux coudes dans l'évier rempli de vaisselle.

Ya Firuzeh, que pourrions-nous faire de cette voiture ?

La garer derrière la maison et finir de la démolir, répondit Firuzeh, trop bas pour qu'Abay puisse l'entendre.

Ton père dit qu'il en a besoin pour son travail, que trois bus et une heure et demie de trajet, c'est un cauchemar –

C'est cette voiture, le cauchemar, remarqua Nour assis par terre.

Il dit qu'on pourra s'en servir pour aller faire des courses à la nuit tombée, que ce sera plus sûr ainsi. Mais regarde un peu cette guimbarde. On va se rompre le cou, là-dedans. Un jour on en perdra le contrôle et elle se fracassera contre un arbre. Et où trouverons-nous l'argent pour la réparer ?

Assiettes et verres mouillés couinaient entre les mains d'Abay. L'eau de vaisselle jaillissait de part et d'autre de l'évier. Tendant le balai à franges, Firuzeh essuyait le sol à gauche et à droite de sa mère.

Suis-je magicienne, pour faire apparaître de nulle part de l'argent magique ?

Non, Abay, répondirent en chœur Nour et Firuzeh.

On n'a pas les moyens de s'acheter une telle voiture ! Six cents dollars et une transmission défectueuse ! Est-ce moi qui perds la raison ?

Non, Abay.

Pas du tout, dit Firuzeh. Et puis, quand ils le verront au volant de cette chose - qu'est-ce que les gens penseront ?

Une pause devant l'évier, tandis que des bulles minuscules s'élevaient pour éclater en plein vol.

Ay, ma fille se moque de moi.

Nour dit, Firuzeh se moque de tout le monde.

C'est pas vrai ! Je ne veux pas qu'il me conduise à l'école dans cette voiture. Ça ferait rire toutes mes copines. J'en mourrais, dit-elle.

Tu n'en mourras pas, dit Abay. Nous ne sommes pas à Kaboul. Tu monteras à bord de cette voiture avec reconnaissance, sinon gare à toi.

Mais tu viens de dire –

Padarnalat, c'est de ton père que nous sommes en train de parler. Tu lui dois le respect.

Ce n'est pas juste, dit Firuzeh.

Tu en as fini avec le sol de la cuisine, bien. Tu peux t'occuper de celui de la salle de bains, à présent, si tu es vraiment sûre de n'avoir rien à faire pour demain.

J'ai des devoirs, marmonna Firuzeh.

C'est bien ce qu'il me semblait.

CHAPITRE SIX

Grace Nguyen referma la portière de la voiture et jeta un coup d'œil perplexe à l'empilement de récipients en plastique sur le siège passager. Les noms des plats lui échappaient - osh quelque chose, palo ? - mais leurs riches parfums saturaient l'habitacle. La femme à qui elle enseignait l'anglais avait insisté. Elle avait examiné la silhouette frêle de Grace, qui ne se nourrissait quasiment que de bière et de ramen, et s'était ruée sur le frigo tout en soumettant ses instructions à ses enfants. Ils avaient alors servi à Grace du thé, des amandes et du raisin. Le mari, Omid, avait observé la scène sans dire un mot, tandis que Bahar Daizangi remplissait tupperware après tupperware. Tout cet empressement avait fait rougir Grace.

Elle s'était inscrite parce que c'était ce qu'il convenait de faire, quoi que certains politiciens puissent dire, et parce que cette expérience constituerait une jolie entrée sur son CV. Pour faire son éducation, elle n'avait pas attendu de lire les fascicules critiquant l'accueil réservé aux réfugiés que distribuaient des socialistes crados à la fin de certaines conférences. Mais jamais elle ne se serait attendue à faire immédiatement l'objet de la charité de ses élèves.

Les plats de Mme Daizangi lui feraient toute la semaine.

Chantonnant tout bas avec l'autoradio, Grace traversa le doux crépuscule de ce début de printemps jusque chez elle. Elle partageait un appartement avec deux autres étudiantes, Hannah et Olivia, ainsi qu'avec Kylie, ermite en post-doctorat de biologie moléculaire.

Comme à leur habitude, Hannah et Olivia étaient calées au fond du canapé, leurs livres sur les genoux, face à la télévision allumée. Alors que Grace passait maladroitement le seuil de l'entrée, les bras chargés de victuailles, et enlevait ses bottes du bout du pied, ses colocataires levèrent le nez.

« C'est quoi ? demanda Hanna. Tu es passée chez l'Indien ?

– Nan, dit Olivia, elle est allée défendre l'égalité des chances auprès de réfugiés.

– D'où elle vient, cette bouffe, alors ?

– De mes élèves », répondit Grace en posant les récipients.

Simultanément, les deux colocataires abandonnèrent le canapé pour approcher du comptoir de la cuisine.

« Hé ben, fit Hannah. Où est-ce qu'on s'inscrit pour avoir des élèves pareils ?

– T'as besoin d'aide ? demanda Olivia.

– Ça ira.

– Tu sais, peut-être qu'ils veulent t'empoisonner. On ne sait jamais, avec les réfugiés. Je peux goûter d'un peu de tout, et si je ne meurs pas, tu sauras que c'est sans danger.

– Olivia.

– OK, OK, mais imagine que leur cuisine soit pas aussi propre que ça ? Tu tiens vraiment à courir le risque de te retrouver pliée en deux, à vomir la tête dans la cuvette des toilettes ?

– Je t'échange un repas contre un pack de six Carlton, proposa Hannah.

– Vendu. Prends-toi une assiette. »

Olivia fit des yeux de chien battu à Grace. « Et moi ?
– Tu t'occupes de la vaisselle jusqu'à la fin de la semaine ?
– T'es vraiment un monstre, Grace, tu sais ? Ton rencard d'hier s'est aussi mal passé que ça ? »

Grace fit passer du tupperware à un bol une grosse cuillérée de riz garni de raisins secs et de viande.

« Bon d'accord. Je ferai la plonge. Passe-moi ça. »

Chacune avala une bouchée de aush ou de palaw.

Au bout d'un moment, Hannah déclara : « Je m'inscris en tant que bénévole dès demain.
– Impossible. Notre dernier cours de formation a eu lieu la semaine dernière. Il faudra attendre le printemps prochain.
– Qui sait, fit Olivia. Peut-être que d'ici là on se retrouvera à court de réfugiés. »

Grace répliqua : « Ou alors on se sera tous acheté un cœur, on aura tous ouvert les yeux sur ce qui se passe, et on aura enfin abrogé la solution (finale) du Pacifique –
– Ah non, commence pas avec ça. »

Hannah demanda : « Ils sont comment, tes élèves ? »

Grace réfléchit. Il y aurait eu beaucoup à dire. Ils n'habitaient pas dans le pire quartier, même si l'épave garée devant chez eux ne donnait pas la meilleure impression.

Il n'y avait pas de table chez eux, rien que des coussins, des tapis et ces couvertures rouges et confortables qui avaient la préférence des tantines de la génération précédente.

Les enfants étaient incroyablement polis, silencieux, quasi invisibles lorsqu'ils n'aidaient pas. C'était complètement ahurissant. À leur âge, Grace se battait fréquemment à l'école, pour rentrer chez elle les lèvres fendues, l'œil au beurre noir, et une mèche des longs cheveux châtains de son ennemie dans son poing serré.

Omid Daizangi s'était contenté d'un hochement de tête lorsque Grace avait tendu la main vers lui. Bahar l'avait enveloppée dans ses bras. Votre visage ! avait-elle dit. Comme mon visage ! Vous afghane ? Vietnamienne, avait répondu Grace en souriant. Voici les livres sur lesquels nous allons travailler.

« Normaux, répondit Grace, mais différents.

– C'est très détaillé, comme description, Grace.

– Je ne sais pas quoi te dire.

– Peut-être que les profs bénévoles sont tenus par le secret professionnel, fit Olivia. Comme les avocats. Ou les prêtres catholiques.

– Olivia, dit Hannah. Ne sois pas aussi blonde.

– Ils vivent dans un joli appartement très ordinaire. Chaussures interdites à l'intérieur, comme chez n'importe quelle personne civilisée.

– Arf, fit Olivia. Et leur anglais ?

– Ils vont progresser, avec le temps. Mes parents ne connaissaient pas un mot d'anglais quand ils sont arrivés. Et à présent leur fille a assez de vocabulaire pour effrayer un pirate. C'est bien ça, le Rêve australien, non ? »

Une porte s'ouvrit à l'autre bout de l'appartement. Quelqu'un traînait des pieds dans le couloir.

« J'y crois pas, dit Hannah. On va avoir droit à une apparition de Kylie. »

Les yeux bouffis, l'étudiante en post-doc passa la tête dans l'encadrement de la porte du salon. « Quelle est cette odeur aussi mystérieuse que merveilleuse ?

– Les étudiants de Grace lui ont passé des plats tout faits. »

Grace demanda : « Tu n'es pas censée travailler au labo ?

– L'expérience dure douze heures. Je m'y rendrai à vélo à minuit pour éteindre les caméras. D'où la nécessité d'une petite sieste.

– À huit heures du soir ?
– Nos vies sont une succession d'échecs.
– Tu filmes quoi ? demanda Olivia.
– Des blastulas de poisson-zèbre.
– Qu'est-ce qui m'a pris de te poser cette question. »

Grace lança : « Viens goûter ça. »

Kylie lécha une cuiller recouverte de sauce, avant de remplir une assiette. « Hannah a bien dit que c'étaient tes étudiants qui avaient préparé ça, ou j'ai mal entendu ?

– Des réfugiés placés à Dandenong. Grace est prof bénévole d'anglais langue étrangère.

– Les réfugiés peuvent se permettre de donner de la nourriture ? »

Grace rougit. « Je n'en sais rien. Tout s'est enchaîné tellement vite. On était en train de causer articles - *une, le* - articles qui, je ne sais pas si vous le savez, n'existent pas en persan.

– Bizarre, commenta Olivia.

– Et l'instant d'après, je me retrouve avec toute cette bouffe dans les bras, dehors, sur leur seuil, et elle en train de me dire au revoir. Mme Daizangi, je veux dire.

– Ça se tient, comme histoire, dit Kylie.

– N'empêche que tu as raison. Je n'aurais pas dû accepter. Ça ne se reproduira plus.

– Bouhou », fit Olivia.

Hanna demanda : « Et s'ils insistent, et insistent encore, au point de t'obliger et tout ?

– Eh bien j'insisterai, et insisterai encore dans mon refus.

– En vrai, dit Kylie, quand on y réfléchit cinq secondes, c'est nous qui devrions leur préparer à manger. »

Dans la cuisine, les quatre jeunes femmes réfléchirent un instant.

« Nan, fit Hannah.

– Pas le temps », dit Kylie.

Olivia remarqua : « Vous dites toutes que ce que je fais est immangeable.

– Ces cours me prennent trop de temps, renchérit Grace. En plus, je ne leur ai pas demandé s'ils avaient des allergies. Tiens, Olivia, tu peux commencer à faire la vaisselle.

– Tu exploites une étudiante en état de dénutrition. J'espère que tu es fière de toi.

– Fière comme un wallaby qui se dresse sur sa queue.

– Eurgh, fit Hannah. Nettoyez-moi le cerveau tout de suite, par pitié.

– Hé, je parlais d'un kangourou, pas de l'équipe nationale de rugby –

– Bah là tu viens de le faire. Passe-moi le liquide vaisselle, Olivia. Deux gorgées et je me retrouverai dans un monde meilleur.

– Le paradis des blondes empoisonnées.

– Non, c'est l'eau de Javel qui est mortelle, fit remarquer Kylie. Olivia, file-moi la bouteille que je la cache quelque part, le temps que les pulsions suicidaires d'Hannah lui passent...

– Un wallaby dressé sur... grogna Hannah. T'es vraiment tordue, Nguyen.

– Excuse-moi mais qui a donné des cours d'anglais grand débutant à des réfugiés, aujourd'hui ? Et qui est resté le cul au fond du canapé à regarder de la téléréalité ?

– C'est bon, c'est bon, on a compris, dit Olivia en tapant dans la paume de Grace. La voilà, ton auréole. Tu peux nous laisser, maintenant.

– Attends, attends, tu es sortie avec Peter hier, dit Hannah. On n'a pas encore eu le temps de te tirer les vers du nez.

– Ooh, Peter.

– Il est l'heure d'aller au labo, fit Kylie.

– Il reste encore trois heures et demie avant minuit, dit Grace.
– Tout est calme et silencieux au labo, répliqua Kylie en levant les yeux au plafond. Contrairement à ici.
– Je t'accompagne.
– Même pas en rêve, dit Olivia. Tu ne couperas pas à l'interrogatoire. »
Hannah demanda : « Il t'a invitée dans un Nando's ? Vous vous êtes promenés sur la plage de St Kilda ?
– Il a des taches de rousseur, dit Olivia. T'aimes bien ça, toi ?
– Salut ! » s'écria Kylie. La porte se referma dans un claquement. Une sonnette de vélo carillonna.
Olivia mit à sécher les derniers tupperwares, essuya ses mains humides sur son jean, puis ouvrit un tiroir et en tira une lampe torche. Elle en fit danser le faisceau sur les yeux de Grace.
« Peter Branner est-il un mec charmant ? Ou un branleur ? Tu as trente secondes.
– Olivia – » Grace ferma les yeux pour les protéger.
Hannah demanda : « Est-ce que je dois la ligoter ? Est-ce que Peter est branché cordes, bondage et tout ? Il y a bien un rouleau de ficelle dans ce tiroir, non ?
– Olivia. Hannah. C'est pas drôle.
– Nan, c'est hilarant.
– Éteins cette lampe.
– Franchement, Grace. »
Hannah dit : « Hé, Grace. Du calme. Détends-toi.
– Allez vous faire foutre, toutes les deux. » Grace lui arracha la lampe torche des mains, la jeta dans le tiroir, qu'elle referma si violemment que les assiettes tintèrent les unes contre les autres.
« Excuse-nous –
– Je vous ai dit d'aller vous faire foutre ! » Elle joua des coudes pour s'extraire du groupe. Elle claqua la porte de sa chambre derrière elle, dans un fracas très satisfaisant.

À travers les cloisons, elle entendit Olivia demander : « Qu'est-ce qui lui prend ? »

Grace inspira profondément et s'approcha de son bureau. Fit glisser ses doigts sur les portraits de sa famille : maman, papa, leur boxer rondouillard. Une galaxie de parents plus ou moins éloignés. Çà et là un oncle ou une tante, porté disparu. Interpellé pour un interrogatoire, comme sa má le lui racontait. Attaché à une chaise. Des faisceaux de lampe dans les yeux. Le visage de sa má se figeait alors, impassible, et elle ne disait plus rien.

« Merci », dit Grace aux photos. D'être montés à bord de ces bateaux. D'avoir lutté. D'avoir menti. De ne pas avoir lâché. D'avoir vécu. D'avoir trouvé la mort. D'avoir travaillé treize ou quatorze heures par jour dans une supérette à Footscray avant de déménager dans les collines. Pour les appels téléphoniques longue distance et les visites occasionnelles, pleines de gêne réciproque, lors desquelles Grace devenait soudain la parente riche et choyée, avec sa peau vierge de cicatrices, ses blessures invisibles.

Merci, c'était bien trop peu.

« Xin cảm ơn », se corrigea-t-elle, mais ça ne suffisait pas non plus.

Les membres de sa famille la dévisageaient dans leurs cadres rouges. Une dette restait une dette, et celle-ci était impossible à rembourser.

Elle appellerait ses parents le lendemain matin, avant d'aller en cours. Les questionnerait, une fois de plus en vain, sur leurs années effacées. Quand vous me gifliez, de quoi aviez-vous peur ? Quand vous me criiez dessus, le visage écarlate, l'esprit à mille lieues, qu'est-ce que vous voyiez ? Que vous est-il arrivé, má et ba, durant cette époque passée sous silence ?

Que m'est-il arrivé à moi ?

CHAPITRE SEPT

Après sa première visite, la professeure d'anglais avait réussi à convaincre Abay de ne plus lui offrir qu'un tupperware de nourriture. Lorsqu'elle les quitta à la fin de la dixième leçon avec un récipient rempli de ragoût, Atay déclara, le front creusé de ravins : Bahar. Ça ne peut pas continuer ainsi.

Mais elle est tellement maigre !

Et tes propres enfants, sont-ils bien nourris ? Et ton époux, qui travaille toute la journée ?

C'est une invitée, Omid. Et c'est notre professeure. Où est donc passée ta gratitude ?

Où est passée ma gratitude ? Où est passé notre argent, tu veux dire. Ce n'est pas donné, l'agneau. Et les tomates en hiver –

Et les frais d'inscription au foot, ajouta Firuzeh en finissant de poser une division.

Le championnat est terminé, fit Nour.

Elle te passe constamment de la pommade, voilà ce qu'elle fait. Elle n'arrête pas de te parler de la saveur de tes kebabs, de tes sauces à la crème - comment disait-elle déjà ? - tellement soyeuses. Elle n'a donc pas de mère ?

Si elle en a une, alors cette femme ne la nourrit pas comme il faut. Au train où vont les choses, elle ne se mariera jamais.

Peut-être que les Vietnamiens préfèrent que leurs épouses soient maigres.

Si elle aime ma cuisine, où est le problème, Omid ? Tu sais ce que me disent nos enfants ? Je pourrais avoir un sandwich à la place ? Ou encore : Est-ce que je pourrais avoir deux dollars pour acheter une tourte à la viande ?

C'est Nour qui t'a dit ça, remarqua Firuzeh. Laissez-moi en dehors de tout ça.

Ils ne savent pas ce que c'est, de la bonne nourriture. Grace, elle, elle sait.

Et moi ce que je sais, c'est que quand elle sort de cet appartement, la moitié de la viande qui se trouve au frigo part avec elle.

Ça n'est arrivé *qu'une fois*.

Si tu tiens tant à avoir un animal de compagnie, je t'achèterai des graines pour nourrir les oiseaux.

J'aimerais bien avoir un animal de compagnie, dit Nour. Je veux un kangourou.

Firuzeh lança, Est-ce que quelqu'un m'a demandé un jour si j'avais envie d'avoir un frère ?

On pourrait le garder dans le jardin, mais il risquerait de mettre des coups de pied dans notre linge à sécher.

Parce que la réponse est non. Seulement personne ne m'a jamais demandé mon avis.

Les draps, en tout cas. Le reste du linge est trop haut.

Firuzeh demanda : Qu'est-ce que tu baragouines, Nour ?

L'étendoir à linge, dehors. Tu crois qu'un kangourou pourrait s'attaquer au linge ?

Je crois qu'un kangourou s'est déjà attaqué à ta cervelle et qu'il en a fait de la bouillie.

Écoute, dit Abay. Je me suis déjà occupée de toutes les factures –

Firuzeh lança : Tu veux dire que tu as crié bien fort, Ya Firuzeh, viens me traduire ça !

Oui, merci beaucoup, Firuzeh. Tu as fait du très bon travail.

C'était vrai, même si Firuzeh roulait les yeux au ciel chaque fois qu'Abay lui demandait de l'aide. Elle lisait les mots à voix haute : *Retard de 30 jours dans le paiement. Majoration appliquée. Solde en souffrance. Trente-quatre dollars et cinquante-six cents. Cinquante-deux dollars et vingt cents.*

Les catastrophes étaient infimes mais s'accumulaient comme la neige qui tombe. Un formulaire mal rempli ou envoyé avec trop peu de timbres. Un découvert. Une amende de stationnement. Le chèque du loyer égaré dans la boîte à gants. Une poubelle qui débordait, et les corneilles qui revenaient croasser des semaines après le ramassage des ordures.

Abay passait des heures au téléphone avec leur propriétaire, la banque et les différents fournisseurs de services, poussant sa maîtrise de l'anglais jusqu'à ses derniers retranchements, pour continuer ensuite en dari, à la plus grande confusion de son interlocuteur. Durant ces pourparlers où Abay faisait les cent pas en enroulant le fil du combiné autour de son index, Firuzeh, tétanisée par l'expectative, attendait l'inévitable : Firuzeh ! Viens m'expliquer ça !

Parfois, aji maji la taraji, la facture disparaissait, la somme due diminuait, un délai était accordé ou un échéancier de paiement était mis en place, et Abay raccrochait triomphalement. *Tu vois ?*

Quoi ? disait Firuzeh.

Ce que ta Abay arrive à faire avec rien du tout.

Alors pourquoi tu gaspilles autant ? dit Atay. Je passe mes journées à travailler. Qu'est-ce que tu fais, toi ?

Je cuisine pour des ingrats.

Tu regardes la télévision.
Je nettoie la saleté que tu ramènes sous tes semelles.
Tu dépenses mon argent.
Je veille sur nos enfants.
Tu donnes leur nourriture à des inconnues.
Qu'est-ce que tu veux que j'y fasse, Omid ?
Je veux que nous arrivions à survivre. C'est tout ce que je veux. Dès demain, nous allons te rechercher un travail. Ces bureaux du centre-ville, ils ont besoin d'être nettoyés. Je vais me renseigner.
Tu veux que je me mette à travailler ? Qui s'occupera de Firuzeh et Nour ?
Moi. C'est la nuit qu'on nettoie ces bureaux.
À ce moment de la discussion, Firuzeh avait relu la même phrase de son manuel d'histoire au moins vingt fois. Les lettres se détachaient de la page pour danser sous ses yeux, semblables à de minuscules insectes.
À certains égards, ils étaient plus pauvres en Australie qu'à Kaboul, même si Atay gagnait plus en tant qu'aide-mécanicien que lorsqu'il tenait son propre atelier de réparation. Ici, l'argent s'évaporait, ou se faisait grignoter et picorer par des règles automatiques et impersonnelles, jusqu'à ce qu'il ne reste plus rien. Un jour de retard : un agio. Une mauvaise adresse : une majoration. Ici, les gens détestaient attendre d'être payés. À Kaboul, personne ne possédait grand-chose, mais il y avait toujours un voisin ou un parent à qui l'on pouvait demander un service ou une poignée de riz. Il y avait fréquemment des transferts d'Iran dans le cadre du hawala.
Omid, je pourrais demander à mes parents –
Pendant la guerre, j'aurais fait n'importe quoi. N'importe quoi pour que les enfants et toi ayez du pain. Plus jamais ça.
Et donc tu as pris l'argent de ma mère et tu l'as haïe pour ça.

J'ai entendu ce qu'elle te disait. Ton cousin de Téhéran qui a toujours du travail sur les chantiers, tu ne regrettes pas de ne pas l'avoir épousé ? Pendant que moi je pleurais et j'embrassais des pieds pour détourner les canons des fusils. Pour rentrer à la maison en vie. Pour te retrouver, toi.

Toutes les mères sont ainsi. Si je demandais –

Nous sommes en Australie. Tous les tomans de ton père, qu'est-ce qu'ils valent ici ? Rien du tout. Autant qu'un crachat.

Ne te fâche pas, Atay, dit Nour. Je peux travailler –

D'accord, dit Abay. Je trouverai un travail, maintenant que je sais ce que valent tes mots doux et tes belles promesses. Encore moins qu'un toman. Encore moins qu'un de mes crachats.

Elle essora un torchon et le mit à sécher, puis marcha à grands pas jusqu'à la chambre, et claqua la porte derrière elle.

Votre mère ! dit Atay en écartant les mains.

On peut manger, maintenant ? demanda Firuzeh.

Nour demanda, Est-ce qu'Abay dîne avec nous ?

Oui, vous pouvez manger. Non, elle ne dînera pas avec nous.

Firuzeh accorda toute son attention à son assiette. La nourriture se transformait dans sa bouche en gravier et en poussière. Le riz était dur et sec, le goût du qorma délayé. La colère, aussi forte que de l'ase fétide, contaminait les saveurs du plat. Ankylosait sa langue. Sulfurait chaque particule d'air.

Nour mâchait avec une expression tout aussi douloureuse.

Atay, dit Nour une fois que les assiettes furent vides, tu ne manges pas, toi ?

Peut-être plus tard. Je n'ai pas faim pour l'instant.

Longtemps après qu'ils se furent couchés, Firuzeh et Nour entendirent les pas d'Atay traverser tout leur appartement, jusqu'au seuil d'entrée, pivoter, puis revenir. Pendant une minute, il restait devant la porte de sa propre chambre, silencieux. S'appuyant tantôt sur un pied, tantôt sur l'autre. En attente. Mais la porte ne s'ouvrait pas. Alors il repartait dans l'autre sens. Aller, retour, aller, retour, jusqu'à ce que leurs yeux se ferment, jusqu'à ce qu'ils s'endorment.

Des semaines d'appels téléphoniques et de candidatures plus tard, Abay prit l'habitude de laisser le dîner au four avant de rejoindre en bus un ensemble d'immeubles de bureaux du côté de Princes Highway.

Ce n'est rien de grave, dit Abay à Firuzeh, tandis que celle-ci appliquait de la vaseline sur les phalanges de sa mère, striées de crevasses.

Tu saignes.

J'ai la peau sèche. Rien de plus. Ils ont des gants, mais le produit d'entretien finit toujours par s'infiltrer. Et parfois je les troue. Enfin, d'autres femmes travaillent là-bas, je ne suis pas toute seule. Rajani, par exemple. Elle est très - très –

Une hésitation éloquente.

Firuzeh dit, Je connais quelqu'un comme ça.

À l'école ? Il faut que tu me racontes ça - mais l'heure tourne –

Atay rentra, posant ses clefs à leur place.

Bahar, j'ai eu de mauvaises nouvelles au travail.

Tu me diras plus tard, je vais rater mon bus.

Atay se retourna alors qu'elle ouvrait la porte, et ses sourcils formèrent une tente. Bahar –

Nous avons des factures à régler, dit-elle. À tout à l'heure.

La moustiquaire se rabattit dans un claquement. L'hiver s'immisça dans le salon. Dans un soupir, Atay referma la porte et poussa le verrou.

Firuzeh. Nour.

Oui, Atay ? firent-ils tous les deux.

Vous faites bien vos devoirs ?

Oui, Atay.

Bien. Vous voulez que je vous raconte une histoire ?

Firuzeh répondit : Non.

Nour répondit : Oui.

Je suis trop vieille pour écouter des histoires, dit Firuzeh.

Eh bien, un jour parmi tant d'autres, le mollah Nasreddine fit parader son âne au beau milieu du marché. Il a des puces ! s'écriait-il. Et mauvaise haleine ! Et mauvais caractère ! Il grogne et rue ! Quelqu'un lui demanda, Combien en demandez-vous ? Oh rien, répondit le mollah, il n'est pas à vendre. Je voulais simplement que vous voyiez ce que je dois supporter tous les jours.

Atay, dit Nour, tu nous l'as racontée la semaine dernière. Et la semaine d'avant.

Vraiment ?

Oui, confirma Firuzeh. Et encore la semaine d'avant.

Elle ramassa ses affaires d'école et alla dans sa chambre. Le printemps s'annonçait, de feuille en feuille, de bourgeon en bourgeon, jusque dans les craillements des cacatoès rosalbins et huppés, revêtus de leurs couleurs criardes. À travers la fenêtre de la pièce, une lueur grisâtre s'attardait.

Nasima s'assit au pied du lit de Firuzeh.

Pousse-toi de là, dit Firuzeh en posant ses livres par terre. Oh non. C'est tout trempé, tu as tout mouillé –

Firuzeh, tu n'es pas heureuse de me voir ?

Les choses ont changé, Nasima. J'ai de nouvelles amies. Nous avons une maison.

Je t'ai entendue crier dans tes rêves, alors j'ai traversé l'océan à pied jusqu'à toi.

Tout le monde fait des cauchemars –

Les coraux m'ont entaillé les pieds. Des baleines m'ont avalée. Mais si tu veux, ce n'est pas un cauchemar. Tu n'as pas besoin de moi. Nasima désigna les murs blancs et nus.

Tu crois que l'histoire est terminée. Tout le monde festoie et rentre chez soi. Et ils vécurent longtemps heureux, avec un boulot, une voiture et un appartement.

Elle décrocha une branche de corail de ses cheveux noirs et brillants et la porta à sa bouche. Ça n'a rien de vrai, Firuzeh. Ce n'est qu'un bon gros rêve tout rose. Un ballon coloré dans un monde de barbelés.

Ça a tout l'air d'être vrai.

C'est le propre des rêves quand on y est plongé. Dis-moi un peu ce qui est vrai.

Ce matelas. Ce tapis.

Faux. Ils n'ont rien de réel. Moi, je le suis. Khalil aussi. Où est Khalil ? L'as-tu oublié ? Ne te souviens-tu de lui que lorsque tu fermes les yeux ?

Il était à Baxter. Peut-être qu'ils l'ont relâché.

Ouais, et peut-être qu'ils lui ont passé une voiture de sport et deux paniers de roses.

Mia existe vraiment. Shirin aussi.

Est-ce que j'existe vraiment, Firuzeh ?

–

Dis-le moi. Dis-moi que j'existe vraiment.

Non.

Dis-moi –

Le bouton de porte tourna et Nour entra. Il huma l'air.

Tu as pleuré ?

Est-ce que j'ai l'air d'avoir pleuré ?

Non, tes yeux deviennent tout rouges et tout bouffis quand tu pleures. Mais – Il tapota la couverture, là où Nasima s'était assise. C'est mouillé, là. Ce qui veut dire que tu as dû pleurer, même si en regardant tes yeux, on croirait que non. Je suis désolé qu'Abay et Atay soient si fâchés.

Au moins ils ne sont pas en colère contre moi. Ni contre toi.

Nour s'assit. J'ai horreur de ça. J'ai l'impression d'avoir les pieds pris dans le bitume, de ne pas pouvoir m'échapper. L'impression que quelque chose halète et renifle, prêt à me dévorer. Firuzeh, est-ce que tu fais des cauchemars ?

Peut-être. Je ne me souviens pas toujours de mes rêves. Pourquoi ?

Dehors le ciel avait pris une teinte d'encre. Quelque part, Abay récurait des toilettes, appuyait sur la poignée de l'essoreuse d'un balai-serpillière, passait l'aspirateur.

Je fais souvent ce rêve. Quelqu'un est blessé, il appelle à l'aide, il est seul et terrifié, mais je n'arrive pas à le voir...

C'est horrible.

Les jours où je cours vraiment très vite et où je fais tous les exercices de l'entraînement, je me couche épuisé, et je ne rêve pas. Mais le prochain championnat ne commencera qu'au printemps.

Courir, ça aide ? demanda Firuzeh, curieuse.

Ouais, tu devrais courir de temps en temps. Au lieu de chuchoter dans ton coin avec ces filles.

Tu parles de Mia et Shirin.

Viens plutôt jouer au hand avec nous. Je te battrai. Tout le monde rigolera.

C'est pour ça que je ne peux pas jouer avec toi, dit Firuzeh.

CHAPITRE HUIT

C'était l'été, peu avant Noël, la saison des barbecues. Le Centre communautaire de réfugiés de Richmond en organisait un dans un parc. Cette fois, après que sœur Margaret eut insisté, ce fut Abay qui conduisit tandis qu'Atay prenait place côté passager. Des autocollants jaunes « jeune conducteur » à l'avant et à l'arrière de la voiture. Malgré les plaintes d'Atay, elle n'avait frôlé qu'une fois d'un peu trop près un trottoir, en conduisant cependant à si faible allure que tous les conducteurs qu'ils avaient croisés avaient klaxonné.

La brise portait les odeurs du kebab d'agneau d'Abay, des hot-dogs saisis à la flamme, et des saucisses dégoulinantes de graisse. Firuzeh et Nour mangèrent du kebab dans du pain, du palaw, encore du kebab, burent du coca et du sirop jusqu'à avoir sommeil et la nausée.

Mais lorsque Mo fit apparaître un ballon de foot, Nour se leva d'un bond, oubliant totalement sa gloutonnerie pour sautiller et gambader après lui.

Profitant de l'inattention de tous, Firuzeh grimpa à un arbre et s'étendit sur une branche. Les feuilles remuaient et brillaient. Le ciel était clair. Elle aurait pu s'endormir là, bercée par le vent, mais alors que ses paupières commençaient à se clore, Atay et un autre homme se campèrent au pied de l'arbre.

– pas renouveler les TPV. Tu as entendu quelque chose à ce sujet ?

Ali Reza haussa les épaules, les paumes tournées vers le ciel. Des histoires par-ci par-là. D'hommes célibataires. C'est le gouvernement qui le dit. L'Afghanistan est un pays sûr. Vous pouvez rentrer chez vous, à présent. Tu sais, toujours le même bon vieux mensonge.

Ils ne déporteraient pas une famille –

Qui peut savoir, à part Dieu ?

J'ai essayé d'en parler à ma femme. Elle a refusé de m'écouter.

Combien de temps avant le renouvellement ?

Deux ans.

Deux ans ! Deux ans, c'est une éternité. Tout peut arriver en deux ans. Écoute, Omid, ne t'inquiète pas pour ça. Va te resservir. Mange et profite de cette journée.

Firuzeh posa sa tête dans ses mains en conque et médita sur la largeur et la longueur de l'éternité. Un nuage duveteux glissa sur le soleil, et le jour tout entier s'obscurcit. Fugace, de passage, aussitôt disparu.

CHAPITRE NEUF

Précisément au moment où la vie commençait à devenir gérable, au point de tomber dans la routine, Firuzeh passa de l'école au collège. Tout devint instantanément dix fois plus difficile. En l'espace d'un été, Mia, Shirin et Gulalai s'étaient transformées en créatures d'un autre monde. Elles marchaient différemment, dans des bourgeonnements de hanches ; se tenaient différemment, les épaules rejetées en arrière ; parlaient des garçons qu'elles dénigraient un an auparavant avec des accès de convoitise ; et poussaient des rires aigus, cassants et cristallins.

Firuzeh observait tout cela avec la plus grande perplexité. Elle avait raté quelque chose de décisif : un cours, un rite ou un sortilège.

Celui-là, là-bas, dit Mia en pointant son doigt. Liam.

La professeure de biologie avait emmené leur classe à l'aquarium, et les élèves ruisselaient à présent entre les bassins, serrant dans leurs mains des clés dichotomiques vierges.

Shirin dit : Il n'est pas si mignon que ça.

Tu as vraiment mauvais goût. Firuzeh, qu'est-ce que tu en penses ?

Liam aurait été transparent que cela n'aurait rien changé. Il se tenait devant une pieuvre du Pacifique, dont les tentacules s'enroulaient et se déroulaient contre le verre.

J'aime bien la pieuvre.

Mia fit : Oh, Firuzeh. Qu'est-ce qu'on va bien pouvoir faire de toi ?

Est-ce que tu t'es déjà mis du rouge à lèvres ? demanda Shirin d'un ton impérieux. Le tien, pas celui de ta mère.

Je te parie que non.

Alors ?

Non.

Shirin dit, Mia –

Quelle tragédie. Firuzeh, le maquillage est le droit inaliénable de toute adolescente boutonneuse.

J'ai douze ans.

Mia dit : Pas de problème. Ce n'est pas de ta faute. Mais tu es quand même horriblement à la traîne. Contrariée dans ta féminité. En retard dans ton éducation.

On peut pas en vouloir à tes parents non plus, fit Shirin. Ils font de leur mieux. Une chance que tu nous aies.

On va arranger ça. Enfin quoi, est-ce que ce poisson-perroquet serait aussi beau sans maquillage ?

Firuzeh plissa les yeux. Oui ?

Non. Tout le contraire. Observe le choix téméraire de son fard à paupières. Et ce gloss orange. Enlève-lui tout ça et pschit ! Mort comme un poisson mort.

Mort ?

Il faut porter du maquillage au collège si tu veux survivre. C'est ce que dit ma sœur aînée. C'est une loi de la physique, comme la gravitation.

Shirin dit : Mets-lui un peu de rouge et elle comprendra en quoi les garçons sont intéressants.

Mia dit : Peut-être que oui, peut-être que non. En tout cas, on aura moins la honte avec elle.

Le plan est donc établi.

Je n'ai pas voix au chapitre ?

Sois pas ridicule, dit Shirin.

Des anémones secouaient leurs bras pâles et timides. La traîne d'une méduse dérivait.

Face à son reflet sombre sur le verre de l'aquarium, Firuzeh s'imagina ses lèvres d'un rouge d'anémone, ses paupières poudrées d'un bleu de poisson-perroquet. Intense et étrange, comme Nasima. Une transformation marine, pour un corps mieux adapté à la pression abyssale du collège. Une bouche de cauchemar. Des yeux rongés de faim. Elle se mirait avec une telle attention qu'elle arrivait presque à discerner les arêtes osseuses sous la peau de son visage.

Et soudain le squelette devint apparent. Elle se tourna vers la gauche et vit le crâne de Shirin. Vers la droite et vit celui de Mia. Par terre, un jouet coloré détona. Toute leur peau fut soufflée, molle et informe comme du papier journal sous la pluie. Tellement de rouge. Du rouge pour se peindre les lèvres. Un silence pressurisé, résonnant de pulsations sourdes, un silence sous-marin.

Ses oreilles s'emplirent de cris.

Firuzeh, ici la Terre. Hello-o-o, y a quelqu'un ?

Firuzeh cligna des yeux. Les anémones secouèrent leurs tentacules.

Je disais, reprit Mia d'un ton contrarié, qu'on fera de toi une bombe en un rien de temps.

Exactement, fit Shirin, espèce de cadette de l'espace.

J'espère que vous avez bientôt fini, chantonna Mme Brown. Encore deux minutes, et il sera temps de me rendre votre copie.

Putain.

Merde.

Les filles plaquèrent leurs clés dichotomiques contre la paroi du bassin et leurs crayons frétillèrent en tous sens.

Le regard vide, Firuzeh contemplait la forêt de cases vierges qui s'étendait sur sa feuille.

8a, lui murmura une voix humide. Dragons de mer. 8b, hippocampes.

Merci, Nasima, dit Firuzeh.

CHAPITRE DIX

Parce que l'application idoine de maquillage, équivalant à une véritable peinture de guerre, nécessitait un certain temps - beaucoup plus que l'habile couche de camouflage matutinal spécialement conçue pour passer sous le radar des professeurs - il fut convenu que le cours de rattrapage de Firuzeh aurait lieu après la dernière sonnerie dans les toilettes des filles du premier étage. Et parce qu'il aurait été absurde de se pomponner sans aller nulle part, elles iraient ensuite voir un film au cinéma. Mia et Shirin conclurent l'accord d'une poignée de main sans prêter la moindre attention aux objections de Firuzeh.

Le cinéma se trouve dans le centre commercial, dit Shirin. Il n'y aura que nous trois et Gulalai. Pas de garçons. Même tes parents ne devraient rien trouver à redire.

Mais si tu n'es pas sûre de leur réaction, dit Mia, ne leur dis rien.

Gulalai vient ?

Shirin répondit, Je lui demanderai demain. Elle a l'air un peu plus mûre ces derniers temps, non ? Je tuerais père et mère pour avoir ses boucles d'oreilles en pierre de lune.

Je crois qu'elle ne m'aime pas trop.

Quelle importance ? répliqua Mia.

Soyons honnêtes, Firuzeh, tu n'es pas vraiment la personne la plus aimable au monde.

Mais on va arranger ça, dit Mia.

Exactement. Donc, jeudi prochain, toilettes des filles du premier, après les cours. Bien compris ? Je ramènerai tout ce que j'ai - toi aussi, Mia.

Mia dit : N'oublie pas d'apporter de quoi payer ta place de cinéma.

Cet après-midi, tandis que son professeur s'escrimait à démystifier les équations du second degré, Firuzeh écrivit et réalisa son propre scénario dans sa tête.

INT. APPARTEMENT - JOUR

Elle a rangé et nettoyé plus que d'habitude, les chaussures alignées en bataillons impeccables, le sol briqué sans qu'on lui demande, la poubelle vidée, ses devoirs faits.

FIRUZEH

Abay, est-ce que je pourrais aller au cinéma avec mes copines de classe ?

ABAY

(fronçant les sourcils)

Qui veillera sur vous ?

FIRUZEH

Les parents de Shirin seront là. Tu les as rencontrés à la soirée des parents d'élèves.

ABAY

Ces Iraniens ? Ils m'ont donné l'impression d'être des gens comme il faut. Et comment rentreras-tu à la maison ?

FIRUZEH

Oh, ses parents nous raccompagneront en voiture.

Non. Elle récrivit la réplique, refit le plan. Une voiture qui s'arrêtait devant chez elle, ça ne rentrerait pas dans le budget des effets spéciaux.

FIRUZEH

On rentrera tous ensemble à pied.

ABAY

Ça parle de quoi, ce film ?

FIRUZEH

C'est l'histoire d'une fille qui grandit en essayant de trouver sa place. Il n'y a même pas de garçons dans le film, Abay. Et puis de toute façon, je ne te demande jamais rien. Pas comme Nour. Alors pour une fois, s'il te plaît, Abay, je peux y aller ?

ABAY

Hmph.

ABAY ronchonne, comme n'importe quelle bonne mère, avant de dire :

ABAY

```
Ça m'a l'air tout à fait innocent.
Tiens, voilà six dollars. Tu peux
aller au cinéma.
```

Firuzeh rembobina la scène imaginaire pour la revisionner, captivée, encore et encore, jusqu'au moment où M. Williams frappa de la main sur sa table. Elle sursauta.

Firuzeh, vous voulez bien nous montrer comment on résout l'équation pour trouver *x* ?

Heum –

Moi je sais, dit Gulalai en secouant le bras.

Firuzeh lui lança un regard reconnaissant, et elle lui répondit par un regard hostile.

Allez-y, Gulalai.

Gulalai prit le marqueur et s'attaqua à l'équation écrite au tableau. Une pierre de lune luisait à chacune de ses oreilles parfaites.

Et donc *x* égale 6.

C'est juste.

Toute fière d'elle, Gulalai alla se rasseoir.

J'espère que vous avez bien fait attention, cette fois, Firuzeh. Votre tête doit se trouver ici en classe, pas ailleurs.

Firuzeh opina, le visage écarlate. D'accord.

La sonnerie retentit. Tous les élèves se levèrent en réunissant leurs cahiers.

T'es bête à manger du foin, dit Gulalai arrivée à hauteur de la porte de la classe. Je ne sais vraiment pas pourquoi Mia et Shirin t'ont prise comme amie.

Parce que j'ai du cran et de la cervelle, répondit Firuzeh.

Du cran ? De la cervelle ? C'est ça, ouais.

C'est ce qu'elles ont dit.

Elles sont prêtes à dire n'importe quoi pour obtenir ce qu'elles veulent. J'ai vu tes notes. Et tu trembles quand M. Williams t'interroge. Mais c'est *toi* qu'elles ont choisie –

Shirin va te proposer d'aller au cinéma, dit Firuzeh.

Quoi, elles en peuvent déjà plus de toi ?

Non, j'y vais aussi.

Si c'est un piège, compte pas sur moi pour tomber dedans.

Ce n'est pas un piège.

Gulalai renifla. On verra, resquilleuse.

À présent que frère et sœur n'étaient plus dans le même établissement, Nour rentrait plus tôt que Firuzeh, la plupart du temps. Elle n'avait pas pris cela en compte dans sa stratégie. Lorsque Firuzeh posa son sac, Nour tournait autour d'Abay comme une guêpe autour d'un pot de confiture, n'observant de rares pauses que pour croquer dans une banane.

Ça coûte juste deux dollars, dit-il. C'est vingt *cents* pièce. S'il te plaît ?

Et où est-ce qu'on les achète, ces friandises ?

C'est des Caramello Koalas. Il y en a dans tous les supermarchés Woolworths, maman. Dans toutes les supérettes, même. C'est normal que ce soit mon tour, la semaine dernière, les parents de Charlie ont offert de la pizza à toute l'équipe.

Tu as laissé les parents de Charlie t'acheter à manger ?

Son couteau trancha net dans l'oignon, qui suinta d'indignation.

Du calme, maman. C'est comme ça que ça se passe, dans une équipe.

Eh bien dans ce cas tu ne feras plus partie de cette équipe. Jamais je ne laisserai mon propre fils –

En fait c'est ça qui est poli, ici, maman. Faire plaisir aux autres quand c'est ton tour.

Et pourquoi tu ne parles plus en dari ?

Tu n'apprendras jamais l'anglais si tu ne le pratiques pas. Allez, madaram. Abay jan. Lotfan. Un dollar et quarante *cents*. On a bien ça, non ? On est pas pauvres au point de pas pouvoir acheter sept friandises, quand même ?

Abay se rinça les mains, renfrognée, et se saisit de son sac à main. Elle réunit la menue monnaie qui s'y trouvait, chassant les dernières pièces au fond des coins et crevasses du sac ; en fit une pile ; puis saisit le poignet de Nour alors que celui-ci tendait déjà la main.

Il se tortilla.

Rien que cette fois-ci.

D'accord, maman. Ses doigts frétillaient.

Tu ne laisseras plus jamais personne payer à ta place.

Bien sûr que non. Merci, maman.

Il ramassa les pièces et s'enfuit. Abay se tourna vers Firuzeh, les épaules affaissées.

Ne me dis pas que tu veux me demander de l'argent, toi aussi.

Je –

Tu connais notre situation. Nour ne peut pas comprendre. On a juste de quoi payer le loyer de ce mois-ci. C'est à cause de cette putain de voiture.

Firuzeh déglutit. Je ne veux pas te demander de l'argent.

Bien. Je suis heureuse d'avoir une fille aussi exemplaire.

Abay se retourna vers la planche à découper. Une rangée de tomates dont la couleur évoquait le rouge foncé d'un cœur fut vite réduite en tranches sanguinolentes.

Je ne sais pas ce que je vais pouvoir dire à ton père à propos de cet argent s'il me demande où il est passé.

Firuzeh s'assit, ouvrit son sac, et révisa son algèbre en silence.

J'ai vu, dit Nasima. Nour prend tout pour lui. J'ai entendu ce qu'a dit Gulalai au collège. Mais tu es bonne élève, non ? Et tu es une bonne fille.

Nasima était assise sur la télévision, deux filets d'eau salée coulaient de ses talons sur le verre de l'écran.

Oh, ne fais pas comme si je n'étais pas là, Firuzeh. Je veux juste t'aider. Tu n'as pas fait de cauchemars hier, pas vrai ? C'est grâce à moi.

$$x^2 - 7x + 20 = 8$$

Firuzeh se concentra si fort sur l'équation que la mine de son crayon transperça la feuille et se cassa. Elle l'enfonça aussitôt dans un taille-crayon.

Non, je n'ai pas fait de cauchemars hier.

C'est bien, dit Abay dans un grésillement de tomates, sans remarquer la morte juchée sur la télévision.

C'est parce que je les ai mis en pièces avec mes dents. Tu sais comment on combat un cauchemar ? Est-ce que tu sais seulement de quoi est fait un cauchemar ?

Non.

Tu assembles des bouts d'histoires pour te créer un chez-toi ou une famille. Certains bouts, on te les donne, d'autres, tu les fabriques toi-même en vivant ta vie. Un cauchemar, c'est quand les bouts les plus moches et les plus féroces s'agglutinent ensemble, et partent chasser d'autres histoires pour les dévorer.

Firuzeh dit : Tu ne peux pas te battre contre une histoire.

Bien sûr que si. Il suffit de casser un cauchemar en petits bouts d'histoires dont il est constitué, et boum, plus de cauchemar.

Et donc ?

Tu vis dans un cauchemar. Tu devrais le mettre en pièces.

Tu es cinglée.

Sois gentille avec moi, Firuzeh, sans quoi je laisserai les cauchemars te dévorer.

D'un bond humide, elle descendit de la télévision et se pencha au-dessus de l'épaule de Firuzeh, laissant dégouliner plusieurs gouttes sur la feuille.

Va-t'en.

x est égal à quatre ou trois, dit Nasima. J'ai toujours été très forte en maths.

Atay, dit Firuzeh, j'ai besoin de six dollars.

Atay regardait une chaîne afghane à la télévision. La lumière pâle dansait sur son visage.

Tu aurais dû demander à Abay.

J'ai oublié. Elle était tellement occupée, aujourd'hui.

Pourquoi as-tu besoin de cet argent ?

Une grande feuille de papier cartonné. De la colle. Des ciseaux. On a un devoir en groupe, un exposé en histoire. Tu as déjà entendu parler des chameliers afghans, Atay ? Des Afghans ont vécu ici il y a cent cinquante ans. Avant les trains. Avant les grues. Avant même les Premiers ministres.

C'est intéressant. Laisse-moi voir un peu.

Il ouvrit son portefeuille et en sortit trois pièces de deux dollars et de la petite monnaie.

Et il faudra que je reste plus longtemps au collège, jeudi, pour qu'on prépare –

Tu diras ça à Abay demain.

Oui, Atay. Merci.

Jeudi après les cours, l'allégresse de Shirin et Mia fit étinceler les toilettes des filles. Elles recouvrirent leurs paupières et leurs arcades sourcilières de couleurs chatoyantes, leurs lèvres gercées de baume rose. Sur le bord du lavabo, des trousses en vinyle débordaient de poudres, d'eye-liner et de fonds de teint.

Gulalai déboucha un tube noir et d'un seul geste d'une élégance absolue, recouvrit sa bouche de rouge à lèvres, avant de croiser les bras en s'adossant au mur.

Vous êtes tellement lentes, dit Gulalai.

On peut pas être toutes aussi fortes que toi en maquillage, répondit Mia.

L'une des paupières de Shirin luisait d'un riche violet, l'autre d'un bleu profond. Tiens, Firuzeh, dit-elle. À toi.

Rien ne t'oblige à –

Ne t'inquiète pas. Ne bouge plus.

Gulalai lança : Du mascara, sérieusement ? Firuzeh va te refiler un orgelet.

Sois pas méchante, Gulalai. Mia, passe-moi le blush.

Fard à paupières doré, Shirin ?

Nan, plus sombre. Cuivre et marron. Qu'est-ce que tu en penses ?

Ouais, pourquoi pas.

Gulalai dit : Tu as l'air immonde.

Non, n'ouvre pas les yeux, il faut que je - là.

Firuzeh battit des paupières. Le visage dans le miroir n'était pas tout à fait le sien, ni tout à fait celui d'Abay. On y devinait une touche ou une trace ou un souvenir de vieille photographie d'une tante maternelle, qui était à présent soit morte, soit en Iran. Le visage dans le miroir était sophistiqué. Joli, même si les néons étaient sans pitié.

Mia déclara, On est des génies, Shirin.

Je sais.

Alors on accélère un peu, fit Gulalai dans un bâillement, ou on décide de rater le début du film ?

Elles dévalèrent les marches. Liam les attendait en bas.

Oh, salut, dit Mia en enroulant son bras autour du sien, avec un sourire large comme une tranche de melon.

Pas mal, dis donc, fit-il. Vous êtes trop stylées, les filles.

Firuzeh se concentra sur le sentier, comptant les chewing-gums écrasés. La lueur de l'après-midi exposait son mensonge au grand jour. Chaque voiture qui passait était une menace lisse et brillante. Elle priait pour avoir de la chance. Pour que Nour rentre directement à la maison. Pour qu'Abay ne sorte pas.

Lorsqu'ils se fondirent dans la foule anonyme du centre commercial, elle poussa un soupir de soulagement.

Des élèves bavardaient en mangeant du poulet frit, la bouche luisante de graisse. Certains inhalaient des ballons d'hélium dans des gloussements et des couinements. Une vendeuse vaporisa du parfum sur une bande de papier qu'elle leur tendit. Firuzeh frotta paresseusement la bande entre son pouce et son index. Ça sentait la richesse et la désinvolture.

Ils passèrent devant des avions en plastique qui vrombissaient et des cages remplies de ballons de foot qui auraient rendu fou son petit frère ; devant des chaussures illuminées et des mannequins vêtus de chemises et de robes flambant neuves, des tissus murmurant de désir ; devant des bébés balbutiants, qui dans leurs poussettes à pois suçaient leurs doigts, qui ne savaient rien mais voulaient tout.

À la caisse du cinéma, ils prirent des places moins de dix-huit ans, puis s'enfoncèrent au fond de fauteuils moelleux qui sentaient le pop-corn.

Shirin dit : Je suis contente que tu aies pu venir.

Moi aussi, dit Firuzeh, heureuse que la salle baigne dans une semi-obscurité.

Je suis sûre que ses parents sont pas au courant, dit Gulalai. Je suis sûre que tu leur as rien dit.

La ferme, Gulalai, fit Shirin.

Elle a l'air terrifié.

Je t'ai dit de la fermer.

Au bout de la rangée, Mia entrelaça ses doigts autour de ceux de Liam. Elle sirotait avec sa paille le grand coca qu'il avait acheté.

Sans la moindre pudeur, siffla Gulalai à l'oreille de Firuzeh. Et Shirin, toujours aussi autoritaire ! Ni l'une ni l'autre ne se soucient de toi, tu sais –

Nasima, qui imbibait le fauteuil derrière Firuzeh, argentée dans la lumière qui se réverbérait sur l'écran, se pencha en avant pour murmurer : Tu peux mettre un terme à tout ça, tu sais. Tu n'as qu'à dire –

Est-ce que tes parents te détestent, Gulalai ? Est-ce qu'ils ont vraiment voulu t'avoir ? Est-ce que c'est pour ça que tu es si pleine de haine ? Ou alors c'est parce que tu bois du poison au petit déjeuner ? Du venin de serpent, miam miam. Au fait, ça me rappelle quelque chose. Comme te l'a dit Shirin : la ferme. Qu'est-ce que je donnerais pour que tu retournes en Afghanistan.

Firuzeh plaqua une main sur sa propre bouche.

Les trois filles la regardaient, les yeux écarquillés, les clavicules saillantes dans une inspiration bloquée. Liam, sans se rendre compte de rien, continuait à regarder les bandes-annonces.

Ç'a l'air marrant, dit-il. Chaque année, le niveau des films s'améliore.

Oui – parvint à dire Mia.

Un doux scintillement brilla dans les yeux de Gulalai. Ils se mirent à grossir comme des lunes, puis débordèrent.

Le film débuta.

Nasima dit : Tu as tout démêlé. Bien joué.

Je ne voulais pas –

Oh que si. C'est exactement ce que tu voulais. Elle te racontait une histoire à elle. Une histoire où tu resquillais, où tu arrivais en Australie à la nage, où tu tuais sa tante, où tu lui volais ses amies –

Je n'ai rien fait de tout cela, chuchota Firuzeh.

Non, mais c'était son histoire à elle. Et tu l'as découpée en petits morceaux. Avec une poignée de verre brisé, je l'ai bien vu.

Où est-ce que tu as trouvé tout ça ? Dans un rêve ? Peu importe. Tu as déchiré son cerf-volant. Elle n'a plus d'histoire, à présent.

Gulalai renifla rapidement et bruyamment, puis respira lentement, avec les mêmes sons humides que quelqu'un qui ravale ses sanglots. Le film se déroulait sur l'écran, indifférent à son public. Il était une fois une fille qui allait dans une école où personne n'était gentil et personne ne se souciait de qui que ce soit. Elle embrassait des personnes qu'elle n'aimait pas et mentait à ses parents, et elle finit un jour par fuguer.

Firuzeh savoura sur ses lèvres le goût de la culpabilité, sucré jusqu'à l'écœurement.

Laisse-moi voir ça, dit Shirin. Le film était terminé. Firuzeh et elle avaient filé dans les toilettes pour femmes afin d'éponger leurs visages avec des essuie-mains et de l'huile minérale. Shirin pinça les lèvres, humecta son index et frotta la commissure de l'œil de Firuzeh. Voilà, dit-elle. C'est bon.

Gulalai avait déguerpi bien avant le générique de fin. Mia était partie bras dessus bras dessous avec Liam, lançant un au revoir désinvolte sans même se retourner.

Firuzeh demanda : Personne n'en saura rien ?

Gulalai ne dira rien. Tu l'as complètement humiliée. Et elle le méritait. Mia, elle, ne se souviendra que de Liam. Tu as vu la tête qu'elle faisait ? Donc il ne reste plus que moi. Et j'aime pas les ragots. Tu aimes ça, toi ?

Je voulais parler de ça, dit Firuzeh, désignant son visage d'un geste circulaire.

Nan. Je t'ai maquillée à la perfection, et encore mieux démaquillée.

Le visage de Shirin se plissa de malice.

Tu te sens comment ? Ça t'intéresse, les garçons, maintenant ?

Je préfère toujours les poissons.

Firuzeh rentra sans un bruit, la clef repoussant une goupille après l'autre dans le cylindre de la serrure. Atay serait certainement scotché à la télévision. Nour en train de faire ses devoirs la tête ailleurs, ou alors en train de vider le frigo. Abay en train de travailler. Elle ouvrit lentement la porte, et les gonds grincèrent, comme à leur habitude. Ce soir, ils firent un bruit infernal.

Firuzeh se glissa à l'intérieur.

Abay était assise dans le salon. La télévision était éteinte. Atay s'appuyait contre le poste, tête baissée. Aucun signe de Nour.

Firuzeh, dit Abay, d'une voix si basse que le *snick, snick* de l'horloge murale faillit la couvrir. Où étais-tu ?

À l'école - je travaillais - on avait un projet –

Comme si Firuzeh n'avait pas parlé, Abay dit : Je suis allée faire des courses aujourd'hui. Pour acheter de l'agneau et du riz. Pour te nourrir. À la supérette, je suis tombée sur cette madar iranienne, de la soirée des parents d'élèves. Comment va votre fille Firuzeh, m'a-t-elle demandé. Ma Shirin n'arrête pas de parler d'elle. Je lui ai dit, Je suis heureuse de savoir que ma fille a une amie aussi gentille. Ce projet sur lequel elles vont travailler aujourd'hui, après les cours, Firuzeh n'arrête pas de m'en parler.

Atay ne releva pas la tête. Une fine couche de sueur acide recouvrit les paumes de Firuzeh.

Et tu sais ce qu'elle me dit ? Elle me regarde comme s'il m'était poussé deux têtes de serpent et me demande, Quel projet ? Les filles vont au cinéma ! Je vais donc te le redemander une dernière fois, Firuzeh –

Firuzeh était incapable de soutenir le regard de sa mère.

Dis-moi où tu as trouvé l'argent, Firuzeh. J'ai téléphoné pour savoir. Une place coûte huit dollars. As-tu volé ? Ou bien as-tu - comment as-tu pu, toi, ma fille - laissé Shirin payer pour toi ?

Je lui ai donné six dollars.

Atay fit glisser son doigt sur la partie supérieure de la télévision.

Elle m'a dit qu'elle devait acheter des fournitures scolaires.

Des fournitures scolaires ! Tu ne sais donc pas qu'Atay et moi passons nos jours et nos nuits à nous écorcher les doigts pour toi ? Tout ça pour que tu nous mentes, pour que tu nous désobéisses, pour que tu nous manques de respect, pour que tu fasses tes coups en douce, pour que tu nous prennes l'argent dont nous avons besoin pour payer les factures, et que tu gaspilles, que tu dilapides –

Tu ne connais pas la valeur de la vie, dit Atay, ni le prix des renoncements auxquels nous avons consenti pour toi.

Et qu'est-ce que c'est que ça ? lança Abay. Elle saisit le poignet de Firuzeh et renifla sa main. Du parfum. Où as-tu trouvé du parfum ? As-tu aussi dépensé de l'argent pour ça ? Et - tes yeux. Tu as maquillé tes yeux. Y avait-il des garçons ? Bien sûr qu'il y en avait. En voici la preuve. Voici mon nez et voici mes yeux. Tu ne te soucies donc absolument pas de ce que les gens peuvent penser ?

Il n'y avait pas de garçons, dit Firuzeh, les lèvres engourdies.

Mais tu es une menteuse, fit Atay. Pourquoi devrions-nous te croire ?

Une fille menteuse, voleuse et perfide –

Je peux y aller maintenant ? demanda Firuzeh.

Oui, vas-y : tout droit en enfer. Que le tombeau t'écrase. As-tu oublié que le paradis se trouve sous les pieds des mères ? Sous mes pieds, juste là –

Sa pantoufle ponctua ses derniers mots.

Atay ajouta : Abay ne sera pas payée ce soir. Par ta faute.

Abay dit : À partir de maintenant, tu rentreras directement à la maison après la fin des cours. Interdit d'aller où que ce soit d'autre. Pour quelque raison que ce soit. Ni fête, ni sport, ni promenade avec des amies –

D'accord, dit Firuzeh, un nœud dans le ventre. Je peux y aller, maintenant ?

Ton Atay a cédé son atelier pour toi. Sais-tu ce qui te serait arrivé si nous étions restés ? Le sais-tu ?

Ça suffit, dit Atay. Elle nous a entendus. Va-t'en.

Toute tremblante, Firuzeh alla dans sa chambre. Il y avait un château fort sur le lit de Nour, construit avec leurs deux oreillers et sa couette à motifs voitures de course. Au plus profond de la forteresse, ses yeux luisaient, braqués sur Firuzeh.

C'est fini ?

C'est fini, répondit-elle en s'asseyant sur son lit.

Tu étais où ?

Au cinéma.

Le film était bien ?

Je sais pas.

Non, à tous les coups. Les filles ça regarde des films où ça s'embrasse et tout. C'est tout ce que tu as fait ? Abay et Atay ont crié très fort.

Firuzeh répondit : J'ai aussi entraîné l'extinction de six espèces de grenouilles, blanchi une portion d'un kilomètre de la Grande Barrière de corail et provoqué un séisme en Nouvelle-Zélande.

Nour pencha la tête sur le côté. C'est tout ?

Ah non, j'oubliais : j'ai aussi assassiné le Premier ministre.

Ooh, Firuzeh. C'est très très mal. Nour tendit le bras hors de son château pour secouer son index. Tu ne peux pas tuer des Premiers ministres comme ça, ils en trouvent toujours un de rechange et on est obligé de mémoriser un nouveau nom. Pas étonnant qu'Abay soit en colère comme ça. Quand Abay et Atay verront mes notes d'histoire, je dirai que c'est à cause de toi.

Les lèvres de Firuzeh tressaillirent.

Nour dit : Si tu veux dormir –

Oui, je voudrais bien. Tous deux tournèrent la tête vers la porte. De l'autre côté, une bataille faisait rage.

Nour dit : Je peux faire mes devoirs dans la salle de bains.

T'embête pas, répondit Firuzeh. Je peux dormir la lumière allumée. Tu peux rester ici.

Merci.

Mais il faut que tu me rendes mon oreiller.

CHAPITRE ONZE

Mme Sing – « Ou Mme Étoile », dit-elle à ses élèves de sixième année[1] qui gloussèrent et s'exclamèrent, incrédules, « C'est un homophone en cantonnais » – s'assit au piano.

« Un homo quoi ? » lui lança-t-on comme chaque année du fond de la classe, avant que retentissent les mêmes ricanements que toujours.

Le clown de service était cette année un petit Afghan aux cheveux lisses qui lui tombaient sous les yeux, au sourire aussi doux que des pêches au sirop. Elle avait entendu dire que sa famille avait des TPV. Il faisait tellement de blagues qu'elle ne s'en serait jamais doutée.

« Un homophone, lui répondit-elle, est un mot qui se prononce de la même façon qu'un autre. C'est quelque chose que vous auriez déjà dû apprendre en cours d'anglais. "Sing", "chanter" en anglais, signifie "étoile" en cantonnais. Puisque tu es d'aussi bonne humeur aujourd'hui, Nour, pourquoi ne pas débuter les vocalises ? Chante-nous donc cette gamme – »

Ses doigts défilèrent au pas sur le clavier.

1. « Year 6 », équivalent de la sixième en France : en Australie, dernière classe de primaire avant le collège. (N.d.T.)

Les notes résonnèrent, puis se volatilisèrent. Elle l'encouragea d'un hochement de tête.

Nour pinça les lèvres, dépouillé de toute espièglerie.

« Nour ? Tu veux bien chanter pour nous ? Toute la classe t'attend – »

Elle rejoua la gamme à son attention. Il déglutit. Gonfla la poitrine. Cracha une note, puis une autre, qui n'avaient pas le moindre rapport avec celles qu'elle venait de jouer.

Il n'avait absolument pas l'oreille musicale. Avec ses centaines d'élèves, elle ne l'avait pas remarqué jusque-là.

« Merci beaucoup, dit-elle. Tu as fait un gros effort. Maintenant, tous ensemble ! »

Elle les aida à gravir la gamme, un pas hésitant après l'autre. Puis à la redescendre : médiante, sus-tonique, tonique. Le visage du garçon était toujours aussi écarlate et furieux.

« Aujourd'hui », dit Mme Sing, puis elle hésita. Elle était censée leur donner un cours d'harmonie, mais chaque nerf de son corps vibrait et frisait. Tous les accords qu'elle jouerait seraient dissonants.

Elle ouvrit donc les placards qui contenaient les instruments à percussion, offerts par des donateurs ou chinés dans des boutiques de charité : tambourins, güiros, maracas, cymbales, triangles, djembés, une caisse claire et des baguettes.

« Aujourd'hui nous allons faire de la musique avec ces instruments. »

Une bousculade et un tourbillon de mains tendues. Un tintamarre général, cliquetis, claquements et chocs sourds. Nour s'écarta un djembé dans les bras.

Mme Sing tapa dans ses mains, et le vacarme s'apaisa.

« Si vous n'avez pas d'instrument, vous battrez des mains ou des pieds. » Elle leur donna un rythme évoquant un battement cardiaque. *Ta ta tou. Clap clap boum.*

« À présent, les djembés, dit Mme Sing, jouez ce rythme. Maintenant les tambourins, jouez ça. Et les triangles, ça. »

Pendant un moment, Mme Sing eut de nouveau l'âge de ses élèves. Accroupie, dé à coudre au pouce, elle tapait sur le plancher de l'atelier de son père. Pit-a-pat. Le dé battait la cadence de l'ostinato de la machine à coudre. Tantôt lent, tantôt rapide. Des vagues de soie déroulaient sous le pied-de-biche de la machine et en ressortaient sous la forme de vestes et de robes papillon. Les ciseaux aussi avaient leur rythme à eux, lancinant. Parfois elle chantait, mais pas trop fort, afin de ne pas déconcentrer son père. Lorsque les ciseaux glissaient ou se grippaient, et que plusieurs dollars de tissu tombaient, définitivement gâchés, il jurait et lui jetait des bobines.

Elle chassa ce souvenir d'un battement de paupières pour se retrouver sous les néons de la classe, entre ces murs familiers et droits.

« À présent, chantez quelque chose, dit-elle, ou criez, si vous voulez. Écoutez. *Je suis. Ensei-gnante. Je m'appelle. Madame Étoile.* À toi. »

L'élève qu'elle pointa blêmit. « Je sais pas quoi dire.

– Ce qui te passe par la tête.

– Vingt. Plus qua-rante. Égale soi-xante. Je crois.

– À toi, Jake ! »

Jake lâcha güiro et grattoir pour mettre ses mains en porte-voix. *Btse btse btse bste bste bste... tch tch tch !*

« Formidable, dit-elle. À ton tour, Nour. Continue à jouer - ne t'arrête pas !

– Ma sœur. A peur de. Son om-bre. Et de ses a-mies.

– Ba-con. Œuf au plat. Gau-fres. Et du cho-co-lat au lait.

– Aya Kha-nem. Se-ta-reh. Mezle khar-eh. Ya sag. »

Des gloussements étouffés, par-ci par-là.

« Très poétique, dit Mme Sing. C'est dans ta langue maternelle ?

– Évidemment. »

L'un après l'autre, les élèves participaient.

« You'll come. A-waltz-ing. Ma-til-da. With me.

– Co-mo. Se lla-ma. Sí. Bo-ni-ta.

– Très bien, dit-elle. À mon signal, les triangles, vous vous arrêtez. Attention... stop. Très bien. Aux tambourins. »

Elle tira un mètre invisible entre ses mains, petit à petit, et l'un après l'autre les instruments se turent. Il ne resta bientôt plus que des pieds et des mains. *Clap clap boum. Clap clap boum.* Elle demanda à ne plus frapper des pieds et, un court instant, il n'y eut plus que le simple son plein de vie d'une main claquant dans l'autre, un dé à coudre rebondissant au sol, une claque –

Puis, d'un ultime geste, elle fit cesser cela aussi. La salle de classe crépitait et vibrait dans le silence soudain. Tous retenaient leur souffle. Même Nour. Même Jake.

« Excellent, dit-elle. À présent nous allons écrire les motifs rythmiques que nous avons joués. »

Son marqueur grinça contre le tableau. « C'était une mesure en 4/4, dit-elle. Qui saurait m'expliquer ce que signifient ces chiffres ? Megan ? Oui. Exactement. C'est sur ce rythme que nous avons frappé des mains et des pieds. Que quelqu'un me donne le nom de ces notes.

– Noire, noire, blanche.

– Bien. La suite, maintenant. »

Ils nommèrent et comptèrent l'ensemble des couches rythmiques argileuses que leur rivière musicale avait accumulées dans son lit. Puis la cloche retentit. Le cours était fini.

« Nour, dit Mme Sing, tu peux rester une minute ? »

Jake poussa un *oo-oo-ooh !* et Nour lui jeta un regard méprisant.

Lorsque la classe fut vide, il demanda : « Vous allez me punir ?

– Non. Je voulais te demander conseil. Ce que Juma a dit, c'était bien du persan, n'est-ce pas ?

– Peut-être bien, répondit Nour en scrutant ses chaussures.
– Je t'ai vu rire.
– C'était une blague idiote.
– Sur moi ? » Elle le dévisagea. « Je ne le punirai pas.
– Je vais lui parler », fit Nour en évitant son regard. Les pouces emmêlés, les mains tirant chacune de son côté. « Je lui dirai de ne plus faire ça.
– Je t'en serais vraiment reconnaissante. »

D'un hochement de tête, elle signifia à Nour qu'il pouvait partir et commença à ramasser les instruments que ses élèves avaient laissés aux quatre coins de la pièce.

Mme Sing dit alors, comme à elle-même : « Ce Juma. Je dois sûrement vieillir.
– Pas vraiment, si vous remarquez toujours ce genre de choses », dit Nour sur le seuil. Un sourire fugitif, et il disparut.

C'était un garçon bien curieux. Il y en avait tellement comme lui. Dans tout Melbourne et sa grande banlieue, peut-être même dans tout le pays, c'était l'école qui accueillait le plus d'enfants ayant fui la guerre. Certains étaient timides, d'autres turbulents, d'autres encore malicieux ou silencieux, mais tous étaient à fleur de peau, prêts à réagir au quart de tour. Tous avaient avalé des seaux et des tonneaux entiers de colère, de vexation, de deuil et de honte, que les autres élèves de sixième année n'avaient bus qu'en minibriques.

Mme Sing était née des décennies après que la guerre eut enflammé Hong Kong. Les affrontements avaient cependant laissé de profondes marques dans sa vie. Son grand-père, qui se réveillait en sursaut, le souffle coupé. Son père, qui avait reçu la terreur en héritage, grognant et mordant tel un chien battu. Et à présent sa classe était pleine d'enfants d'une autre guerre.

Elle avait une heure entière rien que pour elle avant le prochain groupe. Mme Sing prit ses plans de cours et son programme de l'année (qu'il lui faudrait réviser en essayant de caser les cours de Rythme, de Genre et de Période dans l'unité dévolue à l'Harmonie) et se rendit dans la salle des professeurs.

« Ce n'est pas possible, disait Mme Pierce. Ils ne peuvent pas faire ça. »

M. Early insista : « J'ai bien peur qu'ils aient déjà commencé.

– Canberra dans toute sa splendeur. »

Tout bas, Mme Anderson dit : « Je vais me joindre à la manifestation de samedi. Si quelqu'un veut venir avec moi.

– Le bon côté des choses, c'est qu'il y aura plus de temps et de ressources disponibles... pour celles et ceux qui resteront.

– À moins que ça relève de l'éducation, les décisions de notre gouvernement ne nous regardent pas.

– Ça affecte nos élèves.

– La grippe aussi.

– Si j'interromps quoi que ce soit, dites-le-moi, fit Mme Sing. Je n'aurais aucun souci à m'écarter.

– Nan, Shelly, on parle politique, répondit M. Early dans un haussement d'épaules. Alors que nous ne sommes pas censés le faire. Enfin, c'est arrivé comme ça.

– C'est cette histoire de TPV, précisa Mme Pierce.

– Il s'est passé quelque chose ?

– Une élève de huitième année[1], au collège, peut-être que tu l'as eue en primaire... Enfin bref. On a refusé à sa famille le renouvellement de leurs visas. Le ministère de l'Immigration a mis son père en prison. Mais à ce que j'ai entendu dire, toute la famille sera déportée.

1. « Year 8 », équivalent de la quatrième en France. (N.d.T.)

– Comment s'appelle-t-elle ? » Mme Sing s'entendit poser cette question de loin, comme si sa voix appartenait à quelqu'un d'autre.

« Gulalai Zahir. C'est le nom que j'ai entendu.

– Je l'ai eue en maths, fit M. Early. Brillante élève. »

Mme Anderson dit : « Elle essayait toujours de faire bonne figure. Mais j'ai toujours trouvé qu'il y avait une immense tristesse au fond d'elle.

– Comment aurait-elle pu prévoir une chose pareille.

– C'est précisément là que le bât blesse, avec les TPV, répliqua M. Early. Ils sont absurdes, par définition. Essayez un peu de trouver du travail avec un visa pareil. "Et vous vous voyez où, dans cinq ans, au sein de notre entreprise ?", "Euh, impossible à dire, je serai peut-être déporté dans trois ans".

– C'est d'une cruauté sans nom, dit un autre professeur. D'une cruauté et d'une malveillance absolues. J'ai honte.

– Je ne crois pas que notre gouvernement soit capable de malveillance. Et puis, l'Afghanistan est plus sûr, maintenant, non ? Avec la présence américaine et tout ? »

M. Early dit : « Je n'en ai pas beaucoup entendu parler aux infos, ces derniers temps.

– C'est bon signe, non ?

– Je me souviens d'elle », fit Mme Sing : un visage et une voix lui revenaient enfin à l'esprit. Contralto, un timbre de lait chaud au miel.

« Tiens, un prospectus, dit Mme Anderson. La manifestation se déroulera samedi. »

Mme Sing nota le jour et l'heure. « J'ai un concert de la chorale, le matin.

– Viens avec la chorale.

– Quand même pas. » Elle y réfléchit un instant. « Remarque, peut-être bien. »

Mme Sing ne se pencha pas sur ses plans et ses programmes. Elle donna encore quatre cours, puis dirigea les répétitions pour la comédie musicale, et lorsqu'elle rentra enfin chez elle, une migraine insoutenable palpitait à la base de son crâne : noire, soupir ; noire, soupir.

« Assieds-toi vite, dit son mari. Le dîner est en train de refroidir. Et je suis mort de faim. »

Elle s'assit, grimaçant, et ils mangèrent en silence.

Après avoir vidé la moitié de son assiette pleine de porc braisé, d'aubergine et de tomates aux œufs, il s'écarta de la table. « Xuelai, qu'est-ce qui ne va pas ?

– Rien, répondit-elle avant de faire de nouveau la grimace. Une migraine.

– Les gamins ont encore fait des leurs ?

– Non. » Elle se massa les tempes. « Enfin, pas plus que d'habitude. C'est juste qu'aujourd'hui –

– Tiens. » Il posa un verre d'eau et deux comprimés sur la table.

« Ce monde est atroce, dit-elle. Ces gamins, mes gamins, ils ont tant de choses à affronter – » Elle porta une tranche d'aubergine à sa bouche, observa une pause, et la reposa dans son assiette. « Chengming. Je veux arrêter d'essayer.

– Ils ont dû être de vrais monstres, aujourd'hui.

– Ça ne concerne pas les élèves de cette année, mais une ancienne élève à moi. Elle s'appelle Gulalai. »

Noire, soupir. Elle prit les deux comprimés et les avala, vidant le verre d'eau d'un trait.

Son époux se raidit. « Tu es sérieuse.

– Je ne le savais pas avant aujourd'hui. Je suis désolée.

– Si c'est à cause de l'argent –

– Comme si l'argent pouvait arrêter une balle. Ou une baïonnette.

– Xuelai, nous vivons en Australie.

– Précisément, dit-elle. Nous vivons en Australie. Je ne veux pas avoir d'enfant ici. Tu sais ce que nous sommes sur le point de faire à des centaines de gamins ?

– Qu'est-ce que tu veux que je te dise ? Tu veux qu'on parte d'ici ?

– Non.

– Mais tu ne veux pas non plus qu'on reste.

– Je n'en sais rien.

– Tu étais impossible à la fac, dit son mari. Tu l'es encore maintenant.

– Il faut de la foi, de l'optimisme pour avoir un enfant. Il ne m'en reste plus beaucoup, ni de l'une ni de l'autre. Enfin bon, dit-elle, si tu tiens à reparler de la fac, toi, tu ne savais pas cuisiner. Tu passais des appels longue distance à ta mère pour qu'elle t'explique comment faire bouillir un œuf - deux cents dollars la communication. Il faudrait que je raconte ça à tes collègues, un de ces jours.

– Ce n'est rien du tout, ça, répliqua-t-il. Simple réaction chimique. »

Mais sous la légèreté de son ton perçait une certaine douleur. Elle vit bien qu'elle l'avait blessé, tout comme cette journée l'avait blessée : sans le moindre égard, irréparablement, comme une poutre en acier se balançant au bout d'une grue aurait détruit toutes les poutres qui l'entouraient. Et sa blessure à elle était encore trop à vif pour qu'elle puisse soigner celle de son époux.

« Merci d'avoir fait la cuisine, dit-elle. Je m'occupe de la vaisselle. »

Malgré ces paroles, Chengming débarrassa. « J'espère que ça ira mieux demain matin, dit-il.

– Ça ne sera pas le cas.

– Dans ce cas nous devrons faire des choix, tous les deux.

– Je sais. Il faudra voir si nous avons encore besoin de tout cet espace. Et si je peux organiser une sortie pour les gamins de la chorale. Ça fait beaucoup de paperasse.

– Parmi tous les sujets à aborder, il fallait que tu penses à celui-là...

– Et pourquoi pas ? C'est tout à fait naturel. Si je tiens à m'impliquer plus. Ah, qu'est-ce que je raconte. Comme si je pouvais avoir la moindre influence sur une machine aussi énorme. Sur un monde si froid.

– Xuelai, je ne te comprends pas.

– Peut-être pas, dit-elle, de nouveau en proie à sa migraine. Et peut-être que c'est pour le mieux. »

Noire, noire avec un point d'orgue. Silence.

CHAPITRE DOUZE

La disparition de Gulalai devint un motif de honte et de joie personnelles pour Firuzeh. Elle ne pensa à en informer ni Atay ni Abay, qui dans le meilleur des cas se seraient fait du souci, et dans le pire, se seraient disputés. Avec toute la sagesse de ses treize ans, elle avait conscience de leur terrible fragilité, semblable à celle de deux tasses à thé dorées au bord d'une étagère. Elle veillait à ne pas les déborder, à ne pas les déstabiliser, même si Nour, qui n'avait pas encore atteint le même niveau de conscience, éprouvait leurs nerfs avec la même régularité que toujours.

Firuzeh, bien entendu, se considérait pleinement responsable de la disparition de Gulalai.

Nous avons autant besoin d'histoires que de pain et de sommeil. Je l'ai dépouillée des siennes.

Nasima dit : Tu lui as donné une chance d'en raconter une meilleure.

Je l'ai radiée de l'existence.

Toi et le gouvernement fédéral.

J'ai été son cauchemar.

Nasima concéda que cela avait peut-être été le cas.

Firuzeh était si préoccupée par le sort de Gulalai qu'au début, elle ne saisit pas totalement la réorganisation abrupte que subirent leurs vies.

Le premier signe fut la guimbarde d'Atay, garée devant chez eux un jour où il aurait normalement dû travailler.

Firuzeh observait Atay par la fenêtre de la cuisine, alors qu'elle faisait la vaisselle, après la visite d'un invité. Elle rinça et sécha les tasses à thé décorées de roses peintes, et Atay ne se décidait toujours pas à descendre de sa voiture. Puis, petit à petit, il se courba, jusqu'à ce que son front presse contre le volant.

Abay, dit Firuzeh, Atay est ici.

Vraiment ?

Quelque chose de faux, comme une couche de peinture, dans la voix de sa mère.

Il est assis dans sa voiture. Pourquoi n'entre-t-il pas chez nous ?

Peut-être a-t-il un appel à passer.

Firuzeh ne jeta cette fois qu'un coup d'œil à son père. Je n'ai pas l'impression qu'Atay soit au téléphone.

Eh bien peut-être a-t-il peur de nous. As-tu fait quelque chose qui aurait pu effrayer ton père, dernièrement ? Non ? Il ressemble à un héros sur le point de gravir le mont Qaf, où les peris et les djinns attendent de le tourmenter.

Abay. Je suis trop grande pour ce genre de choses.

Nour dit : Pas moi. Abay, raconte-moi ce qu'il se passe après.

La porte s'ouvrit, et Atay entra. S'éclaircit la gorge. Et son regard croisa celui d'Abay.

Chut, Atay, Abay est au beau milieu d'une histoire.

C'est non ? demanda Abay.

Atay dit : Je suis désolé, Bahar.

Alors c'est fini.

Je crois que nous ferions bien d'appeler sœur Margaret.

Pas l'impression de tout bien saisir, là, dit Firuzeh. Pourquoi l'appeler ?

Parce que nous avons besoin d'elle.

Nour demanda : Atay, pourquoi on a besoin d'elle ?

Tiens, au fait, dit Atay. Tu n'es pas censé avoir ton entraînement de foot ?

C'est demain. Mais Jake et Aaron ont dit qu'ils amèneraient un ballon au parc. Abay m'a dit que je n'irais pas.

Si tu veux t'en charger, dit Abay, vas-y.

Je vais t'y conduire, dit Atay à Nour. Nour afficha un sourire rayonnant, et courut chercher ses chaussures de football.

Atay est allé renouveler nos visas, dit Firuzeh, aussitôt que la porte se fut refermée derrière son frère et son père. C'est ça ?

Qui t'a appris à être aussi perspicace ? Autant de jugeote, ça ne t'apportera que des problèmes.

Ça fait trois ans, dit Firuzeh.

Tu as tellement grandi, dit Abay. Je ne m'en suis même pas rendu compte. Il y avait tout le temps quelque chose à régler. Les factures. Le loyer. Les amendes.

Abay décrocha le téléphone, composa un numéro, et enroula le fil du téléphone autour de son index et de son pouce.

Ils n'ont pas renouvelé nos visas, c'est ça, Abay ?

Allô, c'est le Sanctuaire St Kilda ? Bonjour, est-ce que sœur Margaret est là ?

Abay, pourquoi tu ne me réponds pas ?

Sœur Margaret, c'est Bahar... Comment allez-vous ? Je suis vraiment désolée de vous déranger, mais Omid m'a dit qu'il fallait que je vous appelle. Oui, mon Omid. Vous avez l'air surprise. Nous avons un petit problème. Le renouvellement de nos visas, eh bien, vous voyez. Oui, je suis chez moi. Non, j'ai dit que j'étais malade. Oui, ce serait vraiment - merci beaucoup. À tout de suite, sœur Margaret. À tout de suite.

Abay raccrocha le combiné. Les sourcils froncés, elle considéra ses doigts, pris dans la spirale du cordon.

Qu'est-ce que tu fais plantée là ? demanda Abay. Sœur Margaret est en route, il faut lui servir du thé.

Oui, Abay.

Abay dit : Et ne pleure pas comme ça quand sœur Margaret sera là. Elle tamponna le coin de son foulard à la commissure de ses propres yeux. Si tu pleures trop, le thé sera salé.

Abay ne mit pas longtemps à envoyer Firuzeh à la pâtisserie libanaise, où elle acheta une boîte en carton remplie de gâteaux saupoudrés de pistache. Durant tout le trajet du retour, elle le fit se balancer au bout d'une boucle de ruban, coincée entre deux phalanges. Des currawongs s'envolaient à son approche. Les eucalyptus se désagrégeaient bande par bande. Les feuilles de liquidambar en forme d'étoile flamboyaient d'or et d'écarlate.

Les mocassins de sœur Margaret reposaient sur le seuil de leur appartement.

À l'intérieur, celle-ci dit : Je crois qu'ils bluffent. Je l'espère en tout cas. Quoi qu'il en soit, nous allons faire tout notre possible.

Nous avons attendu, dit Abay. Nous avons attendu si longtemps. Et nous avons travaillé. Regardez mes mains.

Vous avez fait tout ce qu'il fallait faire.

Et maintenant, ça. Abay soupira, en se tordant les mains. Puis elle releva la tête. Où étais-tu passée, janam ? Apporte ça ici. Avec une assiette, notre mehman n'a pas d'assiette –

Que devons-nous faire ? demanda Firuzeh.

Nous allons faire appel, répondit sœur Margaret.

Est-ce que ça marchera ? demanda Abay.

Nous ne le saurons qu'à condition d'essayer. Firuzeh, ma chérie, est-ce que tu te sens capable d'écrire une lettre ?

Quel genre de lettre ?

Une lettre qui parlerait de ta famille, des raisons qui vous ont amenés ici. De votre expérience en détention. Si je le peux, je l'enverrai au Premier ministre.

La religieuse croqua une bouchée de gâteau et essuya le miel qui avait coulé sur son pouce. Son crucifix s'était un peu terni, et une mite avait grignoté deux petits trous à l'arrière de son pull, à un endroit où elle ne pouvait les voir.

D'accord, dit Firuzeh.

Elle se laissa tomber par terre, en position assise, avec un cahier et un crayon. Comment devait-elle commencer ?

Très cher et honorable monsieur le président Premier ministre très respecté. S'il vous plaît ne nous renvoyez pas en Afghanistan. Nous en sommes partis parce que je n'y étais pas en sécurité.

Elle tapota le crayon contre son nez, puis souligna. Se mordit la lèvre. Barra, ratura.

Cher enfoiré –

Cher homme à l'arrêt du 901 –

... nous avons le numéro d'un avocat à Canberra...

Tu nous as dit d'attendre. On a attendu. À Nauru, où ils ont mis Abay en prison. Où Khalil. Avec des cachets et des gobelets en carton. Avec la pluie qui entrait sous la tente. Il n'y a plus de miroir sur le camp. Ils ont retiré tout ce verre. Parce que Khalil. Parce que Mansour, M. Personne, M. Hassani.

J'avais une amie. Elle s'appelait Zahra.

J'avais une amie. Elle s'appelait Nasima.

C'est une immense injustice qui vous est faite, dit sœur Margaret. Immense.

Y a-t-il quelque chose de juste en ce monde ? rétorqua Abay. Ou est-ce que tout nous enseigne à nous soumettre à Dieu ?

Vous avez sans doute raison. Mais même ainsi, nous allons nous battre.

Tu nous as dit de rester et Atay a ri, ri comme un avion de chasse, comme des bombes qui explosent, et Abay a dansé. Dans notre nouveau chez-nous, la toute première nuit. Ma mère a dansé comme une jeune fille. Et nous sommes restés.

Et à présent tu nous dis, terminé, allez-vous-en, on ne veut plus de vous.

C'est vrai que mon frère peut se comporter comme une sale merde.

C'est vrai que je ne suis pas une fille obéissante, encore moins exemplaire. Et une fois mes notes m'ont valu de recevoir une pantoufle de ma mère.

Mais.

Nour entra comme une tornade, des éclaboussures de boue jusqu'aux genoux.

Des baghlava ! s'exclama-t-il, ravi, en tendant la main. À un empan de l'assiette, il remarqua que les yeux d'Abay lui lançaient des éclairs, puis que leur invitée, qui sirotait son thé, s'efforçait de ne pas éclater de rire. Il recula et se courba pour la saluer avec une courtoisie achevée.

À la douche, dit Abay. Tout de suite.

Atay entra, les joues rougies par le froid.

Je suis désolée de ce qu'il vous arrive, dit sœur Margaret. Mais nous sommes loin d'avoir dit notre dernier mot.

Nous sommes ici chez nous. Tu ne peux pas nous faire partir.

CHAPITRE TREIZE

Après que sœur Margaret eut épuisé tous leurs recours judiciaires, il ne leur resta plus que trente jours avant leur déportation. La finale du tournoi de football de Nour aurait lieu dans quarante-deux jours. Il le leur rappelait à la moindre occasion.

Abay ouvrit le courrier et fit deux tas : les rectangles vert menthe des billets d'avion d'un côté, les factures qu'ils n'auraient pas à régler de l'autre.

Quand je bloquerai un but dans les cages, Atay, comme ça – tu m'applaudiras, pas vrai ?

Bien sûr, janam.

Abay, Firuzeh, vous serez présentes à la finale, hein ? Si notre équipe y arrive ? Il faut absolument que vous soyez là.

Abay s'approcha de l'évier, retroussa ses manches et se mit à récurer une casserole avec une efficacité militaire. La mousse s'envolait, l'eau de vaisselle giclait, et Nour et Firuzeh reculèrent.

Nous serons tous à Kaboul, dit Firuzeh.

On peut pas partir. Mon équipe a besoin de moi.

Trop dommage.

Atay dit, Tu pourras jouer avec tes cousins quand nous serons de retour là-bas.

Quels cousins ? demanda Firuzeh.
Atay répondit, Les trois garçons d'Amu Hassan. Nous vivrons un moment chez votre Amu, le temps que nous trouvions une nouvelle maison. Il viendra nous chercher à l'aéroport.
On va vivre chez Amu ? Qu'est-ce qui est arrivé à notre maison ?
Atay émit un son inintelligible et écrasa un bouton de la télécommande.
La casserole propre tinta contre le comptoir.
Il n'y a plus de maison, répondit Abay. Ne repose plus cette question.
Et les meubles, demanda Firuzeh, que nous avons laissés chez nos voisins –
Il n'y en a plus non plus.
De tout à rien, dit Nasima. Une fois de plus. Quelle histoire, celle de ta famille. Toujours la même. C'est sans fin.
Firuzeh dit, Je n'aime pas le tour que cette histoire est en train de prendre.
Atay dit, On est deux, comme ça.
Tu peux la changer, dit Nasima. Si tu le veux. Si tu es courageuse. Si tu te rappelles comment.
Firuzeh dit : Il doit bien y avoir une solution. Il y en a toujours une. Le héros doit gagner.
Atay répondit, Parfois le héros meurt.
Atay, pourquoi restes-tu assis là ? Pourquoi tu ne te bats pas ? Pourquoi tu n'essaies pas ?
Firuzeh jan, je suis très fatigué.
Il a peur, dit Abay sans les regarder. Ses doigts lavaient la graisse sur leurs assiettes en mélamine. Votre Atay a toujours eu peur.
Ce n'est pas vrai, dit Nour en faisant la moue.

Firuzeh dit : Atay est un héros. Il transperce les lions et les dragons de sa lance. Il vaincra le div maléfique du ministère de l'Immigration, et il lui coupera la tête.

Assez, dit Atay posément. Votre mère a raison.

Firuzeh insista. Elle raconterait cette histoire comme il le faudrait.

Tu iras sur ton cheval tacheté - enfin, dans ta voiture - jusqu'au bureau du ministère, et tu brandiras la vérité contre eux, telle une épée. Vous ne voyez pas ce qui se passe vraiment en Afghanistan ? Nous ne pouvons pas y retourner : nous nous ferions tous tuer. Et la vérité leur transpercera le cœur. Tu prendras la lettre que j'ai écrite au Premier ministre –

Oui, fit Abay. Parlons-en, de cette lettre.

– et nous la lui ferons lire. Et il dira, jamais je ne me serais imaginé ça. Vous êtes libre de rester ici. L'Australie a besoin d'un héros tel que vous.

Firuzeh, ce n'est pas ainsi que fonctionne le monde.

Abay dit, Sœur Margaret m'a lu ta lettre. Elle était pleine de gros mots et de manque de respect. Elle a dit qu'elle ne pouvait pas envoyer une lettre pareille au Premier ministre. Je l'ai déchirée et je l'ai jetée. Qui t'a fait croire que tu pouvais écrire quelque chose comme ça ? Que penseraient les gens s'ils voyaient ça ?

Au moins j'ai essayé, dit Firuzeh. Tu es loin de pouvoir en dire autant.

Avec un sourire presque imperceptible, Atay dit : Je savais que nous t'avions donné le prénom qui te correspondrait le mieux. Dure comme la pierre. Guidée par la soif de victoire.

Et qui a éternué en te donnant ton prénom, à toi ?

Nour dit : Je jouerai ce match de foot. Je fuguerai s'il le faut.

Abay dit : Tu n'iras nulle part.

Si. Vous vous demanderez, Mais où est Nour ? et vous me chercherez, mais il sera trop tard.

Firuzeh dit : Comme si on en avait quelque chose à faire.

Atay lança, Bahar, est-ce que ce sont là mes enfants ? Est-ce ainsi que tu les as éduqués ?

Moi ?

Oui, tu es leur mère, n'est-ce pas ? Quelle mère tu fais !

Qui a dit à sa femme, va travailler dehors ? Qui a dit, je m'occuperai des enfants la nuit ? *Tes* enfants ! C'est moi qui les ai faits, j'ai veillé à leur sécurité, même lorsque la mienne était bafouée ! Qui a laissé les gardes dévêtir totalement son épouse ? Qui a mis nos vies entre les mains d'hommes sans foi ni loi ?

Ne me pousse pas à bout, Bahar.

Tu ne peux pas m'empêcher de parler ici. Peut-être que quand tu te retrouveras parmi tes frères, tu retrouveras ton courage. Le courage de rejeter la faute sur ton épouse, comme eux tous.

Je te préviens.

Ma mère avait raison. Je n'ai pas épousé un homme. Tu n'es rien d'autre qu'un petit garçon apeuré.

Les poêles et les assiettes humides vibrèrent par sympathie avec le son sourd qui emplit l'appartement, celui de la paume d'Atay sur la joue d'Abay. Un silence duveteux tomba tout aussitôt.

Avec une délicatesse infinie, Abay porta la main à sa joue. La rabaissa, tout aussi délicatement. Traversa le couloir. Le verrou de la chambre à coucher cliqueta.

Atay respirait bruyamment. Il regarda Nour et Firuzeh.

Ne commencez pas, dit-il.

Les yeux de Nour se gonflèrent de larmes, mais il ne fit pas un bruit.

Nasima dit : Quel cauchemar.

Firuzeh dit : Je te déteste, Atay. Je voudrais que tu meures.

Padarnalat, je t'ai donné la vie. Je nous ai sauvés un nombre incalculable de fois. Sans que tu le saches. Sans que tu puisses jamais le savoir.

Quelle importance ça a, maintenant ?
Quelle fille ingrate tu es. Tout comme ta mère et ta grand-mère. La bouche remplie du venin de cinquante serpents.
D'accord, fit Nasima. Dis-lui de se jeter d'une falaise.
Firuzeh dit : Nous allons retourner en Afghanistan. C'est pire que de se jeter d'une falaise.
Atay dit : C'est pourtant ce qui arrivera. Que nous le voulions ou non, tous autant que nous sommes. Il n'est rien que je puisse faire, dokhtaram. Si c'était le cas, je l'aurais déjà fait.
Firuzeh dit : Je peux changer notre histoire.
Foutaises, fit Atay. Une grande bouche et une cervelle pleine de rêves insensés. Qu'est-ce que tout cela pourra te valoir, à Kaboul ? Une balle. Il porta son index recourbé à sa tempe. J'aurais dû être plus strict avec vous. Comment pourrez-vous survivre, comment pourrons-nous –
Firuzeh alla dans sa chambre. Nour la suivit.
Dans le salon, Atay se mit à sangloter.

À l'école, Firuzeh était déjà morte. Elle n'avait pas dit un mot de son sort, pourtant elle transpirait la tragédie par tous ses pores. Les autres élèves rasaient les murs en la croisant. Au déjeuner, des tables entières se vidaient quand elle s'asseyait. Cinq fois par jour, elle se glissait dans les toilettes des filles pour rechercher dans les miroirs ce que tous les autres voyaient : la peau gonflée par la noyade, la chevelure d'algues, le crâne pointant sous les joues et les lèvres.
Elle ne voyait jamais qu'elle dans la glace.
Mais ça ne valait guère mieux.
Quand elle relevait les yeux de ses cahiers ou d'une dissertation, elle surprenait l'enseignant en train de la considérer avec une expression adoucie par la pitié. Faites quelque chose,

avait-elle envie de leur crier. Vous allez tous rester assis là sans rien faire, et me laisser disparaître ?

Mme Jones dit : Ce fut un plaisir de t'avoir dans cette classe, et je crois parler au nom de tout le monde –

Je ne suis pas encore partie, dit Firuzeh en rougissant. Ses camarades la fixèrent.

Non, mais - tu vois ce que je veux dire, ma chérie.

Mme Jones sortit un mouchoir, essuya ses lunettes, puis s'essuya le nez.

Et je tiens à dire que je n'oublierai jamais ce que ç'a été que d'être ta professeure. Transmets mes meilleurs vœux à ta famille.

Et là-dessus elle renifle, dit Firuzeh à Nour, révoltée, et elle se mouche ! Comme si c'était son petit cul tout blanc qui allait se faire déporter ! Mais c'est quoi, ça ? Mes funérailles ?

Tu n'avais qu'à rien leur dire, ça t'apprendra, rétorqua Nour.

Je n'ai rien dit !

Enfin bon, ça n'a aucune importance. Tu vas monter à bord d'un avion et tu vas repartir en Afghanistan. Absolument personne ne se souviendra de toi. Ou bien tu pourrais fuguer, comme moi.

Ne sois pas idiot, Nour.

C'est toi qui vois.

Je te connais. Je te laisse cinq minutes avant d'avoir trop faim. Avant même d'arriver au bout de la rue, tu feras demi-tour pour venir manger un morceau.

Oh, tiens, c'est vrai, dit Nour en se levant d'un bond. Le déjeuner remonte à longtemps. C'est l'heure de se faire un petit sandwich.

Laisse quelques tomates, ou Abay se mettra en colère.

Il fouilla dans le bac à légumes. Abay est toujours en colère.

N'empêche. Autant ne pas la pousser à bout.

Pour toi, peut-être. Tu vas rester avec eux.
Arrête de faire semblant que tu vas fuguer. Ce n'est pas marrant. Rien de tout cela n'est marrant.
Tu es en train de te transformer en elle, dit Nour la bouche pleine.
Qui ?
Abay. Le ton de la voix et tout.
C'est la chose la plus idiote que j'aie jamais entendue.
Nour se laissa tomber à côté d'elle, de la viande et un morceau de pain dans une main. Plus bête que mon projet de rester en Australie ?
Bien plus bête.
Firuzeh, tu me fends le cœur.
As-tu seulement un cœur à fendre ?
Oui, un cœur de pierre, et ce n'est pas rien de le fendre, même un tout petit peu. Tu as intérêt à te rattraper.
D'accord. Il était une fois un abruti complètement fondu de foot –
Firuzeh !
Très bien. Il était une fois un courageux petit garçon –
Petit ?!
Elle soupira. Si tu n'arrêtes pas de m'interrompre –
Il a au moins onze ans. Ce n'est pas petit, Firuzeh. À onze ans, on est presque un homme.
Ce garçon ne voulait pas quitter son nouveau foyer, alors que toute sa famille s'apprêtait à partir. Alors que le gouvernement voulait qu'il parte. Il avait même un billet d'avion avec son nom mal orthographié dessus.
Hein.
N-O-O-R. Va voir toi-même.
Tout de suite après.

Et donc le garçon fit ses bagages et sans se faire remarquer, quitta cette maison qui n'était plus la sienne. Au beau milieu de la nuit, afin que personne ne le voie. Et il fit de l'auto-stop jusqu'à se retrouver en plein bush. Là, il se fit un arc avec du bois d'eucalyptus et chassa le wombat et le kangourou. Mais comme il ne savait pas cuisiner, ajouta-t-elle, il devait les manger tout crus.

Oh, dégueu !

Personne n'a dit que c'était sympa, de fuguer.

Il était capable de faire un feu avec une bouteille en verre, dit Nour. On doit forcément trouver ce genre de trucs là-bas.

Disons qu'il trouve une bouteille de verre, si tu veux. Mettons qu'il cuit sa viande de temps en temps. C'est vraiment important ?

Oui, dit Nour.

Personne ne savait où avait disparu ce garçon. Sa famille cria son nom jusqu'à l'instant où ils montèrent à bord de l'avion, des fois qu'il serait dans les parages, à portée de voix. Vous croyez qu'il va bien ? se demandaient-ils entre eux. Vous pensez qu'il a faim, qu'il a peur, qu'il se sent seul ? Je n'en sais rien, se répondaient-ils entre eux. Seul Dieu sait. Et Dieu n'a pas été bon envers nous.

Nour dit : Mais il allait bien.

Il allait bien. La nuit, il pouvait voir la Voie lactée et les étoiles qui formaient des serpents et des paons et des lièvres. Il se fit un abri avec de l'écorce d'eucalyptus, et chaque jour, il tirait avec son arc. C'était une vie solitaire, car il n'y avait pas une âme à la ronde. Et puis il apprit que sa famille était morte.

Elle s'interrompit.

Nasima dit en souriant : Eh bien, d'où nous sors-tu ça ?

Toi, dit Firuzeh. C'est ta faute.

Qu'est-ce que tu racontes ? demanda Nour.

Nasima dit : Vas-y, continue. Finis l'histoire, Firuzeh jan.

Nour demanda : Qu'est-ce que tu regardes ? Il n'y a rien, par là.

Hésitante, Firuzeh dit, une main sur la gorge : Il l'apprit des cacatoès. Les cacatoès adoraient les ragots, toujours à l'affût des dernières nouvelles : ils avaient appris celle-ci des pies, qui l'avaient apprise des corneilles. Et lorsque le garçon l'apprit à son tour, il se roula en boule sur l'herbe et pleura, parce qu'à présent il n'avait ni famille ni chez-lui. Ses pleurs firent sortir les serpents noirs des rochers.

Son arc ! s'exclama Nour. Où est son arc ?

Il l'avait laissé tomber en apprenant la nouvelle. Il était posé là, par terre, hors de sa portée.

Nasima dit : Alors les serpents –

Alors les serpents le mordirent au pied, et le garçon frissonna pendant des heures tandis que le poison gagnait peu à peu son cœur. Les étoiles regardèrent en contrebas, et leur regard était froid.

Nour la dévisagea, la bouche grande ouverte.

Je ne voulais pas dire ça, dit Firuzeh. Je ne voulais pas.

Nasima commenta, C'est réaliste. Et il fallait qu'il l'entende. Pourquoi pas de ta bouche ?

Tu es la personne la plus horrible au monde, dit Nour. Il donna un coup de poing dans un coussin, un coup de pied dans le chambranle, et sortit sans son manteau, en claquant la porte.

Qu'est-ce qu'il se passe ? demanda Abay.

J'sais pas.

Il va attraper froid.

En quoi ça me regarde ? dit Firuzeh.

CHAPITRE QUATORZE

L'auteure était américaine, tout droit sortie de la fac, et entre l'achat d'une carte SIM internationale et celui des tickets de tramway, elle semblait complètement paumée. Elle dormait dans une auberge de jeunesse avec des étudiants en école vétérinaire, ne subsistant pour le moment que de pommes vertes et de fromage affiné.

Sœur Margaret avait décidé en son for intérieur que selon toute probabilité, cela n'aboutirait à rien. Les quelques e-mails et appels téléphoniques avaient suscité en elle un certain espoir, mais cette jeune femme maladroite qu'elle était venue chercher en voiture - une gamine, en réalité - vibrait de tant de nervosité et de gêne qu'elle en devenait presque floue.

« Mais comment faisiez-vous pour faire pipi sur le bateau ? » demanda l'auteure aux hommes à qui elles rendirent visite à Maribyrnong. Sœur Margaret ferma les yeux.

« Il y avait un seau, dit l'un d'eux. Ou alors par-dessus bord.

– Pourquoi avoir fui ? demanda l'auteure.

– Nous étions en danger.

– À quoi ressemble la vie en camp de détention ? »

Ils la regardèrent, le visage gris.

« À l'enfer, finit par répondre l'un des hommes.
– À absolument rien. Constamment.
– Ça n'a aucun sens. »

L'auteure notait leurs paroles sur un carnet, le front plissé. Le carnet et le tampon sur son poignet étaient rouges. Ces tampons les désignaient comme visiteuses du centre de détention, où des demandeurs d'asile faisaient les cent pas derrière les clôtures. Sœur Margaret leur rendait régulièrement visite, dès qu'elle parvenait à mettre la main sur des noms, seules clefs capables d'ouvrir les portes sécurisées du centre. Elle apportait des cookies et du cassoulet. *On ne vous a pas oubliés*, disait-elle aux hommes. *Nous savons que vous êtes ici. Nous connaissons vos noms.*

« Il est temps que nous y allions, dit sœur Margaret. Nous avons une autre visite à faire. »

Elle dit à l'auteure qu'elles se rendraient au centre de détention de Broadmeadows, où se trouvaient des mineurs isolés. Elle avait mis de côté un cake à la banane rien que pour eux.

Sa voiture s'engagea sur l'autoroute, sous le soleil déclinant.

« Vous avez fait ça toute votre vie, dit l'auteure.
– Pas toute ma vie. Même si moi-même j'ai cette impression.
– Comment avez-vous commencé ?
– Ça a été un appel, répondit sœur Margaret.
– Comment ça ?
– C'est comme d'entendre votre nom sur votre radio-émetteur, quand vous êtes seule dans une station d'élevage, mais que quelqu'un, très loin de vous, sait que vous êtes là. Et ce quelqu'un a quelque chose de très urgent à vous dire. Quelque chose à vous demander. Quelque chose que vous vous devez de faire. »

L'auteure dit : « Je ne comprends pas.

– Dites-moi un peu, fit sœur Margaret. Pourquoi est-ce que vous, une Américaine, tenez à écrire ce livre. »

Plusieurs voitures les dépassèrent.

« Bonne question, finit par répondre l'auteure. Je me la suis posée de nombreuses fois.

– Et ?

– J'aurais envie de vous dire par bonté, ou poussée par une saine colère. Par la volonté de réparer ce monde. Mais ce ne serait pas vrai. »

Un plus long silence.

« Ça refuse de me lâcher, dit l'auteure. Ça ne me quittera que quand ce sera fini. Et il n'y a là-dedans rien de bon ou de mauvais, rien de noble ou d'égoïste. C'est comme ça, tout simplement.

– Dans ce cas vous savez déjà ce que c'est, un appel.

– Tout ce que je comprends, c'est que je n'y comprends rien. »

En s'engageant dans le parking, sœur Margaret répliqua : « Alors c'est que vous êtes bien plus avancée que la plupart d'entre nous. »

Au centre, l'auteure consulta ses notes et mitrailla de questions les jeunes hommes. Elle griffonnait les réponses si furieusement que sœur Margaret, rien qu'à la regarder, en avait des crampes à la main.

« Où est votre famille ? Est-ce qu'elle vous manque ? Vous pouvez joindre vos parents ? »

« Quand êtes-vous parti ? »

« À quoi ressemblait votre vie d'avant ? »

« À quoi ressemble votre vie maintenant ? »

« Qu'est-ce que c'est que de vivre ici ? Êtes-vous bien traité ? »

« Depuis combien de temps attendez-vous ? »

« Quand pensez-vous qu'ils vous relâcheront ? »

Un jeune garçon leur apporta discrètement des toasts dans une assiette en polystyrène et des verres en polystyrène remplis d'eau. Rien en ce lieu n'était permanent : ni la nourriture, ni les couverts, ni les jeunes garçons eux-mêmes. Sœur Margaret ne savait tout cela que trop bien.

« Ça suffira pour aujourd'hui », déclara-t-elle.

L'auteure demanda : « Nous allons autre part ? »

Elles se rendirent à l'église qui accueillait le Centre communautaire de réfugiés de Richmond, et descendirent la volée de marches qui menaient au sous-sol.

« Je vous présente Mme Sorisho, dit sœur Margaret. Samuel. Mohammed. Et Grace.

– Enchantée, dit l'auteure.

– Désolée pour le retard, fit sœur Margaret.

– Aucun problème, répondit Mme Sorisho. Tenez, prenez une assiette. Asseyez-vous et mangez. »

L'auteure dévora le pain, les pois chiches et le bouillon avec la voracité de quelqu'un qui avait essayé de survivre en ne mangeant que des pommes.

« D'où venez-vous ? » demanda-t-elle.

« Pourquoi êtes-vous venu ici ? »

« En quoi la situation était-elle intenable, là-bas ? »

Sœur Margaret se frotta la nuque, souhaitant plus que tout se retrouver dans sa petite chambre du Sanctuaire de St Kilda, ses draps blancs, propres et frais, et ses fleurs sauvages dans une bouteille de verre bleu. Elle ne passait que très peu de temps dans cette chambre propre et ordonnée. Quand elle n'était pas occupée à balader une Américaine totalement dépourvue de tact, elle passait ses journées à rencontrer des avocats et à contacter tout parlementaire qu'elle jugeait susceptible de l'écouter.

« Le gouvernement avait mis votre téléphone sur écoute ? »

« Que faites-vous à présent ? »

« Avez-vous vu votre fils ? Ne serait-ce qu'en photo ?

– Non, répondit Samuel. Je ne l'ai jamais vu. Il a deux ans. Je suis cariste - je déplace des palettes de fruits. C'était impossible, comme situation. Ils m'écoutaient constamment. »

Mme Sorisho dit : « Vous êtes auteure. Bien. Vous allez écrire sur tout ça ? »

Mohammed dit dans un large sourire : « N'oubliez pas de préciser à quel point je suis beau et intelligent.

– Parce qu'il faut qu'ils sachent, le gouvernement australien doit savoir que nous sommes des êtres humains, que leurs lois nous font du mal –

– J'essaierai », dit l'auteure en déglutissant.

Ce soir-là, il y avait beaucoup à faire au centre : une levée de fonds à organiser, plus le planning des manifestations et des visites en centre de détention. Quand l'auteure se mit à dissimuler derrière sa main d'énormes bâillements qui se succédaient comme les vagues sur la grève, sœur Margaret lui tapota l'épaule.

« Il y a une famille que vous devriez rencontrer, mais ils ne sont pas là ce soir. Les Daizangi. Les enfants sont adorables. Combien de temps restez-vous ?

– Mon avion décolle demain matin.

– Tant pis. Allez, je vais vous raccompagner à votre auberge de jeunesse. »

Dans le doux bleu du crépuscule, les vitrines éclairées et les réverbères défilaient derrière les vitres de la voiture. La tête tournée, l'auteure contemplait le paysage d'un regard absent. De son pouce, elle triturait le carnet posé sur ses genoux.

« J'ai posé les mauvaises questions, n'est-ce pas ?

– À votre place, dit sœur Margaret, je les aurais interrogés sur leurs joies.

– Leurs joies ?

– Quand vous n'avez rien, pas même la moindre raison d'espérer, quand les chances de vous en sortir sont quasi nulles et que non pas un, mais deux gouvernements sont contre vous, comment faites-vous pour rire ? Comment faites-vous pour rester sensible à la beauté ? Comment parvenez-vous encore à faire preuve de bonté et d'amour ?

– C'est vrai. Je n'y avais pas pensé.

– Souffrir, c'est à la portée de n'importe qui. Mais la joie - c'est cela qui est difficile. Interrogez-les sur la joie.

– La prochaine fois, dit l'auteure. Je n'y manquerai pas. »

CHAPITRE QUINZE

Sept jours avant la date fixée pour leur déportation, en rentrant chez elle, Firuzeh trouva un amoncellement de casseroles, de poêles et de récipients sur le comptoir de la cuisine et sur toute la surface du dastarkhān.

Mange, dit Abay d'une voix barbelée. Inutile d'attendre.

Les yeux d'Abay étaient gonflés à force d'avoir pleuré, mais cela n'avait plus rien d'inhabituel. Firuzeh se fraya un chemin précautionneux entre les poêles pour serrer Abay dans ses bras, aussi fort qu'elle le put. Son nez frotta contre le tissu du chemisier d'Abay, et elle sentit une nouvelle odeur, astringente et sèche.

Où est Nour ? demanda Firuzeh.

À son entraînement de foot.

Encore une chance ! Sans quoi il ne resterait plus rien. D'où ça vient, au fait, toute cette nourriture ? Sœur Margaret a dit à tout le monde qu'on mourait de faim ?

Mange, janam. Ne me pose pas de questions, aujourd'hui.

Firuzeh ouvrit un paquet de papier aluminium et mit un bout de pain chaud dans sa bouche.

To po hin ?

Je mangerai plus tard.
U eu pa kch'ahond ?
Attendre Atay ? Non.
Firuzeh retira couvercles, papier aluminium et film alimentaire. Elle remplit son assiette à ras bord d'aubergine, de poulet, d'agneau, de bouillon, de ragoût, de palaw, de sabzi et de pain moelleux. Le bruit de sa mastication résonnait bruyamment à ses propres oreilles. Abay se tenait à la fenêtre, les doigts noués les uns aux autres, le regard à la fois partout et nulle part.
Après qu'elle eut fini la montagne de nourriture que contenait son assiette, Firuzeh se lécha les doigts et déclara d'une voix claire dans le silence : Nour va croire qu'il est mort et qu'il est arrivé au paradis.
Le menton de sa mère fut pris d'un soubresaut.
Firuzeh observa attentivement le labyrinthe de plats, puis se leva d'un bond et fila dans la cuisine, son assiette à la main.
Tu veux savoir à quel point je t'aime ? Je vais faire mes devoirs. Alors que ça ne sert plus à rien. Quelle différence ça fait d'avoir de bonnes ou de mauvaises notes, maintenant.
Abay saisit un torchon et se mit à frotter une tache invisible sur le plan de travail. Encore, et encore. Les lèvres fortement pincées. Comme pour s'empêcher de parler.
Une heure passa à une allure de limace. Le crayon de Firuzeh parcourait de vastes déserts blancs, pistant en gris des substantifs, des verbes et des prépositions, mais au bout d'un moment, elle succomba à l'ennui et se mit à dessiner des diamants et des damiers.
Dehors, la portière d'une voiture claqua. Des pas heurtèrent les dalles brisées qui menaient jusqu'à la porte. Puis le nez de Nour, suivi du reste, s'engouffra à l'intérieur, pointant aussitôt telle l'aiguille d'une boussole en direction du nord magnétique de son estomac.

Un festin ! glapit-il. Maman ! Quand est-ce qu'on mange ?
Je t'en prie, répondit Abay. Vas-y.
Les doigts frémissant au-dessus d'un plat de kofta kebab, Nour se figea.
Abay, qu'est-ce que tu viens de dire ?
Je t'ai dit que tu pouvais manger quand tu voulais.
Il porta le kebab à sa bouche, puis se redressa soudain sur la pointe des pieds et posa la main sur le front d'Abay. Firuzeh, je crois qu'Abay est malade. Tu peux venir voir si elle a de la fièvre ?
Mange, dit Abay en posant une assiette sur le dastarkhān. Mange et ne m'embête pas.
Mais je n'ai pas pris ma douche ! Je ne me suis même pas lavé les mains –
Je m'en fiche.
Nour se mit à danser tantôt sur un pied, tantôt sur l'autre, déchiré par le dilemme. Oui mais pas Atay, et il va bientôt rentrer. Je vais d'abord prendre ma douche. Merci, maman !
Il disparut. Elles entendirent le crachotis de l'eau sur le carrelage. Abay rangea l'assiette dans le placard et de nouveau, parut dépouillée de toute vie.
Il était huit heures du soir. Puis huit heures et demie. Nour, propre, ses cheveux mouillés, décoiffés, avait englouti la majeure partie des plats qui refroidissaient. Il était à présent étalé par terre, repu, le ventre rond. Le tic-tac de l'horloge était acéré, assourdissant.
Nour demanda : Atay ne devrait pas être déjà à la maison ?
Abay, renchérit Firuzeh, quelque chose ne va pas ?
Nour fit : À part le fait qu'on va se faire déporter la semaine prochaine.
Abay déclara : Atay ne rentrera pas à la maison.
Où est-il allé ? lança Nour. Il a fugué ? Il m'a volé mon idée ?

Abay serrait des pans de sa jupe dans ses poings fermés. Oui, Nour, finit-elle par répondre. C'est ça.

Nour dit : Tant mieux. Comme ça je le retrouverai quand moi aussi je fuguerai.

La sonnerie de la porte brailla.

La mère de Shirin se tenait sur le seuil, avec sa fille. Les deux adolescentes s'observèrent à travers la moustiquaire.

J'ai appris la nouvelle par Rahima, dit la mère de Shirin en brandissant une casserole couverte. Je suis tellement désolée. Je vous ai apporté de la halwa. C'était écrit - qu'aurait-il pu faire ? Cette voiture qui est tombée lui était destinée. Vous tenez le coup ? Les enfants tiennent le coup ? Voulez-vous que je m'occupe de remplir des documents à votre place ?

Non, non, entrez, je vous en prie, parvint à répondre Abay. Nous allons bien.

Elles firent un cercle par terre autour de la halwa. Personne ne se pencha pour en couper une part.

C'est vraiment tragique, dit la mère de Shirin. Il n'était pas vieux. Ils auraient dû remarquer l'usure des tuyaux du pont élévateur. Le cousin d'Ali Reza est hors de lui. Et à raison. Comme si vous aviez besoin de ça, après le non-renouvellement de vos visas... La vie est bien cruelle avec vous. Vous pensez qu'ils vont reporter votre déportation ?

Je n'en sais rien, répondit Abay.

Nour demanda : Abay, de quoi elle parle ?

Et maintenant vous voilà seuls, tous les trois. Comme c'est triste !

Mais non, dit Nour. Atay est courageux et rusé. Il se débrouillera mieux que moi dans le bush. Aucun serpent n'arrivera à lui faire du mal. Il va très bien s'en sortir.

Le regard de Shirin rampa de Firuzeh à Nour, puis de Nour à Firuzeh. La mère de Shirin avait les yeux écarquillés.

Est-ce le deuil qui obscurcit le jugement de vos enfants ? Votre père est mort, et il a été enterré aujourd'hui. Un accident de travail. Bahar, vous leur avez –

Vous mentez, dit Nour. Vous êtes une menteuse. Ou une malade mentale. Abay, qu'est-ce qu'elle fait chez nous ?

Ma mère n'est pas une menteuse, dit Shirin.

La mère de Shirin dit, sans méchanceté : Ne fais pas l'aveugle. À ton avis, pourquoi y a-t-il autant de nourriture chez toi ?

Je – À genoux, Nour tourna sur lui-même, considérant la mosaïque de plats dépareillés. Non. Atay a fugué. Vous vous trompez.

Abay dit : Nour. Ça suffit.

Dis-lui. Dis-lui qu'elle a tort.

La mère de Shirin fit : J'ai toujours été d'avis que dire la vérité aux enfants dès le début, ça épargne bien des migraines par la suite.

Pourquoi tu ne lui dis pas qu'elle a tort ? s'écria Nour.

Tu as oublié les bonnes manières, Firuzeh ? lança Abay. Ressers du thé à Khanem Farrokhzad.

Oh, non merci, nous devons y aller. Shirin ?

Oui, maman.

Les mains de Firuzeh tremblaient. Du thé s'échappa du thermos qu'elle tenait et lui ébouillanta les doigts.

Abay referma la porte sur leurs invités.

Firuzeh, mets cette halwa au frigo.

Et les autres plats ?

Pareil. Autant que tu pourras en caser dedans.

Nour demanda : Pourquoi tu ne lui as rien dit ?

Abay soupira, empila tasses et plats vides, et déposa toute la vaisselle dans l'évier.

Dans leur chambre, la lumière éteinte, Nour dit : C'est une amie à toi, cette fille ? Sa mère est méchante. C'est une kos-e-fil.

Firuzeh dit : Nour. Atay est mort.

Me dis pas que tu l'as crue.

Pourquoi aurait-elle menti ?

Pourquoi Abay aurait-elle menti ?

Pour nous protéger, dit Firuzeh. Puis, après un long moment : Ce qui fait de toi l'homme de la maison, à présent.

À l'autre bout de la pièce, Nour demeura immobile.

Un souffle lent et doux.

C'est vrai ? Atay est mort ?

Oui.

Putain.

Nour –

Je n'ai pas envie de parler. Je veux dormir.

Nasima dit : Quel malheur.

C'est toi qui as fait cela ? siffla Firuzeh.

Moi ? Qui a maudit son propre père en souhaitant sa mort ? Tu as eu ce que tu voulais.

Je ne voulais pas ça !

C'est vrai que ça aurait pu mieux se passer.

Rends-moi Atay.

Je ne peux pas. Et puis, si tu avais à choisir - Atay ou ici ? La vie de Nour, celle d'Abay et la tienne, ou celle d'Atay ? Je crois savoir quelle décision tu prendrais.

Qui pourrait prendre une décision pareille ?

En tout cas, tu n'as pas eu à le faire.

Nour lança : Firuzeh ? À qui est-ce que tu parles ?

Va voir, dit Nasima, dans la poubelle.

Firuzeh repoussa sa couverture. Pieds nus, elle traversa furtivement le couloir, appuya sur l'interrupteur, et plissa les yeux dans la lumière blanche et crue. Lorsque ses pupilles se furent adaptées, elle fouilla dans la poubelle, entre les sauces et les restes, les feuilles de thé, les trognons de pommes, les mouchoirs humides. Ses doigts se refermèrent sur une curieuse écaille noire : un bout de papier brûlé.

Et un autre.

Et un troisième.

Le plus gros laissait deviner une feuille quadrillée bleu pâle et les vestiges d'un mot écrit au stylo. *Amour* –

À l'autre bout du couloir, une porte s'ouvrit.

Abay entra dans la cuisine, sa main en visière.

Au nom de Dieu, le miséricordieux, qu'est-ce que –

Firuzeh, les mains plongées dans les ordures, dit : Atay a laissé un mot. Pas vrai.

Quoi ?

Firuzeh trouva une quatrième bribe calcinée, et la déposa à côté des autres. S'il te plaît, Abay. Je suis assez grande. Et j'en sais assez.

Janam, tu ne sais pas ce que tu fais.

Abay recueillit les fragments et les déchira en plus petits morceaux, puis plongea son poing serré dans les ordures pour les y enterrer.

Voilà. Maintenant lavons-nous les mains.

L'eau froide sur la peau de Firuzeh la tira de sa stupeur.

Abay. Je t'en prie, dis-moi. A-t-il dit pourquoi ?

Parce qu'il nous aimait. Atay a décidé de mourir pour nous. Tu ne dois jamais répéter cela à quiconque.

Pas même à Nour ?

Surtout pas à Nour.

Firuzeh s'essuya les mains avec un torchon, se retourna, et son regard se planta dans celui de son frère. Abay, qui rinçait des bouts de coquille d'œuf sur ses avant-bras, ne remarqua rien.

Nour serra sa couverture autour de lui et se retira aussi silencieusement qu'il était venu.

CHAPITRE SEIZE

Deux jours plus tard, Nour ne rentra pas à la maison.

Tout ce qu'on savait, c'était qu'entre le cours de musique et celui de mathématiques, il était sorti de l'école pour se volatiliser complètement.

Abay téléphona au collège de Firuzeh et demanda à ce qu'elle rentre chez eux.

J'ai déjà parlé à la police, dit-elle. Ils sont à sa recherche. Tout le monde est à sa recherche. Et pour quoi faire à la fin ? Pour le déporter. Il y a de quoi désespérer de Dieu.

Ses yeux étaient pochés, ses épaules affaissées.

Firuzeh dit : Nous aussi, on pourrait le rechercher ?

À quoi bon ? Pour qu'une bombe ou une balle ait raison de lui à Kaboul ? Abay poussa un rire dur et amer. Là-bas, toi et lui vous ferez remarquer comme des diamants dans le charbon. Vous mourrez. Nous mourrons tous les trois. Mais peut-être que Nour a une chance de s'en sortir, s'il reste ici –

Tu as appelé les parents de Jake ?

Ils m'ont dit qu'ils ne l'avaient pas vu.

Mais c'est ce qu'ils diraient, non ? S'ils le cachaient chez eux ? Firuzeh décrocha le téléphone. C'est quoi, leur numéro ?

La mère de Jake répondit : Comme je l'ai dit à ta mère tout à l'heure, je ne sais rien du tout. Mais Jake est rentré de l'école. Je vais te le passer. Jake !

Alors c'est toi, la sœur de Nour, dit Jake.

Est-ce que Nour t'a dit quelque chose ?

Des bêtises, une histoire de bush, de volcan, et de foot. Je croyais qu'il blaguait. Je l'en aurais empêché si j'avais su. Je te le jure.

Firuzeh raccrocha le combiné. Abay, je vais partir à sa recherche.

Fais ce que tu veux.

Tu peux me donner cinq dollars ?

Si tu as décidé de fuguer toi aussi, il te faudra bien plus que cinq dollars.

Abay, je ne m'enfuirai pas.

Dans ce cas ne t'éloigne pas trop.

Nour ne se trouvait dans aucun des parcs voisins de son école. Firuzeh cria son nom jusqu'à en avoir la voix cassée. Sans recevoir la moindre réponse.

Nasima dit : Quand bien même tu marcherais des heures et des heures, jamais tu ne pourras inspecter toutes les maisons, tous les jardins et tous les commerces dans lesquels il a pu se cacher.

Tu n'es venue que pour me rabaisser ?

Ça peut sembler curieux, mais ton histoire est nécessaire à la mienne.

Tu es vraiment un cauchemar, toi. C'est ça, le fin mot de l'histoire. Tu es jalouse et affamée parce que tu es morte et que je suis vivante, et c'est pour ça que tu me dévores. Une histoire après l'autre, une bouchée après l'autre. C'est à cause de toi que Gulalai n'est plus là, et qu'Atay est mort, et que Nour a disparu. Toi et ton aide. Je n'en veux pas. Va-t'en.

Dis-le trois fois et je m'en irai pour de bon, dit Nasima, le visage sombre et immobile. Mais écoute-moi d'abord. As-tu demandé aux djinns où était ton frère ? Ils ont le pouvoir de parcourir le monde entier d'une simple pensée.

Ah oui, je vais enfiler mes chaussures de fer et gravir le mont Qaf pour aller leur parler... Tu crois que la vie est un conte de fées ?

Je suis sérieuse.

Dégage, Nasima.

Ça fait deux fois. Attention.

Ah !

Si tu es trop obstinée pour demander, je le ferai pour toi. Et pour Nour. Jadis, moi aussi j'avais des frères.

Nasima ferma les yeux, comme pour écouter. Très bien, imbécile, dit-elle. Prends le train jusqu'à South Yarra. Nour est au jardin botanique. Fais vite.

Je ne te crois pas, dit Firuzeh.

Ne me crois pas si tu veux. Mais c'est là-bas que se trouve ton frère. Et si tu ne le retrouves pas, toi, ce sera quelqu'un d'autre qui le trouvera. Les djinns se passent le mot, et à présent ils savent tous qu'un garçon solitaire erre à Melbourne. Bientôt les div et les peris l'apprendront, eux aussi. Et ta mère t'a déjà parlé des griffes rouges des peris et des crocs acérés des div, n'est-ce pas ?

Pourquoi y aurait-il des djinns, des div et des peris ? Les histoires ne sont pas les mêmes en Australie.

Les histoires vont là où les gens vont, dit Nasima. Elles résident dans les rêves, les récits, les souvenirs. Cela fait plus d'un siècle que les djinns se sont établis ici. Ils sont venus avec les premiers Afghans, l'endroit leur a plu, et ils sont restés.

Comme toi tu es venue ici avec moi.

Je te suivrai n'importe où. Contrairement à Nour. Même si tu retournes en Afghanistan.

Nasima sourit.

Peut-être vaut-il mieux que les peris trouvent Nour avant toi. Il sera plus en sécurité avec eux, et puis de toute façon, tu ne l'as jamais vraiment aimé.

Firuzeh ferma les yeux. Je ne t'entends pas. Tu n'existes pas pour de vrai. Je suis normale. Tout va bien. Nour est juste en train de piquer une crise, et il finira vite par rentrer. Nasima, nous n'avons jamais été amies. Les filles vivantes, les filles normales, ne parlent pas avec des filles mortes. Va-t'en et ne reviens plus.

Elle saisit le caillou blanc au fond de sa poche et le jeta sans regarder où, aussi fort qu'elle le put.

Lorsqu'elle rouvrit les yeux, le monde était vide. Une certaine lumière l'avait quitté. Firuzeh sut avec une douloureuse certitude qu'elle ne reviendrait plus jamais.

Les feuilles mortes roulaient le long du sentier, leurs pointes acérées raclant le béton.

Dans la gare, Firuzeh acheta un ticket tarif réduit et attendit le train.

Le wagon dans lequel elle monta était rempli d'élèves. Ils se battaient avec leurs stylos, leurs coudes, leurs genoux, brandissant leurs sacs et leurs cartables comme des boucliers, riant et s'échangeant des bourrades. Firuzeh n'éprouvait pour eux qu'une haine noire et absolue. Aucun d'eux n'avait à se soucier d'une déportation, d'un frère disparu, d'une mère brisée et du vide qu'avait laissé Atay.

Elle descendit à South Yarra.

Elle n'eut à marcher que quelques minutes pour atteindre l'entrée sud du jardin botanique. Dans le creux de l'année, la végétation dormait. Palmiers et eucalyptus rayaient les pelouses vertes d'ombres bleues. Les bourgeons retenaient leur souffle en attendant le printemps.

Des panneaux l'aiguillèrent vers un volcan, qui s'avéra être un triste bassin surélevé en béton, recouvert de bâches et momentanément condamné par des barricades. Des succulentes sommeillaient sur ses flancs.

Aucun signe de Nour.

Elle se tourna vers le lac. Des colverts s'approchèrent d'elle, coupant à travers une épaisse nappe de lentilles d'eau. Sur la rive opposée, un cygne noir becquetait des miettes qui flottaient. Firuzeh cria le prénom de son frère. Les canards changèrent de cap.

Nour n'était pas là non plus.

Des carillonneurs invisibles chantaient des notes argentines dans les frondaisons. De petits chiens blancs trottaient sur les sentiers, tirant derrière eux des femmes en jogging et blazer.

Le Yarra scintillait comme du verre pilé.

Firuzeh quitta le jardin pour longer le fleuve. De jeunes couples s'enlaçaient, faisaient la moue et prenaient des photographies. De vieux couples claudiquaient et secouaient leurs cannes.

Tout en haut d'un piédestal, la reine Victoria dardait un regard sombre en contrebas, avec une expression qui rappelait celle de Gulalai. Quelqu'un avait dessiné des moustaches noires aux nymphes de marbre qui l'entouraient.

Nour, appela Firuzeh, la voix froissée comme une feuille roulée en boule. Nour, c'est moi. Nour, où es-tu ?

Ici.

Nour était assis au pied d'une statue de bronze, les bras enserrant ses genoux. Son visage était sale, ses yeux rougis.

Qu'est-ce que tu fabriques ?

Je fugue, imbécile. Je t'avais prévenue, non ?

Tout le monde te cherche.

Mais personne n'en a rien à faire. Pas vraiment. Si tu ne t'en fichais pas, tu m'aurais trouvé il y a déjà des siècles.

Je ne suis ni aussi maligne ni aussi rapide que tu le crois.

Est-ce qu'Abay est en train de me chercher ?

Firuzeh ne répondit pas.

Ouais. C'est bien ce que je pensais.

Elle - Nour, ça ne fait que deux jours.

Abay nous a menti. Tout le monde nous ment.

Oui.

C'est pas juste. Rien de tout ça n'est juste.

C'est vrai.

Alors tu es venue ici pour me traîner jusque chez nous ?

Pas si tu t'y opposes.

Firuzeh s'assit à côté de lui.

Nour demanda : Toi aussi, tu fugues ?

Non.

Alors pourquoi tu es là ?

Firuzeh tapota le nez de bronze froid de la statue. C'était une curieuse créature, recouverte de spirales, bleuâtre par endroits, ici, dorée, là, verte.

Je suis venue écouter.

Écouter ?

Raconte-moi une histoire. Celle que tu veux.

Nour regarda ses pieds.

Je ne sais pas par quoi commencer.

Il était une fois et il n'était pas une fois –

Je suis pas crétin. Je veux la raconter en anglais. Il était une fois...

Il était une fois...

Un garçon. Un garçon normal, tout ce qu'il y a de plus banal. Il n'était pas méchant, et il n'était pas gentil. Son papa criait parfois. Sa maman pleurait et mentait. Sa sœur était méchante.

Il avait des amis, mais tous disparaissaient. Des choses terribles arrivaient à certains d'entre eux. Il en rêvait, il rêvait qu'il pouvait les voir, leurs bouches cousues, ou leurs doigts tombant phalange après phalange dans la rue où une bombe explosait. Des choses terribles étaient aussi arrivées au garçon, mais elles appartenaient au passé, il arrivait à les oublier. Sauf quand il s'endormait. Là, les rêves qu'il –

Il frissonna.

Quand il était en colère, il n'arrivait pas à décolérer. Pas avant un très, très, très long moment.

Sauf quand il courait. Courir, ça l'aidait. Et les gens aimaient ça, quand il interceptait une passe ou marquait un but. Les gens l'aimaient bien, *lui*. Un garçon l'avait même embrassé. Et il avait cessé de rêver. Les choses étaient alors rentrées dans l'ordre.

Et puis son chez-lui décida de le recracher. Lui, et sa famille. Son père, détruit à l'intérieur, décida de mourir. Comme si toutes les mauvaises choses l'avaient observé tout ce temps, avaient patiemment attendu. Et à présent, elles fondaient sur lui.

Alors le garçon fit la seule chose qu'il pouvait faire.

Nour se tut.

Qu'est-ce que le garçon fait après ça ?

Je n'ai pas encore décidé. Mais – Il lui jeta un bref regard réprobateur. Il n'y aura pas de serpents.

Raconter des histoires, ce n'est pas facile. Même quand on sait comment elles doivent finir. Et vivre, c'est encore plus dur.

Tu es sûre que tu ne veux pas fuguer avec moi ?

Firuzeh dit, Je ne peux pas laisser Abay prendre cet avion toute seule. Elle a besoin de moi, Nour. Elle a besoin de toi aussi. Même si elle ne le sait pas. Même si elle ne le dira jamais.

Il fit tourner sept fois l'idée dans sa bouche, pencha la tête, et ferma les yeux de toutes ses forces. Pour finalement opiner.

Firuzeh demanda : Tu as trouvé une jolie fin ?

Oui, répondit-il, et il lui prit la main.

La créature de bronze leur sourit.

Et c'est quoi, ce machin-là ? lança Firuzeh alors qu'ils se levaient, époussetant leurs vêtements où s'étaient accrochés brins d'herbe et feuilles roussies.

Y a écrit *djinni* sur la plaque. Je l'ai trouvé sympa, alors je me suis assis à côté.

Firuzeh écarquilla brièvement les yeux.

Merci d'avoir veillé sur lui, fit-elle à la statue. Dis à Nasima que je suis désolée, s'il te plaît.

Nasima ? La fille du bateau, celle qui est morte ?

Firuzeh dit : Elle a envoyé le djinni veiller sur toi. Les djinnis volent plus vite qu'une pensée, tu sais. Rentrons, maintenant.

CHAPITRE DIX-SEPT

Sœur Margaret appela pour leur annoncer la nouvelle. La déportation était reportée de six mois.

Pour des raisons humanitaires, dit-elle. C'était la version officielle. Mais d'un point de vue politique, il aurait été plus que déplacé d'appliquer cette décision après une telle tragédie familiale. Les journalistes s'en seraient donné à cœur joie. Personne n'en doutait.

Dans ce soudain relâchement du temps se précipitèrent des factures qui de nouveau nécessitaient d'être réglées, des coups de téléphone appelant à l'indulgence, des formulaires d'assurance, des profusions de demandes de pardon de la part du cousin d'Ali Reza, des condoléances, des mots de professeur, des entraînements de foot et des devoirs à faire à la maison. Ni Abay, ni Firuzeh, ni Nour n'eurent une minute à consacrer à leur ressenti, pas même une seconde pour faire leur deuil.

Abay les conduisit à la finale de Nour dans la voiture rouillée et toussoteuse d'Atay. Lorsqu'ils arrivèrent au terrain multisport, Nour descendit du véhicule comme une tornade. Firuzeh et Abay gravirent la tribune tandis qu'il rejoignait ses coéquipiers au centre du terrain. D'autres familles piochaient du coca et du sirop dans leurs glacières bleues.

Nour eut beau donner le meilleur de lui-même, bondissant et plongeant sans arrêt, trois ballons lui filèrent sous le nez et se plantèrent au fond du filet. Il fut envoyé sur le banc, et Aaron prit sa place dans les cages. Abay se leva et fit de grands mouvements de bras.

Une fille blonde lui jeta un regard et éclata de rire.

Rougissante, Firuzeh saisit Abay par le coude et la tira à elle.

Janam, pourquoi est-ce que je devrais me rasseoir ? Je lui fais coucou.

C'est embarrassant, maman.

Ah bon, saluer son fils, c'est embarrassant, maintenant ? Il ne savait même pas où nous étions.

Si j'ai tort, pourquoi est-ce que Nour nous ignore ?

Oui, c'est idiot. Il devrait nous faire coucou, lui aussi.

Nour passa le reste du match sur le banc, tandis qu'Aaron, l'enthousiaste Aaron, Aaron aux pieds de vache trébuchait et ratait sans cesse le ballon. À chaque erreur, les épaules de Nour s'affaissaient un peu plus. Le dernier coup de sifflet finit par retentir : le match était terminé. L'équipe de Nour avait perdu, un à trente-deux.

En s'arrachant un sourire, Nour dit : L'équipe va aller au MacDo, maman. Est-ce que je peux –

On n'a pas l'argent pour ça, dit Abay.

Tu ne veux jamais qu'on s'amuse, dit-il, si fort que des têtes se retournèrent autour d'eux. Avec toi, c'est toujours : qu'est-ce que les gens vont penser ? Ce qu'ils pensent, c'est : quelle mère horrible. Ce qu'ils pensent, c'est : quel pauvre enfant.

Nour, grinça Abay entre ses dents.

J'aurais dû fuguer jusqu'au bout. J'aurais dû ne jamais revenir à la maison.

Eh bien reste ici si tu veux ! répliqua sèchement Abay.

Elle partit en trombe en direction du parking. Firuzeh lui emboîta le pas, jetant un coup d'œil à son frère par-dessus son épaule, tous les cinq ou six pas.

Viens, dit-elle. Nour !

Je n'irai pas.

Jake apparut alors à côté de lui, le prenant sous son bras.

Tu viens avec nous au MacDo, hein ?

Ouais, dit Nour, sans quitter Firuzeh des yeux. Si tu me déposes.

Ce garçon ! s'exclama Abay en claquant la portière. Le portrait craché de son père ! Irresponsable, insouciant, irréfléchi –

Atay était terrifié. Peut-être que Nour aussi –

Ne parle pas comme ça de ton père !

Mais tu –

Ses mains serrant le volant comme des étaux, Abay freinait et accélérait, freinait et accélérait, réduisant Firuzeh au silence par ces brusques à-coups. Firuzeh baissa sa vitre et inspira l'air frais et miséricordieux.

Est-ce que je t'ai déjà raconté la suite de l'histoire ? Celle de Khastehkhomar ?

Maman, rien ne t'oblige à –

Eh bien la femme du bûcheron et Bibinegar brûlèrent la peau de serpent de Khastehkhomar, afin qu'il ne puisse plus se transformer en serpent. Et Khastehkhomar dit à Bibinegar : Adieu. Si tu n'avais pas brûlé ma peau, nous aurions pu vivre heureux des siècles durant - mais bien sûr ! Comme si une seule femme au monde avait un jour souhaité épouser un serpent, quand bien même celui-ci se changerait en homme la nuit ! Il lui dit, À présent je dois retourner sur le mont Qaf, où vivent mes parentes peris. Ne te reverrai-je donc jamais plus, lui demanda son épouse, toi que j'aime plus que la vie ? Il lui répondit, Uniquement si tu marches assez longtemps pour user sept paires de chaussures en fer. Et il disparaît. Et elle, cette imbécile, enfile des chaussures de fer et marche pendant un an et un jour.

Au bout d'une année, elle demande à qui sont ces champs qu'elle traverse, et partout la réponse est la même. C'est la dot versée par Khastehkhomar pour Bibinegar. Et ces ânes ? Pareil. Et ces puits ? Aussi. C'est ainsi que Bibinegar comprend qu'elle approche du mont Qaf.

Elle fait parvenir son alliance à Khastehkhomar par l'entremise de son serviteur, afin qu'il sache que son épouse vient à sa rencontre. Et il se présente à elle très embarrassé. Ô Bibinegar, je suis fiancé à une démone. Mais que dirais-tu de devenir notre servante, le temps que je trouve quoi faire de toi ? Et elle s'exécute. Elle cuisine, elle nettoie, et elle déjoue les ruses des peris, la mère et la tante de Khastehkhomar, qui n'aimeraient rien mieux que de la manger toute crue. Enfin le jour du mariage arrive. Les peris décident de se servir des doigts de Bibinegar comme de chandelles. Ô Khastehkhomar, que dois-je donc faire ? Nous envelopperons tes doigts de coton, répond-il. Et c'est ce qu'ils font.

Lors de la procession nuptiale, Khastehkhomar et la démone font trois fois le tour de la chambre, et Bibinegar marche devant eux, brandissant ses doigts qui brûlent pour les éclairer. Khastehkhomar, mes doigts brûlent ! Bibinegar, répond-il, mon cœur brûle ! Ce qui ne revient pas du tout au même, tu sais. Puis les jeunes mariés se mettent au lit, et Bibinegar s'allonge sur le seuil de leur porte pour pleurer des larmes amères. Par amour !

Au beau milieu de la nuit, le courageux Khastehkhomar tue sa démone. Ils fuient les peris et redeviennent mari et femme. Mais quel genre de vie est-ce là ? Une vie où tu sais que ton époux ne peut te protéger, où tes pieds sont écorchés jusqu'à l'os, où tes doigts ont disparu.

Firuzeh ne dit rien. Abay cala la voiture contre le trottoir. Elles entrèrent dans l'appartement.

Quel lâche, ce Khastehkhomar, dit Abay. Puis elle s'agrippa au tapis et les sanglots secouèrent tout son corps.

Omid, geignait-elle. Omid, reviens ou je te tue, jigaram, mon époux - espèce de sale con d'égoïste !

Firuzeh prit des mouchoirs et épongea les yeux clos de sa mère et son nez coulant et sa bouche grande ouverte, d'où sortaient des sons terribles.

Ça va aller, maman, disait-elle. Chut. Chhh.

Les mouchoirs s'amoncelant les uns sur les autres formèrent des montagnes avant que les sanglots d'Abay se raidissent et ralentissent.

Firuzeh dit : Allez. On va au lit.

Elle essaya de relever la tête lourde et humide d'Abay. Les cheveux de sa mère ruisselaient sur les poignets de Firuzeh, noirceur parsemée de fils blancs.

Non.

Tu ne peux pas rester par terre comme ça. Tu seras mieux dans ton lit. Peut-être que tu t'endormiras. Je ferai du thé. Je ferai à dîner. Allez, Abay.

À force de persuasion et de caresses, elle arriva à convaincre sa mère de se lever. Un pas chancelant après l'autre, Abay se traîna dans le couloir, avant de se planter sur place, les yeux rivés à la porte de la chambre, jusqu'à ce que Firuzeh l'ouvre.

Abay s'assit sur le lit, poussant de brefs gémissements de colombe blessée, et Firuzeh démêla au peigne sa chevelure poisseuse de sueur. Puis elle souleva la chemise de sa mère, détacha son soutien-gorge dans un craquement, et lui passa au cou sa robe de nuit qui glissa sur ses seins, plus mous qu'avant.

Voilà, dit Firuzeh, ce n'est pas plus confortable, comme ça ? Et si tu te couchais, maintenant, pour te reposer un peu ?
Et Abay, sans résister, obéit.

Firuzeh pleura un bon coup, seule et en silence, puis cassa quatre œufs dans une poêle. À l'instant où ils se mirent à frire, Nour entrouvrit la porte, jeta un coup d'œil à la dérobée, et demanda : Est-ce qu'Abay est là ?
Elle dort.
La porte s'ouvrit plus franchement, et Nour entra.
Quel match, dit-elle.
Ouais. Je sais.
Tu n'aurais pas pu fermer ta grande bouche ?
Allez, fit Nour. Tu vaux pas mieux, toi. Et Abay avait besoin de crier un peu. Elle n'a pas pleuré une seule fois depuis –
Eh bien bonne nouvelle, déclara Firuzeh. Elle n'a pas arrêté.
Ah. Désolé. Il fit tourner son auriculaire dans son oreille. Pour t'avoir laissée t'occuper de ça toute seule.
Tu veux dire pour avoir allumé la mèche et t'être enfui aussitôt.
C'est un peu ça, ouais. Ça s'est pas bien passé du tout ?
Je ne l'avais jamais vue dans un tel état.
Et tu te souviens de la guerre.
Des bouts, des fois. Enfin bref. Le dîner est prêt.
Je me suis fait un MacDo, je meurs pas de faim. C'est quoi, ça ? C'est toi qui as fait la cuisine ?
Quel autre choix j'avais ?
Ouais, c'est pas faux.
C'était bien, le MacDo ?
Tout le monde était assis à la table, à faire des têtes de trois kilomètres en mangeant des frites. Hé, j'ai fait, au moins j'ai pas été déporté ! Personne n'a ri. Je trouvais qu'elle était bonne, ma blague.

Elle est catastrophique.

Faut toujours essayer d'égayer une équipe qui a perdu. Mais même les cheeseburgers y sont pas parvenus.

C'est bien ce que je pensais avoir senti dans ton haleine. Fromage, pickles et oignons.

Je vais me brosser les dents. T'es sûre qu'Abay est endormie ?

Même si elle est réveillée, je pense que tu échapperas à l'engueulade que tu as méritée.

Quel dommage. Sans une discipline de fer, je vais mal tourner, à tous les coups. Et alors –

Qu'est-ce que les gens penseront ? dirent-il simultanément.

Firuzeh sourit.

Si j'ai un jour l'impression que c'est ce qui t'arrive, je te battrai moi-même.

Je sais bien. Il observa une pause. Atay savait quand applaudir. Il était fier de moi. Quand j'ai commencé à porter le numéro 7, il est venu me chercher un jour et il m'a vu marquer un but. Il m'a soulevé, m'a posé sur ses épaules, m'a appelé Rostam, et il a dit qu'il était mon Rakhsh. C'est différent avec Abay. Elle ne sait pas.

Elle finira par comprendre.

Ou alors elle me fera quitter le club.

C'est possible aussi.

Je sais pas ce que je ferais. Si je ne pouvais pas. Si Abay.

Inquiétons-nous de tout ça demain, d'accord ? Il est tard. Allons dormir. Mais avant ça : à la douche. Tu sens les pickles et la transpiration.

Moi aussi je t'aime, jigaram, dit Nour en roulant des yeux. Hé ! Arrête ça ! Ouille !

À la douche, dit Firuzeh en pointant son index. Tout de suite.

CHAPITRE DIX-HUIT

Il faut que je te parle de mon amie, dit Firuzeh.

Comme tu veux, dit Shirin, dont les yeux remuaient de gauche à droite. La fin des cours avait sonné quelques minutes seulement auparavant, la première hémorragie d'élèves s'était déjà résorbée.

Elle s'appelait Nasima. On s'est retrouvés à bord d'un bateau avec sa famille. Ils partaient vivre à Perth, avec ses frères.

Ouais, ouais. Du classique, quoi.

Et puis elle est morte.

Quoi ?

Une grosse tempête nous est tombée dessus. Tout le monde pleurait, priait. Le bateau a failli couler. Quand les vagues ont cessé de nous secouer dans tous les sens, elle avait disparu.

Merde, Firuzeh. Préviens, quoi ! C'est du lourd, là.

Shirin arrêta de se balancer d'un pied sur l'autre et regarda Firuzeh droit dans les yeux.

Elle s'est vraiment noyée ?

Oui. Mais toutes les deux, on s'était promis avant la tempête qu'on resterait toujours amies, quoi qu'il arrive. Alors elle est revenue.

Ta putain de copine morte est revenue.

Parce qu'elle tenait à moi, à sa façon. Elle mangeait des cauchemars pour moi. Elle m'embrassait pour m'endormir. Elle disait que tu n'existais pas vraiment, que rien de tout cela n'était vraiment réel, que j'étais prisonnière d'un autre cauchemar sans m'en rendre compte. Mais qu'à tout moment, je pouvais décider de tout envoyer balader. Je ne la croyais pas. À la fin, je lui ai dit de s'en aller. Et c'est ce qu'elle a fait.

Bien. Sinon je t'aurais dit d'aller voir un psy.

Je tenais à te raconter tout cela. Parce que Gulalai - je crois qu'elle aussi avait quelqu'un comme ça.

Ouais, elle avait pas mal les fils qui se touchaient. Comme toi.

Nous nous ressemblions sûrement sur d'autres choses aussi. Je regrette de ne pas avoir été plus gentille avec elle.

Pas moi.

Et c'est précisément de ça que je parle. Gulalai avait raison.

Firuzeh sourit et s'en alla.

Hé, attends ! Shirin lui courut après. Raison à quel sujet ?

À ton sujet.

Et Firuzeh, à présent sans la moindre amie, rentra chez elle par le plus long chemin.

En mai, alors qu'Abay semblait s'extirper timidement de son accablement, le gouvernement fédéral proclama la fin des TPV. Ils allaient bénéficier d'une protection permanente, dit sœur Margaret.

Abay ne dit rien. Elle raccrocha le combiné, puis le redécrocha pour le jeter à l'autre bout de la pièce. Lorsque le fil spirale atteint sa limite d'extension, le combiné rebondit une fois au sol, et se mit à glisser vers elle en tournant sur lui-même.

Puis elle tira tous les rideaux et alla se coucher. Il se passa très longtemps avant qu'elle ressorte de nouveau de son lit.

Fin novembre, Firuzeh peignait la chevelure à l'abandon d'Abay, pliant et épinglant son foulard, lui rappelant de se brosser les dents avant qu'elle parte travailler quelques heures au MacDo du coin.

Ce salaire suffisait à payer le loyer et la nourriture, avec un peu d'aide. Samuel et Mo passaient souvent réparer ce qu'il y avait à réparer, et déposer des oignons, des tomates, des boîtes d'œufs et des paquets de riz. La professeure d'anglais, Grace, leur apportait à chaque visite des filets d'oranges. Elle continua à venir les voir même lorsque plus rien ne l'y obligea, même lorsque Abay restait assise, figée sur place, sans un mot, le regard vide, à se vider de ses larmes. Lorsque cela arrivait, Grace mettait un crayon dans la main d'Abay, recouvrait la main d'Abay de la sienne, et écrivait les mots qu'elle était censée apprendre ce jour-là.

Bientôt je pourrai travailler, dit Firuzeh. Tu n'auras plus à t'inquiéter à ce titre.

Abay, le regard fixé au mur, dit : –

Tu voudras aller voir Atay, ce week-end ?

Il était enterré dans une sépulture toute simple à Bunurong, au sud de la ville.

–, dit Abay.

Nour protesta, Mais on y est allés le week-end dernier !

Ça lui fait du bien d'y aller. Ça la pousse à parler.

Nour dit, Si on essayait, on pourrait la faire sortir. Là, maintenant, avant que le soleil se couche. Cet après-midi j'ai vu quelque chose qui à mon avis lui plaira.

Tu as entendu ça, Abay ?

Le regard distant glissa sur elle.

J'ai son bras gauche, dit Firuzeh.

Prêt, dit Nour, avant de grogner : On soulève !

Le sommeil et les sanglots avaient dévoré presque toute sa chair, mais les os d'Abay pesaient encore leur poids, et ses deux enfants eurent quelque peine à la hisser. Mais lorsqu'elle fut debout, passive et docile, ils n'eurent aucun mal à la conduire jusqu'à la porte, à chausser ses pieds striés de crevasses, et à la tirer dehors.

Où est-ce qu'on va ?

Nour répondit : N'importe où. Il y en a partout. Mais prenons à gauche.

Ils descendirent la rue et bifurquèrent, remorquant Abay. L'air était chaud, riche d'odeurs de choses qui poussaient. Abay traînait des pieds, la tête basse, les yeux rivés au sol, telle une veuve de guerre.

Encore un pâté de maisons et ils arrivèrent.

Nour dit : Jake m'a expliqué que ça s'appelle des jacarandas. D'ici deux jours elles seront toute marron et sentiront les ordures, mais aujourd'hui...

Aujourd'hui les arbres étaient en fleurs : c'était une délicate profusion de pétales en cloche, de la couleur des nuages crépusculaires. Une odeur épaisse comme celle du miel fit tourner la tête de Firuzeh.

Abay s'arrêta au pied d'un des arbres et leva la tête pour regarder entre les branches tordues. Ses enfants lâchèrent ses bras. Elle posa une main sur le tronc écailleux.

Comme c'est joli, dit Abay. Ils devraient fêter cela. Nous avions l'habitude de nous rendre à Istalif, au printemps, pour voir les arghawan rouge-violet. Vous ne vous en souvenez sûrement pas. Vous étiez très jeunes.

Firuzeh dit, Je m'en souviens.

Nour dit, Pas moi.

Ça aurait plu à Omid. Il avait un faible pour la beauté. C'est pour cela que quelqu'un comme lui a fini avec moi. Mais ces arbres doivent être ici depuis des années. Pourquoi ne les avons-nous pas remarqués avant ?

Tu avais tout le temps autre chose à faire, dit Firuzeh. Et tu étais préoccupée. Et terrorisée.

Même ainsi. J'aurais dû voir ça.

Nour dit, Eh bien ils ne risquent pas de s'envoler. On les reverra demain, et le jour d'après. Et l'année prochaine, et encore l'année d'après.

Si Dieu le veut. Si tout –

Firuzeh dit : Nous pourrons nous en inquiéter demain. Ou après-demain, c'est encore mieux.

Mais comment est-ce que ma grande fille est devenue aussi sage ?

Grâce à Atay et toi. Grâce aux histoires. Grâce à des amies.

Moi aussi je suis un grand sage, hein ? lança Nour.

Firuzeh répondit, Un grand sage, je ne sais pas. Mais un petit singe...

Pas marrant.

Mais Abay souriait.

Ça va. Elle était pas mal, cette blague.

Raconte-nous-en une meilleure, alors.

Nour réfléchit. J'ai une blague de kangourou. Vous voulez rigoler ? Vous inquiétez pas, c'est dans la poche –

Firuzeh lui jeta une fleur. Ils coururent d'arbre en arbre, jusqu'au bout de la rue, en se lançant des fleurs bleues et collantes et en riant. Le ciel s'empourpra et s'obscurcit. Lorsqu'ils arrivèrent à l'appartement, tous trois étaient recouverts de pétales. Abay déverrouilla la porte, alluma la lumière du seuil, les épousseta avant de les laisser entrer. Et ils se retrouvèrent chez eux.

CHAPITRE DIX-NEUF

Firuzeh rêvait.

Dans ce rêve Atay se tenait sur un cheval jaune tacheté de pétales
de rose. Il lui dit
Comme tu as grandi.
Et elle dit
Tu me manques pourquoi es-tu parti
Et il dit
Parfois le héros se doit d'avoir le courage
de quitter sa famille pour leur propre bien

Et elle le rejoignit en courant, et il descendit de son cheval,
et il sentait la halwa l'esfand et Atay

Nasima était là, avec des perles grosses comme des cerises dans
les cheveux et des coraux et des algues tout autour des bras
Elle dit
Pétasse me dis pas que tu m'as oubliée
Firuzeh dit

Comment le pourrais-je ? Mais que viens-tu faire ici ?
Oh, c'est que les murs qui séparent les mondes
sont bien fins ce soir
Te reverrai-je ?
Tu m'as abandonnée, et je suis allée de l'avant
et j'ai bien fait ainsi
Je ne savais pas
Merci

Et Firuzeh dit
Atay pourras-tu –
L'aimer comme une fille –

Il dit
Bien sûr

Viens avec moi dit Atay à Nasima nous suivions la même direction je crois

Et Nasima me promets-tu de –

Lui faire vivre un enfer comme toute bonne fille
qui se respecte ?

Ce n'est pas ce que je voulais dire

Il ne sera pas seul dit-elle je te le promets mais je ne peux pas te promettre que tu ne lui manqueras pas

Ce n'est pas grave
Soyez sages
tous
les deux

Au revoir
dit-elle

Firuzeh se réveilla, de l'eau de mer séchant sur son visage.

Et ils restèrent de ce côté de l'eau
et nous de ce côté-ci.

REMERCIEMENTS

Ce livre n'aurait jamais existé sans sœur Brigid Arthur, qui a généreusement donné de son temps pendant mes recherches à Melbourne. J'ai également une dette conséquente envers Pamela Curr, Sophie Peer, Dr Cynthia Hunter, Javed Nawrozi, et les réfugiés et demandeurs d'asile de Melbourne et de Kaboul qui ont bien accepté de me parler.

Toute ma reconnaissance va à Kevin Sieff pour son hospitalité à Kaboul, à Naiem Naiemullah pour son aide inestimable, et à Hayatullah Rahmatzai du HCR en Afghanistan pour son temps et ses connaissances.

Markus Hoffman croyait en ce livre alors que j'avais moi-même décidé d'abandonner. Liz Gorinsky a su lui trouver une maison et un titre. Martin Cahill lui a donné des ailes.

Les conseils et les remarques du Dr Eva Hornung ont changé le cours de ce roman.

Le prix Lasalle du Conteur de l'Artist Trust m'a permis de financer les mois que nécessitaient mes toutes dernières corrections.

Jane Zou m'a tout appris du système scolaire australien. Alex Bertolotto a été mon expert en réparation automobile.

Les premiers jets sont passés entre les mains d'Allison Green, Alma Garcia de Lilla, Donna Miscolta, Elizabeth Hand, Jennifer D. Munro, Liz Argall, Margo Lanagan, Neil Gaiman, Nicole Idar, Novera A. King, Usman T. Malik et Vince Haig. Grâce à leurs observations, ce livre a gagné en qualité, et j'ai gagné en sagesse.

Ce roman s'est également bonifié grâce aux collections de la bibliothèque d'État du Victoria, de l'Immigration Discovery Centre et des bibliothèques universitaires de Cornell et Princeton. Mes sincères remerciements au personnel et aux bibliothécaires qui ont eu à pâtir de mon usage abusif des prêts interbibliothèques.

Neuf ans ont passé depuis que j'ai commencé à écrire ce livre : j'ai sans aucun doute égaré et omis des noms, et je le regrette. Ma gratitude reste entière.

Toute gloire revient à Dieu. Les erreurs sont de mon fait.

Graphisme de couverture : Un chat au plafond
Fabrication : Marine Garguy
Direction de fabrication : Sébastien Dos Santos
Composition & mise en pages : Nord Compo à Villeneuve-d'Ascq
Photograveur : IGS
Préparation de copie : Sophie Loria
Correction : Amandine Farges